FLYING

KG8789 805977

THE GAME ADVENTURE

Fantasy Frontier Spirit

비상

FLYING

비상 1

파령 게임 판타지 소설

초판 1쇄 찍은 날 § 2004년 9월 1일
초판 1쇄 펴낸 날 § 2004년 9월 10일

지은이 § 파령
펴낸이 § 서경석

편집장 § 문혜영
편집책임 § 최하나
편집 § 장상수 · 김민정
마케팅 § 정필 · 강양원 · 이선구 · 김규진 · 홍현경

펴낸곳 § 도서출판 청어람
등록번호 § 제1081-1-89호
등록일자 § 1999. 5. 31
어람번호 § 제1-0534호

주소 § 경기도 부천시 원미구 심곡1동 350-1 남성B/D 3F (우) 420-011
전화 § 032-656-4452 팩스 § 032-656-4453
http://www.chungeoram.com
E-mail § eoram99@chollian.net

ISBN 89-5831-237-8 04810
ISBN 89-5831-236-X (SET)

파령 게임 판타지 소설

FLYING

KG8789 805977

THE GAME ADVENTURE

飛翔

Fantasy Frontier Spirit

비상 vol. 1

FLYING

비상(飛翔), 날개를 펼치다

KG8789 805977

도서출판
청어람

Contents

비상(飛翔) 프롤로그 날개를 펼치다

21세기는 온라인의 시대라고 현재의 사람들은 말한다.

20세기 말. 인터넷이 각 세계에 보급되면서 시작된 온라인 열풍은 시간이 갈수록 더욱 그 열기를 더해갔으며 지구촌(地球村)이라는 말이 탄생되는 데까지는 많은 시간이 걸리지 않았을 정도로 세계적인 혁명을 일으켰다. 그리고 그런 온라인과 함께 가장 발전된 것들 중 하나가 게임이다.

텍스트(Text)로 시작한 게임은 시간이 갈수록 많은 변화를 거치게 되었다. 글로만 즐기던 게임에 그래픽을 이용하여 한층 그 완성도를 높였고, 그 그래픽은 시간이 갈수록 평면적인 2D 그래픽에서 3D 그래픽으로 발전해 갔다. 그런 게임의 역사에 온라인이 참가함으로써 생겨난 온라인 게임은 1차 절정의 시기를 가지게 된다.

그러던 중, 신세기를 맞이하면서 더욱더 발전할 것 같았던 온라인 게임은 더 이상 나아갈 길을 찾지 못한 채 제자리걸음을 하게 되고 게임 제작자들과 그래픽 전문가들은 3D를 뛰어넘음을, 흔히 말하는 가상 현실 게임을 만들기 위해 많은 돈과 시간을 투자하지만 별다른 성과를 거두지 못하게 된다.

사람들의 관심은 점점 게임에서 멀어져만 갔고 여러 게임 제작자를 비롯한 컴퓨터 전문가들조차 게임에서 등을 돌리게 되면서 한때 최대의 인기를 누렸던 게임은 서서히 잊혀져만 가게 된다.

그때 에버 소프트웨어(Ever Software)란 회사가 모든 재산을 쏟아 부어 초대(初代) 가상 현실 게임을 만들어냈으니, 언젠가는 2차 게임 절정 시대가 올 것이라는 뜻으로 'SOMETIME(언젠가)' 이라 칭하였고, 게임에 큰 실망을 가졌던 게이머들과 여러 개발자들이 그 게임에 주목을 하게 되었다. 얼마 후 S · T(SOMETIME)의 데모판이 나오게 되었는데 에버 소프트웨어의 공식 홈페이지에서만 10만 명이 다운을 받았고, 각종 포탈 홈페이지에서도 엄청난 숫자의 사람들이 S · T를 다운받았다.

S · T를 플레이하기 위해선 레이저 헤드셋이 필요하였고, 이에 에버 소프트웨어에서 자체 생산하여 1만 대 한정 판매를 실시했으니, 단지 10분밖에 되지 않는 내용의 데모판 게임을 하기 위해 레이저 헤드셋은 불티나게 팔려, 곧 없어서 못 파는 지경에까지 다다르게 되었다.

S · T를 플레이 해본 게이머들과 개발자들은 모두 게임의 재미와 사실성 등 모든 면에서 감탄을 내뱉을 수밖에 없었고, 전 세계의 많은 사람들이 S · T의 정식 판매만을 기다리게 되었다.

그러나 S · T는 세상에 빛을 보지 못하고 어둠 속에 파묻혀 버렸다. 에버 소프트웨어 개발자 중 한 명이 S · T를 테스트하던 중 사망하는 사건이 발생한 것이다. 레이저 헤드셋은 뇌에 직접 관여하는 시스템을 사용하였기에 그 위험도가 매우 높았는데 데모에서는 부작용이 전혀 없었던 반면 본 게임에서는 부작용이 나타난 것이다.

결국 S · T는 판매 불가라는 국가적 제재를 받게 되었고 회사의 모든 자금을 다 S · T 개발에 탕진한 에버 소프트웨어도 공중 분해되어 버렸다.

그러나 이미 S · T 데모판을 경험한 사람들은 S · T를 잊을 수 없었고, 레이저 헤드셋은 팔릴 당시의 열 배가 넘는 가격으로 경매되기도 하였다.

세계에 S · T가 불러온 파장은 대단하였으니 한때 등을 돌렸던 게임 개발자들은 S · T 신화를 뛰어넘을 게임을 만들기 위해 모든 힘을 기울이게 되었다.

훗날 제2차 게임 절정 시대 초읽기라 불리는 이 시기는 그렇게 시작되었다.

10년 후 2120년.

마침내 가상 현실 게임이 완성되었다. 그것도 온라인 게임으로.

게임의 이름은 비상(飛翔).

2122년 3월에 시작한 뒤 2122년 8월, 500명을 대상으로 한 비상 1차 클로즈 테스트가 끝이 나는 시기. 2차 클로즈 테스트를 위한 게이머들의 날갯짓이 시작되었다.

◆ 비상(飛翔) 첫 번째 날개

시작, 그리고 정보

2차 테스트 일정.

기간: 2122년 8월 10일 화요일 오후 6시~2123년 8월 10일.

대상: 1차 클로즈 테스터 500명과 2차 클로즈 테스터 1,000명.

이번 2차 테스트는 1년에 걸쳐 진행됩니다.

저희 운영진들이 합의한 결과 비상은 클로즈가 끝나고 오픈에 들어가더라도 현재 캐릭터들의 초기화가 없을 것입니다. 대신 고 레벨의 테스터께서 오픈 시 초보 유저들을 많이 도와주시기 바랍니다.

저희 운영자들을 비롯한 각 유저 분들을 뺀 다른 모든 사람들은 어떠한 상황이 일어나더라도 다른 유저 분들의 캐릭터에 직접적 제재와 시스템적 제재를 가하지 못합니다.

많은 성원 부탁드립니다.

—(주)FOREVER

지잉. 지잉.

"흠, 괜찮군요. 상당히 잘 만들었습니다."

매우 고급으로 보이는 회색 양복을 입은 20대 중반의 남자가 벽에 장착된 대형 모니터에 시선을 고정하고 전자 마우스를 클릭하며 말했다.

"감사합니다."

남자의 말에 맞은편에 서 있던 40대 중반의 중년인이 무덤덤하게 대답했다. 남자는 중년인의 상사인 것 같았는데 그는 중년인의 상사로서 결코 듣기 좋지 않은 어조로 대답해도 별로 상관하지 않는 듯 계속 허공에 손짓하며 입체 화면을 쳐다볼 뿐이었다.

"아니, 정말 잘 만들었습니다. 이 홈페이지를 만든 직원에게 특별 보너스를 지급하세요. 능력을 지닌 자에게는 그 능력에 어울리는 대우를 해줘야 합니다. 그렇지 않으면 능력을 지닌 사람이나 그 능력을 이용할 사람에게 있어 서로를 신뢰할 수 없는 불상사가 일어날 수도 있거든요."

"네, 이미 담당 직원에게 보너스를 지급했습니다."

역시 무덤덤한 중년인의 말에 남자는 그럴 줄 알았다는 듯 미소를 지었다. 그 모습은 뺨에 있는 작은 흉터와 함께 묘한 분위기를 자아냈다.

"그래요? 역시 김 비서답군요. 이러니 제가 김 비서를 어찌 신뢰하지 않을 수 있겠습니까. 하하하."

"과찬이십니다."

"전 천성이 남을 치켜세워 주는 말은 못합니다만."

"……."

남자는 침묵으로 일관하는 김 비서로 불린 중년인을 잠시 쳐다보고는 다시 입체 화면으로 시선을 돌렸다.

"드디어 내일이로군요."

"걱정되십니까?"

"걱정요? 말도 마세요. 어젯밤엔 잠도 제대로 못 잤지 뭡니까. 하하하."

남자는 조는 시늉을 하며 말했는데, 행동은 매우 우스꽝스러웠지만 눈이 흔들리고 있는 걸로 보아 그가 불안해한다는 증거였다.

"가장 중요한 테스트였던 첫 번째 테스트가 무사히 끝났으니 걱정하지 않으셔도 될 것 같습니다."

"그래요, 저도 압니다. 알지만 왠지 불안한 마음을 지울 수가 없군요. 괜찮을 거야, 괜찮을 거야."

몇 번이고 다짐하듯 말하는 남자를 보며 김 비서는 말을 이어갔다.

"걱정 마십시오. 현재 별다른 이상은 없고 이미 본사 직원들로 수십, 수백 번의 테스트를 마쳤으니 별다른 불상사는 일어나지 않을 것입니다."

김 비서의 용기를 주려는 듯한 말을 듣고서도 남자는 불안한 마음을 감출 수 없는 듯 약간씩 흔들리는 모습을 드러내고 있었고, 김 비서는 그 모습을 보며 속으로 안타까워하고 있었다.

"별다른 불상사라……. 그게 어디 사람의 마음대로 됩니까. 사람의 마음대로 되는 것이 인생이라면 지금쯤 제가 이런 것을 하고 있을까요?"

"……."

"하여튼 지금 걱정해 봤자 근심거리만 쌓일 테니 긍정적인 생각을 갖도록 노력하죠. 김 비서, 오늘 점심 약속 전부 취소해요. 왠지 혼자 있고 싶군요."

"네, 알겠습니다. 그럼……."

철컥.

김 비서가 문을 닫고 나가자 남자는 다시 시선을 화면으로 돌리며 낮게 중얼거렸다.

"내일이라……."

그의 책상에는 그를 나타내는 작은 황금 동상이 얹어져 있었고, 그 동상에는 글자가 쓰여 있었다.

㈜FOREVER 기획이사 주상우

빵! 빵!

아, 시끄러.

정말 공중도덕을 지키지 않는 사람들이다. 다른 사람들은 아랑곳하지 않고 이렇게 무지막지하게 소음 공해만을 퍼뜨리고 있으니…….

"야! 거기 차 안 빼?"

"뺄 곳이 있어야 뺄 것 아니오!! 그리고 초면에 왜 반말이야!!"

말로만 싸우지 말고 싸우려면 치고 받고 화끈하게 싸워라.

"뭐? 이놈이 뭐라 씨부렸냐? 이 대가리에 피도 안 마른 게!"

"늙었다고 봐주니까 할 말 못할 말 구분 못해? 어디서 행패야, 행패는!"

얼씨구, 이제는 나이 가지고 싸우네?

"이 새끼야! 너 내려! 죽었어!"

"내리라면 못 내릴 줄 알고!"

어? 진짜로 싸우려나?

난 창문을 통해 버스 운전사 아저씨와 승용차를 운전하던 30대 중반의 남자가 다투는 모습을 지켜보았다. 보아하니 진짜로 싸울 것 같지는 않고… 저렇게 서로 욕만 하다 돌아서겠지?

뻔한 일이다. 진짜로 싸우려는 사람은 저렇게 욕만 늘어놓지 않고 주먹부터 나간다. 선빵이 막빵이라는 말이 괜히 있겠는가. 선빵을 먼저 치면 상대는 예상치 못한 기습에 당황하게 되고, 그럼으로써 선빵을 친 사람이 이길 확률이 높아진다.

그런데 저렇게 서로 욕만 해대고 있으니 날샜지, 날샜어.

난 몸을 일으켜 버스 밖으로 나왔다. 치고 받고 싸우는 막싸움보다 더 오래가는 싸움이 말싸움이다. 그보다 오래가는 싸움이 욕 싸움이고.

버스 운전사 아저씨야 지긋한 경륜에 이런 시비에 자주 맞닥트렸겠으니 입 벌리면 나오는 게 욕이고 보이는 건 어디서 듣도 보도 못한 누구 놈의 새끼가 된다. 그런 아저씨와 싸움이 붙은 저 남자가 불쌍해 보이지만 나의 신조는 끼어들 때 끼어들자는 것이다. 괜히 끼어들었다가 봉변당하는 것보다 천천히 끝날 때까지 기다리는 게 더욱 이익이 아니겠는가.

어찌 되었든 평소엔 앉아서 재미있게 구경할 싸움도 제쳐 둔 채 난 집으로 향했다. 오늘은 특별한 날이니까.

여기선 얼마 멀지도 않으니 저 사람들 기다리는 것보다 걸어가는 게 더 빠르겠군.

2122년 8월 10일. 오늘은 바로 나의 생일이다. 어머니께서 힘쓰신 날이자 내가 태어난 지 18년째 된 날이 오늘인 것이다. 그래서 아르바이트 동료들이 생일 파티를 열어줘서 놀다가 들어가고 있는 중이다. 집에 빨리 가봤자 할 것도 없고 나를 기다려 주는 사람도 없는 이상 나에겐 집은 단지 잠자는 곳 그 이상, 그 이하도 아니었다.

외교관이시자 주식 투자로 엄청난 수입을 거두셨던 부모님께서는 내가 열 살 때 비행기 사고로 돌아가셨고, 나에게 남은 것은 부모님이 남기신 막대한 재산과 그 재산을 노리는 욕심에 눈먼 친척들뿐이었다.

나는 그들과 함께 살기를 거부하고선 나의 모든 재산을 나라에 기부한다고 공식적으로 발표했고, 나는 나의 말을 반만 지켰다.

재산을 나라에 기부하되 껍데기만을 기부한 것이다. 나머지 진짜 알짜배기라고 할 만한 것들은 전부 빼돌려 믿을 만한 분의 회사에 투자를 하였고, 그 회사는 획기적인 성공을 거두어 내가 가진 비밀 통장에는 원금보다 더 많은 거금의 돈이 착실하게 쌓이고 있는 실정이다.

그런 사실을 모르는 친척들은 돈 없는 나는 단순한 애물단지라는 생각을 가져 덕분에 자연스레 나에게서 멀어져 갔다. 나의 양육권까지 망설이지 않고 포기할 정도였으니까. 현재 내가 지금 부모님이 남긴 재산과 비교도 되지 않을 만큼 많은 돈을 가지고 있다는 것을 모르는 채…….

2040년에 발발한 3차 세계 대전으로 인해 과학 기술은 몇 가지를 빼고는 많은 발달을 이룩했으며 그 외의 많은 것들이 바뀌었다.

특히 2080년, 국내 교육 과정이 바뀌었는데 초(初), 중(中), 고(高),

대(大)의 모든 학과 과정을 등(等)이란 하나의 학과로 통일하여 등학교를 여덟 살부터 8년 동안 다니게 했으며 수준별 교육 제도를 사용하여 한 학년을 몇 년간 다니는 사람도 있었고, 기본 수업 일수 2년을 채우고 바로 졸업하는 사람도 있었다.

등학교 6년째에 졸업을 한 나는 우수한 학생이라기보다 노력으로 2년 일찍 졸업한 타입의 학생이었는데, 실제야 어떻든 표면상으로는 가난한 것으로 되어 있으니 아르바이트를 하며 스스로 돈을 벌어 생활을 해야 했다.

하지만 생활비로 쓰기조차 빠듯한 아르바이트비로는 학비를 감당하기가 힘든 것은 당연한 것이었고, 그래서 그만큼 남보다 노력하여 장학금을 받으며 빨리 졸업을 했다. 그 뒤 2년간 죽은 듯 조용히 살아온 나는 이미 친척들에게서 관심 밖의 존재가 돼버렸다.

이 모든 것을 열 살의 어린애가 생각해 냈다고 하기에는 무리가 있어 보이는데, 실상 그렇다.

사실 어머니와는 달리 평소 욕심 많고 성질 나쁜 친척들을 믿지 않으셨던 아버지는 당신들에게 무슨 일이 생기면 이렇게 하라고 나에게 미리 교육을 시키셨고, 아버지는 이 일에 필요한 모든 것을 준비해 놓고 계셨다. 이제 와서 하는 말이지만 정말 준비성 많은 아버지다.

어쨌든 내가 한 일은 아버지의 안배를 따라 걷는 것밖에 없었다. 그렇게 아버지의 뜻대로 모든 일이 이루어졌고 이미 성인이 된 나를 법적으로 제지할 수 있는 사람은 아무도 없었다.

오늘 난 성인이 된 기념으로 70평짜리 넓디넓은 아파트를 구했다. 나중에 이 일을 알게 될 친척들이 약간 신경 쓰이지만 얼마의 돈을 쥐어주면 오히려 나에게 잘 보이려 애를 쓸 것이니 그다지 걱정할 것도 없었고 그렇지 않다고 해도 이미 성인이 된 나를 법적으로 어떻게 할 존재는 없었다.

난 나를 도와준 국가 고위층 인물의 힘과 뒷돈을 사용해 나를 비롯한 아버지와 어머니를 그들과 관련된 모든 호적에서 빼버리고는 새로 산 호적에 이적시켜 버렸으니 그들과 나는 이미 남인 것이다. 그래서 난 김효민(金曉旻)이 아닌 최효민(崔曉旻)이 되었다.

'어디, 내 재산을 빼앗을 수 있으면 빼앗아 보라지.'

그렇게 이런 저런 생각을 하다 보니 어느새 새로 구입한 아파트에 도착하였다. 평소라면 부러운 눈길로 바라볼 삐까뻔쩍한 최신형의 고층 아파트. 하지만 이제는 부럽지 않다.

엘리베이터에 올라 34라는 버튼을 눌렀다. 그냥 34층이라 말해도 자동 입력되지만 난 그냥 버튼을 누르는 것이 좋았다. 어쩌면 목소리를 내어 다른 사람의 눈에 띄는 것보다 조용한 움직임으로 다른 사람의 눈에 띄지 않으려는 나의 작은 바람이 담겨 있는 것인지도…….

〈34층입니다.〉

"허어, 넓구나."

34층에는 세 개의 문밖에 없었다. 엘리베이터와 내가 사는 곳, 그리고 또 다른 사람이 사는 곳. 34층의 반이 바로 나의 방들인 것이다. 난 하나밖에 없는 문앞으로 다가가 미리 들었던 대로 가만히 서 있었다.

〈홍채 및 체질 검사가 끝났습니다. 최효민 주인님, 환영합니다.〉

엘리베이터에서와는 다른 기계적인 음성이 내 귀에 들렸고 곧 문이 자동으로 열렸다. 그리고 앞으로 내가 살아갈 집을 본 내 입에선 나도 모르게 작은 함성이 튀어나왔다.

"와아, 넓다!"

그곳에는 모든 것이 최신 제품으로 도배가 되어 있었고, 그 넓이도 너무 넓었다. 기억도 나지 않는 열 살 때부터 단칸방에서 생활해 온 내가 70평짜리 집을 방문해 볼 기회도 없었으니 70평이 이정도로 넓은 줄 몰랐던 것이다.

그렇게 한동안 앞으로 내가 살 곳을 둘러보며 감탄을 자아내다 지친 나는 독일산 소파에 온몸을 실었다.

뚝. 뚝.

"흐… 흐… 으흑… 아버지, 어머니. 너무… 너무 보고 싶습니다. 흐… 흐… 흐흑."

오랫동안 메말라 버렸다 생각했던 눈물이 모든 고생에서 벗어났다고 생각한 순간에 봇물 터지듯 쏟아지기 시작했다.

보고 싶었다.

이따위 집은 필요없었다.

부모님과 함께 살 수 있다면, 그들과 함께 웃을 수 있다면… 예전 보다 더 힘들게 살아도 상관없다.

내게 세상은 너무나 서러웠다.

"음."

난 창문을 통해서 들어오는 따가운 햇살에 눈을 떴다.

"아… 아침인가? 앗! 아르바이트!"

누워서 잠시 정신을 차리던 나는 문득 아르바이트 생각을 하고선 벌떡 일어나다가 이곳이 예전 내가 살던 단칸방이 아님과 이제 나는 성인이라는 사실을 인식했다.

"그래, 이제부터는 아르바이트 나갈 필요가 없구나. 어제 아저씨와 동료들에게도 다 인사를 했고… 하암, 그러고 보니 어제는 울다 지쳐 잠든 모양이로군. 쳇! 쪽팔리게.”

난 어제 내가 울다 잠든 사실을 깨닫고는 씁쓸한 웃음을 지었다. 부모님께서 돌아가시고 난 후로는 하품할 때 빼곤 단 한 방울도 나오지 않았던 그 눈물이 어제는 왜 그리도 쏟아졌는지 이해할 수 없었다. 정말 씁쓸한 아침이었다.

“쩝, 이게 그리움이라는 건가. 하아, 잡생각은 때려치우고 씻고 밥이나 먹자.”

샤워를 하고 냉장고에서 간단한 인스턴트 식품을 꺼내 전자레인지에 넣어두고 오늘 무엇을 할까 생각해 보았다.

음, 옷도 몇 벌 사야 되고, 음식도 좀 사놔야 하는데 오늘은 그런 것에 시간을 보내기가 아깝다는 생각이 들었다. 내가 성인이 된 후 첫날 아닌가.

난 뭐 하고 놀까 생각해 보았지만 딱히 좋은 것이 떠오르지가 않았다.

“으음, 아르바이트 안 나가면 할 게 많을 줄 알았는데 막상 아르바이트를 관두고 나니 할 게 없네. 하긴 노는 것도 놀 줄 아는 사람이 논다고, 학창 시절에는 아르바이트하랴 공부하랴 바빴으니 애들이 어떻게 노는지도 모르겠군.”

그렇게 고민하고 있는 사이 전자레인지에선 음식이 다 됐음을 알리는 소리가 나왔고 난 그 소리에 맞춰 고민을 잠시 접을 수 있었다.

〈음식이 다 되었습니다. 음식의 온도를 유지합니다.〉

“에라, 모르겠다. 우선 TV나 보면서 밥이나 먹어야지.”

인스턴트 정식을 꺼내 대형 벽 TV 앞으로 가져간 나는 TV를 켜놓고

밥을 먹기 시작하였다.

〈내일의 날씨는……〉

"날씨 방송이로군. 다음."

〈조직의 원……〉

"아침부터 조폭 영화라니… 세상이 어떻게 되려고 이러는 걸까. 다음."

〈아, 아, 좀 더~ 으응.〉

"……."

〈응! 응! 아항!〉

"…다음."

〈이 자리에 모십니다. 반갑습니다, 주상우 씨.〉

〈네, 안녕하세요.〉

"시사 프로그램인가?"

난 무작위로 채널을 돌리다 한 사회자가 젊은 남자와 함께 인사를 하는 것을 보고선 잠시 행동을 멈추었다.

문득 내가 그동안 너무 바빠서인지 세상에 대해 잘 모른다는 생각이 미친 것이다. 그나마 이런 시사 프로그램 같은 것을 보면서 사회에 대해 조금 알아두면 좋을 것 같아 별로 재미없겠지만 잠시 시청하기로 하였다.

〈오늘 주상우 씨를 이 자리에 모신 것은 현재 세계를 흔들고 있는 그 게임 때문입니다.〉

〈하하, 게임이 세계를 뒤흔든다니 빈말이시겠지만 이런 사업에 투자하는 저로서는 기분 좋아지는 말이로군요.〉

〈아닙니다. 저도 어릴 때는 게임을 많이 하고 지냈는걸요. 이래 뵈도 S · T

도 해봤습니다.〉

〈S · T를 말입니까? 하하하, 그 게임은 저희 게임 개발자들의 꿈과 같은 게임이지요. 오늘 유명한 연예인 게임 친구를 사귀게 되어 정말 기분 좋습니다.〉

〈하하, 그런데 현재 포에버 사에서 개발하신 비상(飛翔), 정식 명칭 세계 특급 프로젝트 비상이 S · T의 아성을 무너뜨릴 만큼 대단하다고 들었는데 그게 사실입니까?〉

'비상?'

난 그들의 대화 중 비상이란 단어를 어디선가 들어본 것 같은 느낌이 들었다.

〈너무 과찬이십니다. 제가 기획한 비상은 S · T를 목표로 하고 개발진들이 성의를 다해서 만든 것은 사실이지만 S · T를 넘어서기엔 아직 부족한 게 많은 게임입니다. 1차 테스트에서만 해도 많은 버그가 발견되었는걸요.〉

〈버그가 발견되지 않은 게임이 어디 있겠습니까. 그나저나 정말 기대되는데요? 현재 2차 테스트 중이시죠?〉

〈네. 8월 10일 오후 6시를 기점으로 2차 테스트에 들어갔습니다.〉

〈하하, 저도 2차 테스트에 신청을 했는데 안타깝게도 떨어졌더군요. 꼭 해보고 싶었는데 말이죠.〉

〈김문석 씨께서 신청을 하셨다니 놀랍군요. 제 맘 같아서는 김문석 씨께 테스터 시디를 한 장 드리고 싶으나 아쉽게도 2차 테스터 시디는 이미 다 보내졌고 아직 제작된 게 없으니 이거 죄송해서 어쩌죠?〉

〈아닙니다. 대신 3차 때는 꼭 뽑아주시겠습니까?〉

〈하하하, 네, 알겠습니다. 아직 아무것도 정해진 것은 없지만 3차 테스트가 진행된다면 제 힘을 동원해서라도 3차 때는 테스터로 뽑아드리겠습니다.〉

그 후에도 토크는 계속되었지만 난 그들의 말을 하나도 듣지 않았다.

비상… 비상? 어디서 들어봤더라? 비상이라… 비상. 비상. 아! 비상(飛翔)!

"바보! 저번에 그 게임이잖아!"

난 학교 동창이자 베스트 프렌드인 상호를 생각해 냈다. 녀석은 나완 달리 부잣집 도련님이었는데 내가 아르바이트를 하며 힘들게 살 때 날 알게 모르게 많이 도와준 친구였다. 상호는 자신의 아버지 회사에서 일을 배우는데, 일 배우는 것은 딴전이고 매일 게임만 하는, 녀석의 말을 빌리자면 게임 폐인이었다.

예전에 녀석이 나보고 비용은 자신이 대주겠다며 어떤 1차 클로즈 게임을 같이 하자고 했었다. 하지만 난 시간도 없었고 또 상호에게 계속해서 신세만 지는 것이 너무 미안해 거절했다가 계속되는 협박에 어쩔 수 없이 1차 테스터 신청만 해놓았었다.

그때 다행스럽게도 녀석은 1차에 붙었고 난 떨어졌었는데… 근데 그게 2차 테스터를 뽑으면서 1차에 신청하고 떨어진 사람들 중에서도 추첨한 모양인지 얼마 전 내게 백과사전만한 패키지에 든 엄지손가락만한 디스크 칩이 소포로 배달되었던 것이다.

이 얘기를 상호에게 하면 또 내게 게임을 같이 하자고 할 것 같아 비밀로 하고 있었다. 그런데 마침 상호의 아버지께서 매일 일은 안 하고 게임만 하는 상호의 행동에 녀석의 생일이 지나 성인이 되자마자 자그마한 컴퓨터도 없고 아직 미개발 지역인 아프리카의 한쪽 구석으로 출장을 보낸 것이다. 그것도 상호가 상당히 기다리던 그 게임의 2차 테스트기간인 1년 동안. 그런데 지금 생각해 보니 그 게임이 바로 비상인 것 같았다.

나는 재빨리 처음 들어가 보는 내 방에 들어가 이삿짐 센터 사람들이 정리해 놓은 짐을 뒤졌고, 얼마 안 돼서 그 디스크 칩을 찾을 수 있었다.

"그래. 이거였어. 할 일도 없으니 이거나 해봐야겠다."

난 전화기에 입력된 아파트에서 얼마 떨어지지 않은 곳에 위치한 대형 게임 센터에 전화를 하여 비상이란 게임에 필요한 게임기를 배달해 달라고 했다. 그랬더니 그 주인이 1시간만 기다리라며 배달할 주소를 물어보고선 전화를 끊었다.

"뭐? 신속 · 정확 · 안전? 엎어지면 코 닿을 곳에 위치한 곳에 있는 게임 센터에서 게임기 하나 배달하는 데 1시간이나 걸리면서 얼어죽을 신속!"

난 가게 광고에 적혀 있던 로고를 보며 투덜거렸다.

뭐, 그곳까지 가는 게 귀찮아 배달시키는 나도 마찬가지이긴 했지만 뭐 묻은 개가 뭐 묻은 개 나무란다고 난 그것조차 생각지 않은 채 괜히 게임 센터 주인만 계속 씹어대었다.

그런데 1시간 후 배달된 게임기를 보며 난 그 주인을 욕한 것에 대해 미안한 마음을 가질 수밖에 없었다.

게임기는 매우 컸다. 내 방 풀 사이즈 침대의 반 정도 되는 것이었다. 땀을 뻘뻘 흘리며 배달 온 직원들은 내 침대 옆에 게임기, 아니, 캡슐을 장착하고선 돌아갔다.

게임기의 가격은 내가 아르바이트를 하며 생활할 때의 세 달 생활비와 맞먹는 어마어마한 금액이었지만 지금의 나에겐 금액은 그다지 중요하지 않았다.

"후, 이게 바로 개구리 올챙이 적 생각 못한다는 거겠지."

난 쓴웃음을 지으며 캡슐 사용 설명서를 읽었고 그 다음으로 비상 디스크 칩에 포함되어 있던 게임 설명 매뉴얼을 보았다.

"이게 뭐야!"

황당하게도 그 게임 설명서에는 아주 간단한 조작법이 들어 있었고, 또 두 줄의 말이 적혀 있었다.

비상의 모든 것은 각자 알아서 알아내 사용해야 합니다.

주위 사람들에게 조언을 구하십시오. 그것이 본 게임에서의 가장 중요한 일 중 하나입니다.

별수없이 캡슐 좌측에 위치한 디스크 칩 입구에 비상 디스크 칩을 넣고 가수면 모드가 아닌 활동 모드를 선택한 뒤 캡슐 안에 들어가 누웠다. 캡슐에 깔려 있는 쿠션은 매우 편해 가만히 누워 있으면 저절로 잠이 올 것 같았다.

캡슐 안쪽 우측에 위치한 헬멧을 쓰자 시야가 흐릿해지는 것이 느껴졌다.

파앗!

"윽!"

순간 헬멧에서 빛이 번쩍거렸고, 강렬한 빛에 잠시 눈을 감았다가 뜬 나는 전혀 다른 곳에 와 있었다.

"후우, 여기가 어디지?"

보이는 것은 아무것도 없었다. 온통 흑의 일색인 또 다른 공간에 내가 있었고 그 느낌은 약간 껄끄러운 것을 빼면 헬멧을 쓰기 전에 느끼던 내 몸과 하등 다른 것이 없었다. 정말 놀랍도록 사실성있는 게임이었다.

그런데 점점 그곳에 익숙해지자 아무것도 없었던 것 같은 곳에 커다란 거울이 있는 것을 발견했다. 잠시 주위를 둘러보다 그 거울 앞으로 다가갔다.

"이게 뭐야? 무늬만 거울이… 어? 비춰지잖아?"

거울 역시 모두 검은색이었고 심지어 그 유리까지 검은색이었는데, 신기하게도 그 거울은 날 비추어주었고, 곧 내가 태곳적 그대로의 모습을 유지하고 있다는 것을 깨달았다. 쉽게 말해서 다 벗고 있는 모습이었다. 주위에 보는 사람은 아무도 없었지만 왠지 민망한 느낌을 감출 수 없었다.

"사람 민망하게 벌거숭이로 만들다니. 고약한 게임이구만."

그런데 거울에 비추어지던 내 모습은 조금씩 흩어졌고 그곳에 글자가 나타났다.

NEW ID

LOGIN

"흠, 둘 중 하나를 선택하라는 건가? 그럼 이것을 선택해야겠군."

난 NEW ID라는 글자에 손을 가져다 대었고, 곧 ID와 비밀 번호를 적는 창이 나타났다.

"ID는 life515, 비밀 번호는 ******."

내가 부르는 대로 ID창과 비밀 번호 창은 채워져 갔고 내가 확인을 누르자 내 눈앞에 또 다른 내가 나타났다. 그리고 그 옆에는 몇 가지 메뉴가 있었는데, 자신의 모습에서 많은 것을 변화시킬 수 없도록 제작되어 있었다.

난 피부를 선택하여 너무 많은 알바로 약간 검게 되어버린 피부를 좀 더 하얗게 만들었고 머리카락은 대충 아무거나 뒤져 보다 어깨까지 내려오는 짧지도 길지도 않은 그런 헤어 스타일로 설정했다.

이러고 보니 나도 마스크가 꽤 괜찮아서 내가 보기에도 멋있어 보이는데? 머리가 조금 짧지 않나 생각했지만 캐릭터 만드는 창 오른쪽 하단에 작은 글씨로 '위의 모습은 게임 속의 생활에 의해 변할 수 있음'이라는 문구를 보고선 안심하고 머리카락을 선택했다. 그리고 푸른색 무복을 선택하여 입히니 어느 무협 영화에서 본 것 같은 무림인의 모습이 창조되었다. 그렇게 난 그 캐릭터 모습을 선택하였다.

이제 제일 중요한 캐릭터의 이름 차례. 난 한참을 고민하다 캐릭터에게 사예란 이름을 붙여주었다.

사예(四藝). 말 그대로 거문고, 글씨, 그림, 바둑의 네 가지 기예(技藝)를 뜻하는 말로써, 그냥 그 뜻이 괜찮아 사용하는 이름이지 결코 네 가지 기예 중 무엇 하나 뛰어나다거나 해서 지은 건 아니다.

위이잉.

"우왓! 이거 뭐야!"

내가 캐릭터의 이름까지 선택하고 나자 눈앞의 또 다른 나의 모습이 내 몸에 덮어씌워졌던 것이다. 하여간 사람 놀라게 하는 것엔 단연 최고라고 할 정도였다.

잠시 후, 내 모습은 내가 선택했던 캐릭터의 모습과 똑같았고 약간 꺼끌꺼끌한 옷의 질감도 그대로 느껴지고 있어 난 다시 한 번 감탄할 수밖에 없었다.

—처음 뵙겠습니다, 사예님.

"으앗!"

왜 이 게임은 무엇이든지 갑자기 나타나서 날 깜짝깜짝 놀라게 하는 것일까? 정말 지독하다면 지독하다고 할 수 있는 게임이지 싶다.

내 등 뒤에서는 한 여인이 나를 보고 있었는데, 허리까지 내려오는 흑발에 오뚝한 코, 두 뺨을 붉게 물들인 엷은 홍조, 늘씬한 몸매, 눈같이 하얀 피부, 조금 전에 놀라며 잘 듣지는 못했지만 아직 기억나는 은쟁반에 옥구슬 굴러가는 듯한 목소리, 그리고 전통적인 중국 복장. 무림을 바탕으로 한 전형적인 미인이었다.

"흐음, 당신은 누구시죠?"

—저는 비상의 테스터 담당 NPC 중 하나입니다. 사예님께서 가지고 계신 비상 디스크 칩이 저와 연결되어 있어서 이렇게 사예님을 도와드리게 됐습니다.

근데… NPC가 뭐지?

게임이라곤 열 살 이후로 처음 해보는 나는 NPC란 단어가 상당히 낯설고 무엇을 뜻하는 말인지 궁금하여 그녀에게 물어보았다.

"저기, 죄송하지만 NPC라는 게 도대체 뭐죠?"

—네, NPC란 'Non Player Character'의 줄임말로써 쉽게 말해 유저들께서 조종하시지 않는, 운영자들께서 만드신 캐릭터를 뜻합니다. 과거에는 스스로의 인공 지능이 없거나 매우 낮아 몇 개의 단어밖에 구사할 줄 몰랐으나 현대에는 인공 지능이 발달되어 스스로 생각하고 행동하는 하나의 새로운 생명체와 비슷할 정도의 개념을 지닌 존재가 되었습니다.

"아, 그렇군요. 그렇다면 당신과 똑같은 존재가 여러 명 있다는 것인가요?"

—아뇨. 그렇지는 않습니다. 비상에 사용된 NPC들은 최고급 NPC

중 최신형에 속하는 저희는 오직 테스터 분들만을 위해 제작되어서 각자 다른 모습과 성격을 가진 3,000명의 NPC로 되어 있습니다. 지금은 2차 테스트이니 현재 활동하고 있는 담당 NPC는 저를 포함해 1,500명이지요. 그리고 저희들은 모든 테스트가 끝나는 날까지 각 담당 테스터 분들의 게임 생활을 도와드리게 되니 앞으로 잘 부탁드립니다.

"아뇨, 제가 더 잘 부탁드립니다. 근데, 아… 저기."

—초은설(梢銀雪)이라고 부르시면 됩니다.

초은설이라… 잘 어울리는군. 예쁘긴 정말 예쁘네.

"아, 은설 씨이셨군요. 앞으로 정말 잘 부탁드립니다. 그런데 이제 어떻게 해야 하는 것인가요?"

—게임 제작 시 준비된 오프닝에 따라 제가 묻는 질문에 대답하시면서 저절로 로그인이 되실 것입니다.

"그렇군요, 알겠습니다."

나의 대답이 나오자 초은설은 갑자기 바람에 휩싸여 조금씩 공중으로 떠오르기 시작했고, 곧 그녀의 붉은 입술이 열렸다.

—그대 비상을 위해 날갯짓을 준비하는 자여, 날아오를 준비가 되었나요?

흠, 좀 낯 뜨거운 물음이다. 저런 말을 어떻게 하는지……. 그건 그렇고 대답이라… 이렇게 그냥 '네' 라고 하면 되는 건가?

"네."

—사예, 그대의 뜻대로 하늘 높이 날아오르시기를 기원합니다.

그러고선 아까와 같은 빛이 다시 나를 덮쳐 왔다. 난 눈이 부셔 눈을 감았고 다시 떴을 때는 무협 영화에서나 나올 법한 집들과 사람들이 눈앞에 나타났다.

'이, 이곳이 게임 속?'

난 열 살 이후 처음 해보는 게임의 환경에 적응을 할 수 없었다. 내가 어릴 때만 해도 게임이라고는 가상 조작기를 이용해 캐릭터를 조종하는 것이 전부였는데, 겨우 8년 남짓 지났다 하여 이렇게 발전하다니. 과연 세월이 무섭기는 무서운 것이로군.

웅성웅성.

응? 왜 이렇게 빤히 쳐다보지?

사람들은 내가 나타나자 나를 빤히 쳐다보았고 여러 사람의 시선이 나에게로 집중되자 처음 당하는 일에 난 얼굴에서 열이 나는 것 같았다.

"아, 저기 새로 나왔다! 옷을 보니 캐릭터 생성 시 주어지는 옷이잖아. 2차 테스터가 확실해."

에? 지금 날 말하는 건가?

"빨리 포섭하러 출동해라! 어서! 다른 문파에 빼앗기면 안 돼!"

지금 도대체 무슨 소리를 하는 거야?

사람들의 특이한 반응에 내가 어색해하는 사이 머리카락을 양 옆으로 땋은 귀여운 백의여인이 나에게 다가와 말을 건넸다.

"저기, 공자?"

공… 공자?

"이런, 선수를 치다니!"

"크윽, 한발 늦었다!"

"어이, 이봐."

"왜 불러. 부르지 마. 또 문주한테 깨질 것을 생각하면……."

"헛소리 말고 저기 좀 봐봐."

"도대체 뭘 보란 말이야."

"저기 저 여자 말이야. 선수 친 여자. 어디서 본 것 같지 않아?"

"흐음, 정말 그렇군. 어디선가 본 것 같은데?"

다른 사람들이 내게 다가온 여인을 보며 한편으로는 분통해하고 한편으로는 의문을 표했지만 지금 내게는 그런 것을 들을 여유가 없었다.

공자. 이 얼마나 어색하고 부담스러운 호칭이란 말인가. 거기다 최첨단의 기술을 달리는 요즘 같은 시대에 공자라니…….

으윽, 왠지 닭살이…….

나는 여인이 나를 공자라는 어색한 칭호로 부르는 듯하자 너무 당황한 나머지 미처 대답할 생각을 가지지 못했다.

"공자, 저기 제 말 안 들리세요?"

"저, 저를 말씀하시는 겁니까?"

"네. 공자, 혹시 2차 베타 테스터 아니세요?"

"네, 마, 맞습니다만?"

"그럼 아직 아무 문파에도 들지 않으셨겠네요?"

문파? 이제 처음 하는데 문파에 입문할 시간이 있었겠냐?

난 마음속에 생각한 말을 그대로 내뱉고 싶었지만 첫 시작부터 일내면 안 된단 생각으로, 또 차마 여인에게는 그리할 수 없어 순화시킨 표현을 말했다. 하여튼 여자에겐 너무 약하다니까.

"네, 전 이제 처음 시작하는 거라 문파에 입문할 시간도 없었습니다."

"꺄악! 잘됐다! 그럼 저희 문파에 가입하세요. 저희 문파로 말하자면……."

왜, 왜 이러는 거야?

난 갑자기 비명을 지르며 호들갑을 떠는 여인에게서 슬슬 뒷걸음질을 치고 말았다. 그때 등 뒤에서 묵직함 느낌이 전해져 와 뒤를 돌아보니 웬 느끼하게 생긴 남자가 부채질을 하며 나와 이 정신 사나운 여인을 바라보고 있었다. 그리고 그 옆에는 나와 부딪친 인상 더러운 남자가 서 있었다.

"아니, 이거 누구신가. 창천검문(蒼天劍門)의 수다쟁이 다어여협(多語女俠) 망운초(望雲艸)아니신가."

"다어여협!"

"어디서 봤나 했더니 다어여협이었다니!!"

"이보게, 어서 이 자리를 뜨세나. 다어여협이랑 얽히면 될 것도 안된다 하지 않나."

다, 다어여협?

느끼하게 생긴 남자는 생긴 것 그대로 말투와 목소리까지 느끼했는데, 이 느끼한 놈이랑 주변의 사람들의 말까지 조합해 보면 이 다어여협 망운초란 여자는 꽤나 유명세를 타는 것 같았다. 그것도 상당히 안 좋은 쪽으로 말이다.

결국 대부분의 사람들이 자리를 피하고 스스로 다어여협과 느끼한 놈의 맞붙음을 알려야 할 사명을 가지고 있다고 생각하는 용기있는 사람들은 남아서 끝까지 구경하고자 하였다.

그런 용기있는 자들이 지켜보던, 그때까지 나한테 수다를 떨며 나를 치떨게 하던 다어여협도 이때만큼은 수다를 그치고 그를 바라보았다.

하늘이 날 도우려나? 이 느끼한 놈과 이 여자가 잘 아는 것 같으니

다행이군. 제발 이 수다쟁이 여자를 데려가 주쇼. 부탁입니다.

"너는 기소광자(欺笑狂者) 추요조(秋妖朝)! 네가 이곳엔 무슨 일이지? 네 주인 마허호(摩噓虎)의 개 노릇을 하러 왔느냐!"

그러나 하늘은 날 버렸다. 망할 하늘.

수다쟁이 여인, 다어여협은 수다를 떨던 지금까지완 전혀 다른 모습을 보여줬다. 그녀는 느끼한 남자를 살기가 가득한 눈빛으로 째려보았는데 그 모습은 무섭기까지 하였다.

그런 그녀의 마음을 아는지 모르는지 느끼한 녀석, 추요조는 계속해서 느끼한 몸 동작을 취하며 말했다.

까딱까딱.

"아니, 아니, 그게 아니지. 난 강남제일패(江南第一霸)이신 주군의 이름을 빌려 이번에 들어오는 아랫것을 직접 맞이하러 왔지. 덕분에 너의 그 상상불허(想像不許) 수다신공에 귀가 썩는 것 같구나."

손가락을 까딱거리며 말하는 추요자의 모습을 본 나는 그의 손가락을 잡고 꺾어버리고 싶은 충동이 들었지만 극도의 인내심을 발휘해 충동을 억누를 수 있었고 이를 악물며 추요조를 바라보았다.

어떻게 저렇게 생긴 것뿐 아니라 하는 짓까지 기름기가 줄줄 흐르는지… 씁!

"마허호는 강남제일패가 아니라 강남제일폐(江南第一吠)겠지. 너도 네 주인을 따라 짖어보렴. 개는 짖어야 개지 그렇지 않으면 아무짝에도 쓸모없지 않겠니? 호호호호!"

난 점점 살벌해지는 분위기에 꼬이는 나의 인생을 저주할 수밖에 없었다.

왜 날 중간에 놔두고 싸우는 거냔 말이야! 도대체 요즘엔 왜 이리 일들이 꼬이기만 하는지… 꼬인다, 꼬여!

"뭐라고? 네 이년! 오늘 네년의 제삿날이 될 줄 알아라!"

"네놈이야말로! 네놈이 오늘 죽어 다시는 이곳에서 보지 않게 될 것을 생각하니 벌써부터 날아다닐 것 같구나!"

실제로 죽지도 않는 게임에서 웬 제삿날? 정말 유치하게들 싸우는군.

나는 정말 유치하게 싸우는 둘을 보고선 오늘 버스에서 일어난 사건과 별다를 게 없는 유치한 싸움이라고 단정 지어버렸다.

그러나 현실에서완 달리 둘은 각자 병기를 꺼내 들고 맞붙었는데, 추요조의 병기는 학창 시절 친구가 빌려온 무협지에나 나오는 그런 장겸(長鎌)이었고, 그 장겸은 망운초의 연검(軟劍)에 조금씩 밀리고 있었다.

츠캉! 차앙!

"네놈의 혀에 몸이 따라가지 못하는 것 같구나!"

"치잇! 마살부(摩殺斧)! 나를 도와라!"

"……."

카앙!

지금껏 내내 침묵을 지키던 인상 더러운 남자는 대부(大斧)를 꺼내 들고 추요조를 도와 그녀에게 합공을 가하기 시작하였다.

캉! 츠캉!

마살부라 불린 남자가 가세하자 상황은 달라졌다. 마살부의 대부가 여인의 몸통을 노리고 휘두르면 그에 맞춰 추요조가 장겸을 대각선으로 크게 베어갔다.

다어여협 망운초는 검을 살짝 비틀어 둘의 공격을 간신히 상쇄시키며 힘겹게 말했다.

"비겁한 놈들! 네놈들이 이러고도 사내냐!"

"하하하하! 그 과정이야 어떻든 이기면 그게 진정한 강자 아니겠느냐!"

"크윽!"

캉! 츠앙!

그녀는 상당한 거 뭐시냐… 아, 무공! 그래, 무공을 소지했는지 처음 추요조와 마살부가 합공해 올 땐 조금 밀리다가 둘의 합공에 익숙해졌는지 다시 기세를 일으키며 팽팽한 싸움을 유지시키고 있었다. 이건… 내게 도망가라는 신이 내게 내린 일생일대의 기회이자 계시였다.

8년.

8년간 하루도 빠짐없이 친척들의 눈치를 받으며 살아온 나였으니 이런 기회를 놓친다면 난 8년을 헛되이 살아온 것이다.

수다로 날 굴복시키던 여인은 한참 싸움 중. 거기다 자리에서 떠나지 않고 구경하던 사람들 역시 둘의 싸움에 시선을 집중하고 있으니 이런 기회가 다시 있으랴!

난 뒷걸음질로 부랴부랴 그 자리를 피해 버렸다.

"크윽! 초반부터 이렇게 꼬이다니……."

그렇게 나의 암울한 게임 생활은 처음부터 꼬이기 시작했다.

옛 병법 중에는 36계라는 병법이 있다. 그중 1계부터 6계까지를 승전계(勝戰計)라 하여 아군의 형세가 충분히 승리할 수 있는 조건을 갖추고 있을 때 증기를 타고 적을 압도하는 작전을 뜻하며, 7계부터 12계까지를 적전계(敵戰計)라 하여 아군과 적군의 세력이 비슷할 때 기묘

한 계략으로 적군을 미혹시켜 승리를 이끄는 작전을 뜻한다.

13계부터 18계까지를 공전계(攻戰計)라 하며 자신을 알고 적을 안 다음 계책을 모의하여 적을 공격하는 전략을 뜻하고, 19계부터 24계까지를 혼전계(混戰計)라 하여, 적이 혼란한 와중을 틈타 승기를 잡는 전략을 뜻한다. 그리고 25계부터 30계까지를 병전계(幷戰計)라 말하여 상황의 추이에 따라 언제든지 적이 될 수 있는 우군을 배반, 이용하는 전략이고, 마지막 31계부터 36계까지를 패전계(敗戰計)라 하여 상황이 가장 불리한 경우 열세를 우세로 바꾸어 패배를 승리로 이끄는 전략을 뜻한다.

역사의 유명한 전략가들은 이 36계 중 마지막 36계 주위상(走爲上)을 최고의 병법으로 따졌으니 가히 최고의 계략이라 할 만한 것이다.

음, 맞나? 어쨌든 그냥 그렇게 생각하고 싶다.

주위상이란 줄행랑이라고도 불리며 때로는 전략상 후퇴도 필요하다는 뜻인데, 내가 현 상황에서 혼신의 힘을 기울여 진행하고 있는 것이 바로 이 주위상의 계책이다.

도망치기 위해 있는 힘, 없는 힘을 전부 두 다리에 쏟아 붓던 나는 어느 정도 도망쳤다 생각하자 뛰던 것을 멈추고 잠시 쉬기로 했다.

"하아, 하아, 여기까지 도망쳤으니 이젠 안심해도 되겠지. 그나저나 무슨 게임이 이렇게 힘들기까지 하냐고. 하아, 하아, 이게 게임이냐, 현실이지. 아이고, 죽겠다."

수다의 악몽에서 벗어나기 위해 죽기 살기로 뛰던 난 진이 다 빠져버렸고 힘없이 그 자리에 털썩 주저앉아 버렸다.

"어이, 이봐."

"우왓!"

주변의 사람이 없다고 안심하고 긴장을 풀던 나에게는 마른하늘에 날벼락 같은 일이 일어났다. 분명 주변을 둘러보았을 때에는 아무도 없었는데 갑자기 등 뒤에서 사람의 목소리가 들린 것이다.

"이, 이봐, 그렇게 놀라지 말라고. 내가 일부로 놀라게 한 것 같아서 미안하잖아."

어떤 사람이라도 아무도 없다고 안심하다가 등 뒤에서 갑자기 말소리가 들리면 다 놀라!!

난 하고 싶은 말을 꾹 참으며 상대를 쳐다보았다.

내 등 뒤에서 나타난 사람은 이제 20대 중반 정도로 보이는 남자였는데 굳게 다문 입술과 짙은 눈썹, 그리고 몸을 이루고 있는 근육으로 하여금 강인한 인상을 풍기고 있는 사람이었다. 그리고 그의 그런 모습은 등 뒤에 메고 있는 대검(大劍)과 조화를 이루어 누가 보더라도 강한 사람인 것을 알 수 있게끔 하였다.

난 놀란 마음을 가라앉히며 그에게 물었다. 적어도 누군지는 알아야 할 것 아닌가.

"누구시죠?"

"나? 아, 난 장염이라는 사람인데 너… 2차 테스터지?"

너무나 심약한 심장을 가진 나는 이미 사실대로 말했다가 한바탕 곤욕을 치른 상태였기에 결코 사실대로 말할 수 없었고 결국 난 거짓말을 하기로 했다.

난 조용히 살고 싶어.

"아니오. 전 2차 테스터가 아닙니다. 제게 무슨 볼일이 있으신가요? 없으시면 이만……."

장염이란 사람에게 꼬투리를 잡힐까 봐 내가 할 말만 재빨리 하고선 자리를 피하려 하였으나 뒤에 이어지는 그의 말은 뒤돌아 걷던 나의 발걸음을 멈추게 하기 충분했다.

"그래? 그럼 아까 다어여협 망운초에게 했던 말은 거짓말인가? 난 워낙 강직한 심성을 가진 터라 거짓을 함부로 내뱉는 자를 베어버리는 게 취미인데……."

우뚝.

정말 지랄 맞은 취미였다.

"하, 하… 지, 지금 협박하는 겁니까?"

"아니, 협박이랄 것까지야…… 단지 그냥 그렇다는 것이지. 거기다 새내기 2차 테스터도 아닌 허접 1차 테스터라 하니 마음이 동하는 거야 별수없지 않나?"

정말 젠장할! 이었다. 협박이 아니라면서 은근히 내게 진실을 요구하는 모습이 아까까지 보였던 고수의 풍모를 다 잃어버린 삼류건달의 모습이었지만 지금 내게는 그것도 위협적이다. 내가 백날 날고, 뛰고, 기어봤자 저 대검 한 방이면 끝일 테니.

하지만 난 게임 초보답게 우기기로 결심을 했다. 난 2차 테스터가 아니니 배를 째던가!

"맘대로 하십시오. 설마 게임에서 죽는다고 내게 피해가 올 것도 없겠거니와 어차피 재미 삼아 해본 것이니 난 캐릭터를 새로 만들면 답니다."

"호오, 그래? 근데 이거 어쩌지? 캐릭터는 한 사람당 하나밖에 만들 수 없는 데다가 꼭 죽이지 않고도 괴롭힐 방법은 무궁무진한데 말이야. 예를 들자면 음… 다어여협에게 이 사실을 알린다거나 하는 것 말이지. 내가 아는 그녀의 성미로 보건대 속고는 못 사는 성미거든. 복수할 때까지 따라다니며 괴롭힐걸? 그런데 1차 테스터란 사람이 이런 기본적인 정보도 몰랐었나? 유명하고 또 유명한 다어여협에 관한 것도?"

움찔!

협박이다. 무서운 협박이다.

다어여협 망운초. 잠시 겪은 그녀의 수다만으로도 난 인생의 좌절감을 맛보았는데 내가 그녀에게 거짓말 아닌 거짓말을 한 것을 그녀가 안다면…….

꿀꺽!

끔찍하다. 차라리 게임을 뜨고 말지 그녀의 수다를 듣기란 너무 힘든 일이 아닐 수 없었다. 난 결국 굴복할 수밖에 없었다. 게임기가 너무 비쌌으니…….

"크윽! 치, 치사하게."

"아, 1차 테스터 친구, 잘 있게나. 다음에 볼 때는 살아서 보기 바라네. 자, 창천검문으로 가볼까나."

"자, 잠깐!"

그가 뒤돌아 걸으려 하자 난 큰 소리로 그를 멈춰 세울 수밖에 없었고 그는 마치 예상했다는 듯이 유들유들한 미소를 지으며 짐짓 모르는 척 뒤돌아보았다. 으, 저 얼굴을 뭉개 버리고 싶어.

"훗. 왜 그러나, 1차 테스터 친구."

"2찹니다."

"뭐?"

"젠장. 그래, 나 2차 테스터입니다! 나 2차 테스터이니 말해 봐요. 도대체 내게 무슨 짓을 하려고 그러는 겁니까?"

난 최대한 티껍게, 그러면서도 장염이란 남자의 신경은 건들이지 않게 말을 했고, 그 역시 내 말투에는 그다지 신경을 쓰지 않는 듯했다.

"오, 2차 테스터였어? 그러면 처음부터 말을 하지 그랬나. 그럼 한 가지만 묻자."

뭘 묻겠다는 거야.

"말해 보십시오."

"너, 남자지?"

머엉.

이게 뭔 대낮에 귀신 씻나락 까먹는 소리인가, 이 황당하고도 또 황당한 말은. 그럼 내가 남자가 아닌 여자로라도 보인단 말인가? 참고로 말하지만 난 키 180의 신체 건장한 남자다. 얼굴 선이 조금 가늘기는 하지만 척 보면 누구나 알 수 있는 남자란 말이다.

"너 남자야, 아니야? 빨리 말해."

"나, 남자요."

난 점점 신경질적이게 변해가는 그의 음성에 간단히 대답해 주었고, 그는 이제 끝났다는 듯이 활짝 미소를 지으며 날 쳐다보는데 왠지 예감이 좋지 않다.

"그래, 역시 남자였구나. 그럼 잘 가게나."

"엥?"

뭐, 뭐 하자는 거야!

그는 내 대답을 듣자마자 내게 인사를 하며 뒤돌아 걷기 시작했다. 난 잠시 갑자기 겪은 황당함이 점점 분노로 변해가는 것을 느끼며 결국 그를 불러 세웠다.

"잠깐!"

"왜 부르는 거야. 내 볼일은 다 끝났단 말이야."

그는 뒤돌아보며 신경질적으로 말했으나 이미 분노로 휩싸인 내게는 상관없었다. 죽일 테면 죽이라고 해. 저 유들유들한 면상을 한 대는 때려줄 테다!

"지금 나와 장난하는 겁니까? 왜 가만히 있는 사람 건드려 놓고서는 이상한 질문만 하고 자신이 할 말만 하고 가는 겁니까. 아무리 당신이 나보다 강하다고 해도 이건 너무한 처사 아닙니까?"

나의 상당히 티꺼운 말에 그의 눈썹이 약간 꿈틀대었으나 곧 무언가 이해했다는 듯이 내게 말했다.

"아! 그러니까 네 말은 지금 네게 무언가 보답을 하라는 말이지? 그러고 보니 네가 마지막이었구나. 음, 몇몇 사람한테 주기로 했던 게 여기 어디 있었는데……."

"자, 잠깐."

난 전혀 의도한 바와 다르게 흘러가는 분위기에 적응을 못하고 말을 꺼내려 했지만 그의 행동이 더 빨랐다. 그리고 공짜로 준다는데 사양할 내가 아니었고…….

"아! 여기 있다. 자, 네 가지야. 원랜 몇 개 더 있었는데 다른 건 다 남들에게 줘버렸고 남은 건 이게 다야. 뭐 가질래? 골라봐. 아니, 내가 너 놀라게 한 것도 있으니 그냥 다 줄게. 자, 너 해라."

장염이란 남자는 품 안에서 네 가지 책을 꺼내 나에게 보여주며 고르라 하였다가 말을 바꿔 나에게 전부 넘겨주는 게 아닌가.

"그럼, 줄 것도 다 줬고 볼일도 다 끝났으니 난 간다. 다음에 보면 아는 척해."

그는 그렇게 사라져 갔다.

장염이란 남자가 사라지고 나서도 난 한동안 패닉에서 벗어나지 못했고 태양이 완전히 지고 나서야 제정신을 찾게 되었다.

"정말 황당한 사람이야."

날이 어두워지자 옛날 무협지에서 읽은 것을 바탕으로 묵을 곳을 찾아 헤매기 시작했다. 그렇게 헤매고 헤매다 찾은 곳은 용문객잔(龍門客棧)이란 이름의 허름한 객잔. 허름하든 어쨌든 들어가기는 해야 할 텐데……. 하지만 돈이 없는 나는 책 네 권을 옆구리에 끼고 객잔 앞에서 서성거릴 뿐이었다.

그때 객잔 안에서 주인으로 보이는 노인 한 분이 나와 내게 말을 걸었다.

"무슨 일인데 이런 외진 곳까지 찾아오셨수?"

"아, 객잔 앞에서 얼쩡거려서 죄송합니다. 저, 그게… 날은 저물었는데 돈이 없어서. 그래서, 저기……."

난 창피한 마음에 말을 끝까지 잇지 못했고, 그렇게 내가 어쩔 줄 몰라 하자 할아버지가 먼저 말을 하셨다.

"쯧, 젊은 나이에 안됐구먼. 들어오게. 어차피 이런 외진 곳을 찾아오는 사람도 얼마 없으니 오늘 하룻밤 방을 내어주겠네. 대신 내 말동무가 되어주게나."

감격! 또 감격! 감격 그 자체였다.

이 야박한 현실에 이런 푸근한 마음씨를 가지신 분이 있다니 어찌 이 세상이 추악하다고만 하리요!

할아버지는 방 하나를 내주시고선 하루 종일 게임 내에서 아무것도 먹지 못했다는 것을 아시고선 손수 저녁까지 차려주시는 수고를 하셨다. 할아버지, 정말 감사해요!

"자, 먹게나."

"잘 먹겠습니다."

할아버지께서 내오신 것은 소면 한 그릇이었는데, 담백하고 면은 쫄깃쫄깃하여 상당히 맛있게 먹을 수 있었다. 그리고 그 와중에 게임에서 맛을 느끼는 것에 대해 상당히 놀라 다시 한 번 이 게임에 감탄을 자아낼 수밖에 없었다.

"어쩌다가 돈도 없이 떠돌아다니는가?"

"떠돌아다니다니요. 아니에요. 제가 오늘 이 게임이 처음이거든요. 아니, 정확히 말해서 게임에 대한 것 자체를 전혀 모르고 있다 보니 돈은 어떻게 벌어야 하는지, 또 어떤 방식으로 즐기는지 영 어려워서……."

"자네, 2차 테스터인가?"

할아버지는 짐짓 놀란 표정을 지으며 내게 물었고, 나는 그렇다고 대답해 주었다. 처음 본 내게 이런 친절을 베푼 할아버지가 나에게 해가 되는 일을 할 리 없었으니까.

"어이쿠, 자네, 정말 대단하이. 어떻게 게임에 대해 아무것도 모르면서 이곳까지 찾아올 수 있었는가. 난 그것이 신기하다네."

"하, 하, 그냥 이리저리 헤매다 보니……."

"허허, 내가 알고 있는 몇 가지 정보를 줄 테니 잘 알아두게나."

정보를 준다는 어조가 약간 이상하긴 했지만 준다는데 받지 않을 내가 아니니 우선 감사의 인사부터 올리는 것이 인지상정.

"정말요? 감사합니다."

"인사성 하나는 밝아서 좋구먼. 자네 옷 오른쪽에 달린 주머니를 열어보게나. 그러면 인벤토리 창이라 하여 눈앞에 자네만 볼 수 있는 창이 뜰 것일세."

할아버지의 말씀에 따라 오른쪽에 달린 주머니를 열어보니 허공에 창문만한 창이 떠 있었고, 그곳에는 은 열 냥과 몽둥이 하나가 자리잡고 있었다.

"자네가 지금 들고 있는 책을 인벤토리 창에 넣는다 생각하고 인벤토리 창에 놓아보게나."

난 책 네 권을 조심스레 인벤토리 창에 놓았고, 그러자 인벤토리 창에는 책 네 권이 존재하게 되었다. 오옷! 신기하다!

"처음 시작할 때는 몽둥이 하나와 은자 열 냥을 준다네. 그리고 돈의 가치는 이렇다네. 금 한 냥이 은 천 냥의 가치를 하고, 은 한 냥은 구리 100문의 가치를 한다네. 이 객잔의 방을 하루 빌리는 데 구리 10문이 드니 열 냥이면 꽤나 큰돈이지. 그래서 소매치기들이 초보 테스터들을 자주 노리기도 하지. 다행히 자네는 소매치기에 당하지 않은 것 같구먼."

"하하, 운이 좋았습니다."

난 할아버지의 말에 웃으며 대답했지만 할아버지는 그런 나를 한심하다는 듯이 쳐다보며 말을 이으셨다.

"좋아하지 말게나, 칭찬이 아니니. 상식이 전무하다 하니 정보 창에 관한 것도 모르겠군. 자네 왼쪽에 달려 있는 주머니를 열어보게나. 그러면 정보 창이란 것이 뜰 것일세. 그 주머니를 정보 주머니라고 하고 정보 창은 게임에 대한 갖가지 정보가 스스로 기입된다네. 이 비상이란 게임은 정보란 것이 다른 여타 게임과는 비교도 되지 않게 중요한 것 중 하나를 차지하는지라 정보 창은 매우 쓸모있다네."

왼쪽 주머니를 열어보니 인벤토리 창과는 다른 또 다른 창이 허공에 생성되었고, 그곳에는 아까 장염이란 사람에게 들었던 '한 사람당 만들 수 있는 캐릭터의 수' 와 '인벤토리 창 여는 법' , '정보 창 여는 법' , '정보창의 중요성' 이라는 항목이 적혀져 있었다.

"히야~ 이런 것이 있었다니… 정말 신기하네요."

"허허, 정말 골치 아프구먼."

그 뒤로도 할아버지는 몇 가지 정보와 함께 정보는 다른 NPC 또는 테스터들과 교환하거나 얻을 수 있다고 알려주셨다. 그러다 보니 시간 가는 줄 모르고 이야기는 꽃을 피웠고 대충 할아버지께서 알고 계신 정보를 다 말해 주시자 그제야 시간이 많이 흐른 것을 깨달았다.

"허허, 오랜만에 이렇게 말을 주고받다 보니 시간 가는 줄 몰랐구먼. 어서 들어가 자게나."

"전 괜찮습니다."

난 아직 좀 더 많은 정보를 얻어야 했기에 괜찮다고 했지만 할아버지께서는 그렇지 않으신 것 같았다.

"내가 안 괜찮아서 그러네. 아차, 그러고 보니 한 가지 말 안 해준 게 있구먼. 허허, 늙으니 기억이 가물가물하이. 내가 말했던 것 중에서 자네가 정말 운이 좋다는 이야기를 한 이유가 빠졌군. 이 비상에서는 주야를 엄연히 가린다네. 물론 밤이 되었다고 꼭 자야 하는 것은 아니지만 아직 자네 같은 삼류무사도 못 되는 사람들은 잠을 꼭 자야 하지. 잠도 노숙 장비를 갖추고 있다면 모를까 이곳 같은 객잔에서 자야 생명력에 대한 손실이 없다네. 그렇지 않고 그냥 밖에서 잔다면 천천히 생명력이 떨어져 아직 생명력이 높지 않은 하수들은 죽고 말지. 즉, 온도의 영향을 받는다는 말일세. 그렇다 하여 여름이라 밖에서 자는 것도 안 되네. 겨울만큼은 아니지만 여름도 에너지가 깎이기는 매한가지니까. 죽지 않고 다음날 아침 햇살을 맞이할 수 있다 하더라도 한 대도 맞지 않고 상대를 죽일 수 있는 고수가 아닌 이상 가장 약한 축에 속하는 여우 한 마리만 만나도 자네는 죽음을 맞게 될 걸세. 자, 설명을 들었으면 어서 들어가 자게나. 이렇게 앉아 있기만 해도 생명력은 아주 조금씩 깎이니 말일세. 허허."

난 할아버지의 말을 경청하다가 한 가지 생각이 떠올랐다.

"잠깐만요. 할아버지, 그런데 이 시간 개념 시스템이 아주 중요한 시스템 맞죠?"

"그렇지."

나의 생각은 확신이 되었다.

"그런데 그것을 잊어버리고 가르쳐 주지 않으셨다면 전 꼼짝없이 죽은 목숨 아니었겠습니까! 그런 중요한 사실을 잊어버리고 가르쳐 주지 않을 뻔하셨다니. 너무하십니다."

난 내가 죽을 뻔했다는 사실로 인해 눈앞의 할아버지가 내 생명의 은인이란 사실을 잊고 있었고, 곧 그 만용의 대가가 이어졌다.

따악!

"악!"

"시끄러, 이놈아! 죽을 뻔한 녀석 살려줬더니만 제가 오히려 큰소리를 치다니. 쯧쯧, 세상이 어찌 되려는지."

혀를 차시는 할아버지의 모습에 난 그제야 나의 잘못을 깨달을 수 있었고 바른 생활 청년 최효민의 이름을 더럽히지 않도록 하였다.

"죄송합니다. 제가 오늘 일진이 좀 사나워서 너무 흥분한 것 같습니다. 용서해 주세요."

"쯧쯧, 알면 됐네. 어서 들어가 잠이나 자게."

"네, 어르신, 안녕히 주무세요."

즉시 변하는 호칭.

난 어르신께 90도 각도로 깍듯이 인사를 하고선 아까 어르신께서 안내해 주신, 오늘 밤 내가 잘 방으로 들어갔다. 거기서 난 또 한 번 놀라고야 말았다.

아~ 고달픈 인생이여.

"헛! 당신 누구야!"

"쉿!"

"읍!"

나의 방에선 20대 초반으로 보이는 흑의(黑衣)의 남자가 창밖을 내다 보며 서 있었고, 내가 들어서며 소리를 지르자 내 입을 막아버렸다.

뭐야, 도대체 이 남자는 뭐냐고!

"소리를 지르지 않겠다면 놓아드리겠습니다. 동의하십니까?"

끄덕끄덕.

힘없는 나는 또다시 힘에 굴복하여 고개를 끄덕일 뿐이었다. 힘없는 게 죄지. 에휴, 오늘 일진이 왜 이렇게 사나운 거야.

"좋습니다."

"푸하!"

사내가 내 입을 가린 손을 떼자 난 숨을 몰아쉬며 그를 쳐다보았다.

"당신은 누구십니까? 왜 남의 방에 허락도 없이 들어와 있는 겁니까?"

난 당연히 알 것을 알아야 했기에 물었지만 남자는 설명을 하기 싫었나 보다.

"잠시 이곳에 있다가 오늘 안으로 나가겠습니다. 결코 당신께 해가 가는 일이 없을 테니 양해를 부탁드립니다."

남자의 말에 내 머리는 팽이가 돌듯 급격한 회전 운동을 하기 시작했다.

사건? 이 남자는 내 방에(사실 내 방도 아니지만) 무단 침입했다. 이유? 아마도 누군가에게 쫓기는 듯. 그래서? 난 남자에게 대가를 받아야 한다. 왜? 남자는 상당히 불리한 입장에 처해 있으니까. 대가? 정보!

오늘 내 머리가 평소 때와는 달리 팍팍 돌아가는 날인가 보다.

난 일련의 사건을 짐작해 보아 남자는 누군가에게 쫓기고 있고 난 그에게 요구를 할 수 있다는 지극히 단순하다면 단순한 이론을 창출해 내었다. 그리고 그 망할 이론을 그대로 말해 버리는 멍청한 짓을 저질렀다.

"좋습니다. 내일 아침까지 이곳에 저랑 함께 계시죠. 대신 한 가지 조건이 있습니다."

남자는 내 말에 미소 짓다가 뒤이어지는 말에 살짝 인상을 좁혔다.

"조건… 말입니까? 지금 당신의 상황을 아십니까? 제가 검을 한 번만 휘둘러도 당신은 쥐도 새도 모르게 게임 오버입니다."

남자는 내가 조건을 제시할 줄 몰랐다는 듯 검집에서 검을 살짝 빼며 날 협박했지만 이미 시작된 것, 난 강하게 나가기로 했다.

"그렇겠죠. 그러나 제가 크게 소리를 지른다면 당신을 찾는 누군가 역시 당신이 이곳에 있다는 것을 알게 되겠죠. 설마 제가 소리 지르기도 전에 절 죽일 수 있다고는 하지 않으시겠죠?"

움찔.

역시 예상대로였다. 정곡이 찔렸는지 남자는 아주 조금이지만 움찔거리며 내 말에 반응을 나타내었다.

"후, 하는 수 없죠. 그렇게 하죠. 조건이 뭡니까?"

휴, 간신히 넘어갔네.

겉으론 무표정을 고수하고 있던 나였지만 속으로는 안도의 한숨을 내쉬고 있었다.

"조건은 바로 정보입니다."

"정보… 말인가요?"

남자는 의외라는 듯 내게 되물었으나 난 당연하다는 듯 말했다.

"그렇습니다. 제가 오늘 이곳에 들어오고서야 이 게임에서 가장 중요한 것 중 하나가 정보란 것을 알게 되었습니다. 여차여차하여 기본 정보는 몇 가지 입수하게 되었으나 가장 중요한 전투에 관한 정보는 알고 있지 못하니 제게 전투에 관한 정보를 알려주십시오."

"호오, 보통 초보들은 좋은 아이템과 강력한 무공만이 최고라고 생각하기 쉬운데 정보가 중요함을 알고 있다니… 정말 의외로군요."

남자는 나를 다시 본다는 듯 의외성이 가득 담긴 목소리로 말을 했고 난 마음껏 잘난 척하고 싶었지만 이미 그럴 분위기는 다 지나간 상태라 계속 무표정을 지을 수밖에 없었다.

으, 계속 무표정을 지으려니 얼굴에 쥐가 나.

"좋습니다. 제가 알고 있는 전투에 관한 정보를 시간이 닿는 데까지 전부 알려 드리죠."

그는 그렇게 말하고선 자신의 정보 주머니를 풀더니 허공을 향해 손을 휘적거렸다. 아마도 내게 가르쳐 줄 정보에 대해 정리하고 있는 듯했고, 난 가만히 기다리고 있을 뿐이었다.

마침내 그는 허공에 휘젓던 손을 거두고는 정보 주머니에 손을 넣었고 다시 빼냈을 때는 그의 손에 작은 서류가 여러 다발 쥐어져 있었다.

그는 내게 그 서류 다발을 내밀었다.

"자, 받으십시오. 이것들은 따로 부연 설명이 필요없는 전투에 관한 기본 정보입니다. 비록 정보를 전문적으로 다루는 문파에서 싼 값에 입수할 수 있기는 하나, 초보 때는 매우 유용할 것입니다. 이 서찰들을 당신의 정보 창에 넣으시면 정보 창에 저절로 기입이 될 겁니다. 자, 어서 받으십시오."

서찰들을 받아 든 내가 그의 말대로 내 정보 주머니에 그것을 넣자 곧 그 서찰들은 온데간데없이 사라져 버렸으며 눈앞에 뜬 정보 창에는 새로운 정보들은 빼곡이 입력되어 있었다. 이런 놀라운 기능이!

"와아! 정말 놀랍군요! 정보를 이런 식으로도 주고 받을 수 있다니……."

"숨겨진 기능 중 하나이니까요. 이 기능을 알고 있는 사람은 아직 몇 명 없을 겁니다. 그리고 몇 가지 전투 정보 이외에 꼭 필요하거나 많이 쓰이는 정보도 드렸으니 알아서 잘 사용하시기 바랍니다."

남자는 별거 아닌 듯 말했고 나 역시 그냥 '그렇구나' 라며 쉽게 받아들였다. 하지만 남자가 준 정보들과 알려지지 않은 정보가 얼마나 값 비싸고 중요한 것인 줄은 나중에서야 알게 되었다. 이 남자는 정보에 목말라 하던 나에게 단비나 마찬가지인 사람이었다.

"이렇게 감사할 데가! 전 그냥 전투에 관한 몇 가지 기본 정보를 받는 것으로 만족하려 했는데 이렇게 많은 정보를 가르쳐 주시다니……."

"끝난 게 아닙니다. 아직 몇 가지가 남았고 그것들은 설명이 필요한 지라 서류의 전달이 아닌 직접 설명해 드리는 것입니다."

난 아직 끝나지 않았다는 남자의 말에 한편으론 기뻤지만 한편으로는 너무 과한 보답을 받는 것이 아닌가 하는 불안감마저 들었다.

난 여기서 그만 거절하는 것이 좋겠다고 생각하곤 거절하려 했다. 과유불급(過猶不及). 넘친 것은 모자란 것보다 못하다고 하였으니 말이다.

"저, 전 이것만으로도 충분한데……."

찌릿!

"아예 처음부터 가르쳐 주지 않았으면 모르되 이미 시작한 일을 이리 어영부영 끝내는 것은 제 성미에 맞지 않습니다. 지금부터 가르쳐 드릴 테니 잘 들으십시오."

완벽을 추구하는 광증이랄까? 이날 난 하루 종일 되는 일이 없었음을 어떻게든 상기했어야 했고 무슨 수를 써서라도 이 남자를 말렸어야 했었다. 물론 그렇게 하지 못한 나는 훗날 땅을 치며 후회했지만 지금은 그 사실을 알 만한 선견지명을 가지지 못했다.

한 번의 만류를 거절당한 나는 더 이상 그를 만류해야 할 필요성을 느끼지 못하였고, 나에게 좋았으면 좋았지 나쁘지는 않은 일이라 생각하며 그의 설명을 경청하였다. 물론 열심히 듣지 않더라도 나중에 정보 창을 보면 다 알 수 있는 사실이었지만 이왕 알아둘 때 확실히 알아두자는 심산에서였다.

"우선 전투에서 두 번째라면 서러워할 무공에 대해 가르쳐 드리겠습니다. 나중에 정보 창을 보시면 알겠지만 무공에는 상성이란 것이 있습니다. 각 무공마다 그 특성이 있고 여러 무공을 익히기 위해서는 그 특징을 무시해서는 안 됩니다. 예를 들어보자면 열화장(烈火掌)이라는 장법과 빙백장(氷白掌)이라는 장법은 서로 상성이 극과 극을 이룹니다. 일명 상극이라 하죠. 열화장은 극도의 화(火)에 대한 성질을 가지고 있다면 빙백장은 빙(氷)에 대한 성질을 가지고 있지요. 만약 이 두 무공을 같이 익힐 시에는 백이면 백, 주화입마에 빠져 최소 작은 패널티부터 최대 죽음과 함께 또 다른 패널티를 받는 등, 여러 안 좋은 일을 겪게 됩니다. 물론 주화입마에 빠져도 이겨낼 수 있는 방법이 있습니다. 바로 진기의 흐름입니다. 진기의 흐름을 아주 민감하고 섬세하게 다룰 수 있는 사람은 주화입마의 진기를 다뤄 주화입마에서 벗어날 수도 있을 것이나 그런 사람들은 매우 적죠. 그리고 다른 사람이 도와주는 방법도 존재합니다. 어찌되었든 무슨 무공을 익히든 상성이 가장 중요하니 아무리 좋은 무공을 발견했다 할지라도 반드시 상성을 따져 보고서 익히시기 바랍니다."

그의 말은 날이 샐 때까지 이어졌다. 덕분에 내 생명력은 바닥을 기었지만 많은 정보를 알아낼 수 있었고 그의 설명은 막바지에 다다르고 있었다.

"자, 마지막으로 제가 한 가지 충고를 하겠습니다. 사실 이 비상이란 게임에서 마물이라 불리는 것들은 상당히 강력합니다. 그래서 초보들은 멋모르고 밖으로 나갔다가 게임 오버가 되기 십상이죠. 그러니 처음 시작 시 주어지는 돈으로 무공 하나를 사서 어느 산 깊숙한 곳으로 들어간 다음 거기서 충분히 수련을 하고 나오십시오."

"충분히라면 얼마나?"

나의 질문에 그는 잠시 생각하더니 곧 말을 이었다.

"이 게임에서의 1년, 현실에서의 반년 동안입니다. 그 정도로 수련하면 기본적인 마물은 어렵게나마 잡으실 수 있을 테니 주위의 고수분들께 도움을 요청하십시오. 제 말을 지키지 않으셔도 됩니다만 신중히 생각하십시오. 이곳 비상에서의 생명은 단 세 번뿐입니다."

그가 밤새 가르쳐 준 정보 중 하나인 것으로 비상에서의 생명은 세 번이다. 즉, 두 번 죽었다 살아날 수가 있고 마지막 세 번째 죽음을 맞으면 그 캐릭터는 완전히 삭제된다는 것이었다.

유저는 다시 캐릭터를 만들어서 게임을 해야 했고 아무런 아이템과 무공 없이 게임을 진행해야 했다. 거기다 설상가상으로 원수라도 만들어놓는다면 본모습에서 그다지 변화시킬 수 없는 캐릭터 덕분에 척살의 대상이 될 확률도 있다는 것이었다.

한 가지 부가적인 기능으로 첫 번째 죽음을 맞을 때는 능력치가 10퍼센트 떨어지는 패널티를 받게 된다. 의원에게 돈을 주고 치료를 받거나 일주일이 지나면 자연 치료가 되지만, 상당히 무서운 패널티가 아닐 수 없었다.

두 번째 죽음을 맞을 때는 페널티가 아닌 현재 자신 캐릭터의 능력을 110퍼센트~130퍼센트까지 끌어올려 준다고 한다. 그것도 캐릭터가 살아 있는 한 영구히.

하룻밤 사이 많은 정보를 가르쳐 준 그는 이미 나에게 아닌 밤중의 침입자가 아닌 아닌 밤중의 찬란한 햇빛이었고, 난 그의 추종자가 되다시피 하였기에 그의 충고를 거절할 마음이 추호도 없었다.

"생각할 것도 없습니다. 충고대로 하지요. 그런데 수련할 어디 좋은 곳 없나요?"

"여기, 이 지도에 나와 있는 데로 가십시오. 이곳은 아직 저 외에는 아는 사람도 없는 데다가 무척 안전하고 주위에 노숙 시 먹을 것도 풍부하며 입구도 은밀하게 숨겨져 있어 지도가 없는 사람은 그곳을 찾지 못합니다. 저도 우연히 구한 지도 덕에 그곳의 위치를 알게 되었으니까요. 그러니 그곳은 수련으로는 안성맞춤입니다. 그곳에서 반년만 수련하고 나오십시오. 그럼 제대로 된 게임을 즐길 수 있으실 겁니다."

"네, 알겠습니다."

얼마 후 그는 완전히 날이 밝자 내게 이별을 고하고선 떠났다.

이미 생명력이 바닥을 기던 나는 이번에는 동 10문을 내고 하루 더 방을 빌려 수면을 취하기로 했다. 수면을 취해 생명력을 회복한 후 간단한 노숙 준비를 하고선 남자가 가르쳐 준 곳을 향해 떠나기로 한 것이다.

"아차, 큰 은혜를 입었다시피 했는데 그분의 이름도 모르네. 이 바보. 다음에 만나면 꼭 이름이라도 물어봐야지."

방을 빌리기 전에 시간을 확인했던 나는 시간을 계산해 보았다. 이곳의 시간은 현실에서의 두 배. 즉, 30분에 한 시간씩이 된다. 똑같은 오전 1시부터 현실에서의 30분은 이곳의 1시간. 내가 처음 비상에 들어왔던 때가 오전 10시였으니 이곳에서는 오후 7시에 들어오게 된 것이다.

지금 이곳의 시간은 비상 시계에 따르면 오전 7시를 조금 넘겼고, 현실에서는 아직 오후 4시를 조금 넘긴 시간밖에 되지 않았다. 정말 말도 안 되는 시스템이라고 생각했지만 말이 되는 것을 어찌하리. 그냥 조용히 방에 들어와 침상에 누울 수밖에 없는 노릇이었다. 그렇게 난 침상에 몸을 뉘었다.

"어? 왜 여기에? 난 분명히 잠을 자려고 했는데?"

난 주위를 둘러보며 황당함을 감추지 못했다. 내가 현재 있는 곳은 처음 로그인 시 있었던 그 어둠뿐인 공간이었다. 다른 게 있다면 게임 안에서 입었던 옷을 그대로 입고 있다고 할까? 어쨌든 내가 왜 여기 있냐 이거야.

"허, 참 황당하네. 이거 도대체 어떻게 된 거야?"

—제가 설명해 드리지요.

"초… 은설?"

난 전혀 엉뚱하게 초은설이 나오자 이게 꿈이 아닌가 생각했다. 오늘 있었던 일이 너무나 획기적이고 깜짝 놀랄 일투성이라 꿈까지 그렇게 꾸는 것이라 생각한 것이다.

"이건 꿈인가? 하, 하, 이젠 꿈까지 날 놀리나?"

—꿈이 아닙니다. 여긴 사예님만의 가상의 세계, 통칭 내면의 세계란 곳입니다.

내면의 세계? 아따, 그런 유치한 이름을 누가 지었는지 닭살이 생기는구먼.

난 너무도 유치찬란한 이름에 몸에 닭살이 이는 것을 느꼈다.

—풋, 그 말씀을 운영자 7께서 들으면 상당히 기분 나빠하시겠군요.

"……!!"

난 깜짝 놀랐다. 내 생각을 읽다니…….

설마 관심법(觀心法)을 쓰는 것인가? 어떻게 내가 마음속으로 생각한 것을 알 수 있다는 말인가. 설마 흔하디흔한 삼류 소설처럼 영혼끼리 연결되어 있다느니 그러는 것은 아니겠지?

—그런 것은 아니니 걱정 마시기 바랍니다. 그 해답은 현재 사예님의 본신(本身)에 착용되어 헬멧과 캡슐에 있습니다. 캡슐은 사예님의 신체 상태를 체크하고 헬멧은 직접 사예님의 두뇌의 파장과 연결되어 게임 속의 사예님의 신체를 자신의 신체로 착각하게 하는 역할을 합니다. 그리고 전 그 캡슐에 장착되어 있는 디스크 칩과 연결되어 있으니 제게 사예님의 생각은 직접 말씀하시는 것과 차이가 없습니다.

말도 안 된다. 그렇다면 이것은 사생활 침해가 아닌가! 생각조차 남을 의식하며 해야 한다니, 악몽 같은 세상이 될 것이다. 생각이라는 자유조차 빼앗는 것은 너무 심한 처사가 아니냐며 따지려는 나에게 초은설의 목소리가 들려왔다.

—그건 걱정 마십시오. 사예님과의 대화는 오직 저와만 연결되어 있으며 그 데이터 역시 아무도 침범할 수 없습니다. 아니, 데이터 자체가 남질 않습니다.

그래, 그 정도면 안심이다.

"그러면 제가 왜 여기에 와 있는지를 설명해 주시겠습니까?"

난 흥분을 가라앉히며 그녀에게 물었고, 그녀는 여전히 내게 별다른 감정이 담겨 있지 않은 말로 답을 해주었다.

—네. 이곳은 아까 설명을 드렸다시피 내면의 세계라 불리는 곳입니다. 보통 이곳은 잘 사용되지 않습니다. 사용할 때가 있다면 바로 수면 모드일 때입니다. 만약 사예님께서 처음 접속하실 때 활동 모드가 아닌 가수면 모드를 선택하셨다면 본신과 함께 사예님의 정신도 같이 진짜 수면에 드셨을 것입니다. 그러나 활동 모드를 선택하신 사예님은 본신과의 뇌파와도 다르게 흐르며 게임상의 뇌파와도 다르게 흐릅니다. 즉, 지금은 제3의 신체를 가지고 계신 것이지요. 이곳에서 바로 로그아웃을 하실 수도 있고 또다시 게임에 들어가셔도 됩니다. 그러나 현재 사예님의 생명력은 전체 100 중에 17밖에 채워지지 않았습니다. 들어가셔도 또다시 수면을 취해야 하죠.

"그렇게 된 것이었군요. 그럼 제 생명력이 언제쯤에 완벽히 차게 되죠?"

—사예님의 생명력은 게임상에서 4시간, 즉 현실에서의 2시간이 필요하다고 예상됩니다. 현재 현실에서의 시간이 4시 52분이니 로그아웃하셔서 영양 섭취를 하는 것을 권장합니다.

"그런데 한 가지 더 궁금한 게 있습니다. 이 게임에서는 정보란 것이 매우 중요하더군요. 그런데 초은설 씨? 초은설님? 은설 씨? 은설님? 초… 소저?"

말을 하다 보니 정말 부르기 애매했다. 초은설 씨부터 초 소저라는 약간 어색한 칭호까지 생각해 봤으나 어색하기는 마찬가지였다.

―그냥 초매(梢妹)라고 불러주시고 말도 놓아주세요. 저의 설정된 나이는 17세이니 그렇게 존댓말을 하시면 저도 부담스럽답니다.

"아, 그래도 되나요?"

―네.

"그럼 계속하지. 내 말은 그 정보를 초매에게 물어도 되냐는 거야. 방금 내게 알려줬던 이 내면의 세계란 곳에 대한 정보처럼 말이야."

―비상에서는 모든 것을 유저 분들께 맡기고 있습니다. 저도 처음에는 로그인하는 법밖에 몰랐습니다.

로그인하는 방법밖에 몰랐던 초매가 어떻게 내게 그런 사실을 가르쳐 주었을까? 나는 어느 정도 예상이 갔다. 그녀는 나의 생각을 읽는다. 그렇다면?

"혹시, 내가 가지고 있는 정보만을 바탕으로 이야기하는 것 아냐?"

―그렇습니다. 저는 사예님의 생각을 읽을 뿐 아니라 정보까지 공유하게 되어 있으니까요. 전 사예님의 정보 창에 있는 정보를 약간 풀어낸 것에 불과합니다.

"역시 그랬군. 그가 내게 준 정보 서류 안에 방금 그 정보가 담겨져 있던 것이었고 생명력이 바닥을 기던 나는 그것을 살펴볼 시간이 없었으며 그 덕분에 이렇게 새로운 정보를 얻는 느낌이 들었던 것이었군."

―정확합니다.

초매는 내가 추리한 것에 맞장구를 쳐주었고 모든 의문을 푼 나는 내가 점심을 굶었다는 것을 깨달았다. 비록 게임상에서 소면을 먹기는 하였으나 그것은 게임상의 신체에 대한 음식이었지 내 진짜 몸과는 다른 것이니까.

"그럼, 밥이나 먹고 올까? 초매, 로그아웃시켜 주겠어?"

ㅡ네. 테스터의 의지에 따라 로그아웃에 들어갑니다. 5초 후 안전하게 로그아웃될 것입니다. 5, 4, 3, 2, 1. 수고하셨습니다.

싸아아앙!

그녀의 카운트가 끝나자 다시 흰 빛이 나를 덮쳤고 눈을 감았다가 뜨니 헬멧의 고글을 넘어 ㈜FOREVER이라 적혀 있는 캡슐의 뚜껑이 눈에 들어왔다.

난 헬멧을 벗고 캡슐을 여는 버튼을 눌러 캡슐을 개봉시켰다.

쉬이이잉.

"휴, 로그아웃이 되었나? 정말 현실에서는 7시간 정도밖에 흐르지 않았군. 자, 그럼 어서 밥이나 먹어볼까?"

난 냉장고에 있는 음식들 중 하나를 꺼내 맛있는 점심 겸 저녁 식사를 하였다. 많이 놀랐더니 배가 무진장 고프구먼.

◆ 비상(飛翔) 두 번째 날개

동굴

비상(飛翔) 두 번째 날개 동굴

식사를 맛있게 한 나는 다시 방으로 들어가 캡슐에 누웠다. 밥을 먹은 뒤 바로 게임을 하면 몸에 부담이 갈 수도 있으니 가끔씩 이렇게 잠시 멍하니 있는 것도 괜찮은 일 같았다. 내가 언제 이렇게 하릴없이 보낸 날이 있었나? 그동안은 그저 생활고에 찌든 몸으로 일하고 다녔을 뿐이다. 그러나 이제는 상황이 변했다. 나는 이제 이런 생활에 익숙해질 것이고 아르바이트를 하던 날은 아주 오래전의 추억이 될 것이다.

주르륵.

하하, 바보같이 왜 눈물이 흐르는 거야. 그동안 날보고 눈물 하나 없는 냉혈이라고 한 사람들 실수한 거야. 이렇게 눈물이 계속 흐르는데…….

그렇게 잠시 멍하게 시간을 보내던 나는 캡슐의 자동문을 닫고 가수면 모드를 활성화시킨 후 헬멧을 머리에 썼다.

파앗!

윽! 아무리 적응하려 해도 적응이 안 되는군.

또다시 어둠의 공간에 들어온 나는 눈앞의 거울로 다가가 이번에는 LOGIN이라 적힌 부분에 손을 가져다 대었다. 그러자 거울 속에서 새하얀 매가 튀어나와 어둠을 가르며 지나갔고 그 매가 지나간 부분부터 천천히 주변의 모습이 변하기 시작했다. 어둠의 공간과는 전혀 다른 온통 하얀색으로 뒤덮인 빛의 공간이었다.

—사예님, 오셨습니까.

뒤에서 들려오는 감미로운 목소리. 이 목소리는 분명 초매로군. 나는 뒤를 돌아보았고 그곳에는 조금도 변하지 않은 초은설, 초매가 서 있었다.

—식사는 맛있게 하셨나요?

"아, 그래. 초매는 식사 안 해?"

—전 괜찮습니다. 로그인하시겠습니까?

"응, 그래. 로그인해 줘."

—그대 비상을 위해 날갯짓을 준비하는 자여, 날아오를 준비가 되었나요?

"응."

—사예, 그대의 뜻대로 하늘 높이 날아오르시기를 기원합니다.

쉬이잉.

난 내 몸이 흐릿해지는 것을 느끼며 급히 초매에게 입을 열었다.

"아참, 그리고 초매도 날 사예님이라고 깍듯이 부르지 말고 편하게 불러. 알았지?"

—알겠습니다, 사 공자.

그녀의 흐릿한 말을 끝으로 다시 빛이 나를 감싸 안았고 곧 비상의 세계에 당도하게 되었음을 느낄 수 있었다.

"으아아아! 뻑적지근하네. 몸이 삐거덕거리는구먼."

나는 침상에서 일어나 흐트러진 이불을 정리하였고 생명력이 다 차 있는 것을 확인한 후 그가 알려준 곳으로 떠나기 위해 방을 나가 일층으로 내려갔다. 그곳에는 이미 주인 어르신이 자리를 잡고 차를 마시고 계셨고, 내가 내려오는 소리가 들리자 시선을 돌려 나를 향했다.

"허허, 일어났는가?"

"아, 예. 어르신도 잘 주무셨습니까? 그런데 맑은 공기를 마시고 아침 햇살을 쬐며 차를 드시다니 부럽습니다."

정말 그랬다. 어르신의 모습은 이미 세상을 초월한 사람의 그것이었고 잘 늙으면(?) 저런 모습이겠구나 하는 생각이 절로 들 정도였다. 나도 늙어서 저런 모습을 갖출 수 있었으면 좋겠다는 생각까지 들었을 정도니까.

"예끼! 자네 지금 날 놀리는 건가?"

"그게 그렇게 되나요?"

난 농담 섞인 말을 건네며 빈자리 아무 데나 걸터앉았다.

"점심은 먹어야지. 뭐 먹을 건가?"

점심? 방금 전에 저녁을 먹고 왔는데 또 먹어? 저녁 먹고 바로 점심 먹고 내가 돼지도 아니고 말이야.

"아닙니다. 점심은 됐어요."

"허허. 자네, 이제 떠나려는 것 아닌가? 그럼 점심을 먹어야지. 내가 말하지 않았나, 자네 같은 초보들이 가장 지나치기 쉽지만 초보들에게 가장 중요한 것이 식사와 수면이라는 것을."

그랬다. 막상 게임에 들어온 초보들은 돈도 얼마 없는데 어떻게 잠은 객잔에서 자고 밥을 자주 먹느냐는 생각으로 식사와 수면을 잊은 채 밤낮으로 사냥을 하는 게이머들이 대부분이라고 한다.

그러나 식사와 수면은 생명력과 체력을 채워주는 아주 중요한 기능이다. 생명력은 말할 것도 없고 체력이 적으면 경험치는 평소 때의 1/10밖에 얻지 못해 많은 시간을 사냥에 투자해도 그다지 레벨을 올리지 못한다.

거기다가 주변 시야와 함께 방어력도 낮아지고 밤이 되면 생명력이 급속하게 떨어지는 등 많은 고초를 겪게 되는 것이다. 그래서 나같이 운 좋은 타입의 사람들과 이미 이 비상이란 게임에 대해 많은 지식을 쌓은 사람들을 뺀 나머지 대부분의 초보들은 한 번씩 죽게 되고 결국 죽은 것에 대한 패널티를 치료하기 위해 드는 돈이 이렇게 정기적으로 수면과 식사를 하는 곳에 쓰이는 돈보다 훨씬 많다는 것이 어제 어르신께서 내게 알려준 정보 중 하나였다.

이렇게 정기적으로 돈을 쓰다 보면 돈이 많이 들겠지만 많은 시간을 게임에서 보내다 보면 점점 돈을 버는 능력도 증가하고 그렇지 않다 해도 이런 객잔이나 일하는 사람을 구하는 여러 가게가 많으니 그다지 궁색하게 지내지 않을 수 있다고 한다.

또 레벨이 높아질수록 생명력과 체력이 높아져 후에는 며칠이든 먹지 않고 자지 않아도 견딜 수 있고 거기에 소모된 체력과 생명력도 아주 소량의 식사와 수면만으로도 채워져 많은 시간을 자신이 하고 싶은 일에 투자할 수 있다고 하니 다행이라면 다행이랄까?

"아참, 그렇군요. 제가 마음이 급하다 보니 어제 가르쳐 주신 것도 깜빡했습니다. 하하. 어르신, 어제 제게 주신 소면 한 그릇만 부탁드려도 될까요? 이번에는 돈을 지불하죠."

돈을 내는 것이 당연했지만 난 특별히 음식 값을 지불한다는 자세를 취하며 장난스레 어르신께 부탁드렸다. 한창 장난을 치고 친구들과 어울릴 시간을 생활고를 위해 소모해 버렸으니 이제라도 이렇게나마 조금 장난기를 드러내고 싶은 마음이다. 다행히 사정을 모르는 어르신께서도 그런 나의 장난을 가볍게 받아넘겨 주셨다.

"허허, 이런 영광이 있나. 잠시만 기다리게나. 내 특별히 솜씨를 발휘해 주지."

"하하하."

어르신께서 주방으로 들어가고 나자 마땅히 할 일이 없어진 나는 객잔을 구석구석 훑어보았다. 낡고 허름한 객잔의 풍경은 한눈에 보기에도 아주 오래전에 세워진 건물임을 알 수 있었다. 그러나 이것이 만들어진 것은 2년이 채 되지 않았고 그것은 꽤나 연세를 자랑하시는 주인 어르신도 마찬가지였다. 그렇게 따지면 오히려 세상을 살아온 것은 내가 선배인 것이다.

만들어진 추억이라… 언뜻 보면 기분 좋은 생각으로만 채워 넣은 추억이 좋게 보이기도 했지만 과연 그들은 행복할까? 자신의 의지와는 상관없이 살아가야 하는… 아니, 자신의 의지는 가졌지만 그것을 마음대로 바꾸지 못하는 그 삶이 진정 행복할까?

난 아직까지 인공 지능에 대해 그다지 좋은 느낌이 들지 않는다. 차라리 예전같이 인공 지능은 가졌지만 이런 완벽한 인공 지능이 아니었을 때가 훨씬 좋았던 것 같다.

생활이 나아지면 더 나은 생활을 바라고 기술이 발달하면 그에 맞춰 더욱 발달된 기술을 원하는 끝없는 사람의 욕심 때문에 기계도 인간도 아닌 불행한 존재가 탄생된 것이다.

어젯밤 난 흑의를 입은 그에게서 들은 한 가지 사실을 기억해 내었다. 우리 유저들은 죽어도 상관없지만 이들은 죽으면 모든 기억 데이터를 삭제당한 뒤 새로운 데이터를 가지고 태어난다고. 그동안 있었던 일은 단 한 가지도 기억하지 못하며 새로 주입된 지식만으로 살아간다고. 또 그렇게 죽어간다고.

세상에서 가장 암울한 8년을 살았다고 자부한 나 역시 이들에 비하면 어린애 장난이었다. 이들은 삶의 목표는 있지만 그에 대한 미래는 존재하지 않으니까.

"자, 다 되었네. 어서 들게나."

"잘 먹겠습니다."

후루룩!

"으어, 국물 정말 시원합니다. 그런데 어르신, 아까부터 궁금한 게 있었는데 말이죠?"

"무엇이 그렇게 궁금한가?"

"저기 탁자 옆에 세워둔 칼 말입니다. 이런 객잔에 웬 칼입니까?"

내가 손가락으로 가리킨 곳에는 도(刀)가 하나 탁자에 기대어 위태위태하게 서 있었다. 저게 아까부터 신경에 거슬린단 말이야.

"아, 저 칼 말인가? 음, 그때가 언제더라? 아, 아마 1차 테스트가 시작되고 얼마 지나지 않아서였을 걸세. 웬 허름한 차림의 청년이 객잔 앞을 서성거리지 뭔가. 그때만 해도 내가 궁금한 것을 못 참아하던 때라 그 청년에게 물었지. 왜 이런 외진 곳에서 서성거리냐고. 그러자 그 청년이 체력이 다 떨어져 가는데 돈이 없어서 객잔에도 못 들어가고 해서 이렇게 서성거릴 수밖에 없었다더군. 그때도 별반 다를 바 없이 손님은 별로 없었고 소면 한 그릇이라 해봤자 돈도 얼마 되지 않으니 적선하는 셈치고 그냥 소면 한 그릇 해줄 테니 먹고 가라 했었네. 오랜만에 보는 사람이 반갑기도 했고 말일세."

음, 충분히 가능성있는 이야기다. 이렇게 손님 없이 날파리만 날리는 가게니 그때라고 별수있었겠어? 그 청년도 돈은 없는데 마음은 급하니 인심 좋아 보이는 주인과 허름해 보이는 객잔의 외형에 뭐 하나 얻어먹을 수 있지 않을까 해서 얼쩡거렸겠지. 그런데 이렇게 소면 맛이 좋은 집에 왜 손님이 없는 걸까?

"지금 생각해 보면 별것 아닌 것 같은 이야기이지만 사실 1차 때는 체력이 전부 다 소모되면 죽음을 맞게 되어 있었다네. 2차로 오면서 1차 테스터들의 항의로 죽음은 면하게 되었지만 말일세. 어찌 되었거나 청년은 내가 끓여준 소면을 맛있게 먹더니 내게 저 칼을 내밀면서 소면 값 대신에 지불하겠다고 하더군. 사실 그때까지 그 청년이 칼을 차고 있는 것도 몰랐다네. 아니, 티가 나지 않았다고나 할까? 이것도 아닌데… 아, 꼭 너무나 평범해서 아무 생각 없이 지나치는 그런 느낌이었네."

체력이 전부 소모되면 죽었다고? 그렇다면 초기 때 꽤나 많이 죽었겠는데? 그건 그렇고, 그 사람도 제법 바른 생활 청년인가 보군. 난 그냥 넙죽 받아먹기만 했는데.

"그래서 어떻게 됐습니까? 저기에 그 칼이 있는 것을 보니 받으셨나 보죠?"

"그게, 처음에는 계속 사양을 했다네. 어차피 적선한 셈치고 소면을 해줬던 것이니 대가를 받을 필요가 없다고 생각했었네. 거기다 1차 테스트에서는 지금처럼 은 열 냥 역시 지급하지 않았고 테스트 초기였기에 저런 칼의 시세 역시 높았으니 소면 한 그릇의 대접치고는 너무 과한 것이어서 말일세. 그런데 그 청년은 막무가내로 저 칼을 가게 한구석에 놓아두더니 가버리지 뭔가. 거기다 끝이 가관일세. 이미 과한 대가를 받았는데도 그 청년은 다음에 꼭 은혜를 갚으러 온다 하지 뭔가. 허허, 정말 누구하고는 정반대의 청년 아닌가?"

뜨끔.

어르신의 말씀에 약간 찔리기는 했지만 그보다 더 궁금한 것이 있어 질문을 이어갔다.

"그 청년의 이름이라도 알아두셨어요?"

"음, 잘 기억이 나지 않네만 아마도… '마비' 라고 했던 것 같네."

마비? 뭐 그런 웃긴 이름이 다 있어? 현실적인 게임이라고 해서 다 멋진 이름을 가진 사람만이 있는 것도 아니구나.

"풋, 마비요? 이름이 뭐 그래요? 큭큭!"

"허허, 사람의 이름 가지고 놀리는 것 아닐세. 어찌 부모님께서 지어주신 이름을 가지고 그리 웃는가. 허허, 어찌 되었든 비싼 물건이면 다음에 올 때 다시 돌려주려고 대장장이 이씨에게 감정을 부탁하기로 했다네. 하지만 대장간으로 가지고 가려 했는데 너무 무거워 들지를 못하겠던 게 아니겠는가. 힘 좋기로 소문난 이씨의 아들에게 부탁했더니 그 녀석조차 힘겹게 들고 가더군. 그렇게 대장장이 이씨에게 가져다주니 이씨가 저 칼은 철과 여러 종류의 다른 금속들을 같이 제련해서 만든 합금으로 만들어졌고 그래서인지 강도가 무척이나 강하며 대신 그만큼 무겁다고 하더군. 웬만한 힘으로는 휘두르기도 힘들다고 하지 뭔가."

에? 보기에는 그렇게 무거워 보이지 않은데? 한 손으로 들면 무겁겠지만 양손으로 들면 그다지…….

"그렇게 무거워 보이지는 않은데요?"

"허허, 이 친구야. 무거워 보였으면 내가 직접 들어보려고나 했겠나? 생긴 것답지 않게 무겁단 말이네."

쳇, 저만한 것이 무거워 봤자 얼마나 무겁다고. 괜히 말했다가 핀잔만 들었잖아.

"이야기 계속하겠네. 저 칼에 제련 시 사용된 여러 금속들이 그다지 값진 것이 아니라 지금은 그다지 비싸지 않지만 예전에는 꽤나 비쌌다네. 그래서 주인이 오기를 기다리며 저렇게 세워둔 것일세."

"아, 그랬군요. 근데 1차 테스트는 4년(현실에서의 2년) 전에 시작됐다고 알고 있는데 아직도 주인이 오지 않았나요?"

"허허, 벌써 그렇게나 되었나? 허허, 어떤가. 싸게 줄 테니 사 가지 않으려나? 4년이나 지났는데도 찾으러 오지 않으니 저렇게 녹슬게 놔두는 것보다 자네가 사용하는 것이 저 칼에게나 자네에게나 좋을 걸세. 사실 자네를 처음 봤을 때 난 그 청년인 줄 알았다네. 행동이라던가 옷차림의 느낌이 비슷했거든. 거기다 착한 심성까지 비슷한 것 같고. 자네라면 팔아도 전 주인에게 해가 가지 않을 것 같아."

흠, 어쩌지? 확실히 좋은 기회이긴 했다. 어차피 난 수련을 하러 갈 테니 이 몽둥이만으로는 힘들 것이고 웬만하면 무거운 무기일수록 그만큼 능력치도 많이 올라간다 하였으니, 살까? 거기다 싸게 준다지 않은가. 좋았어, 사자.

"흠, 제가 은자 아홉 냥밖에 없다는 것 아시죠?"

난 최대한 값을 깎아보려는 심산에 돈이 얼마 없다는 것을 강조했다.

"허허, 걱정 말게나. 은자 일곱 냥만 주게. 보통 철도(鐵刀)가 은자 다섯 냥이고 거기다 합금이니 그 정도는 받아야 하지 않겠는가?"

"우우, 소면 한 그릇 대신 받은 거라면서요."

"허허, 소면 한 그릇도 상대에 따라서는 세상에서 가장 귀하고 값진 것이 될 수도 있다네. 그런 간단한 이론도 모르는가?"

어르신은 짠돌이였다. 아홉 냥 남은 것 중에 일곱 냥을 주면 내겐 두 냥밖에 남지 않는다. 사실 돈의 시세로 보면 은자 두 냥은 절대 작은 돈이 아니다. 방을 하루 빌리는 데 구리 10문밖에 들지 않고 소면 한 그릇에 구리 4문이니 하층민 NPC에게는 거의 보름 동안의 생활비에 육박하는 돈인 것이다. 그러니 일곱 냥이 아까울 수밖에 없었다.

"어르신, 네 냥 하죠? 비록 지금 철도가 다섯 냥 한다고 하지만 저건 4년이나 된 것 아닙니까. 내구력을 수리하는 데 또 돈이 들어갈 거라고요."

"허허, 거참, 그럼 반 냥을 깎아줘서 여섯 냥 하고 구리 50문."

어르신은 아직 나를 모른다. 8년간의 수전노 생활. 그 생활은 내게 바퀴벌레보다 끈질긴 생명력을 발휘하게 해주었다.

"은 네 냥 구리 50문."

"허어, 이거 왜 이러는가. 내구력을 수리한다 해도 은자 한 냥 이상은 나가지 않을 것인데 말일세. 여섯 냥 하게."

"하하, 어르신께서도 왜 이러십니까. 이제 막 게임에 들어온 초보의 돈을 그렇게 뜯어내시면 좋습니까? 은 다섯 냥 하죠. 이 이상은 못 드립니다."

"허허, 자네 인생 참 힘들게 살았나 보군. 그렇게 소일거리없이 적적한 노인네의 간식거리 사 먹을 돈을 빼앗으려 하나? 은 다섯 냥 구리

50문 하세."

상당히 강력한 상대였다. 보통 이러다 보면 귀찮은 마음에 그냥 은 다섯 냥하고 마는데 어르신께서는 그 와중에서도 깎으려 하시다니…….

"어르신, 구리 50문이 간식거리 사 드실 돈입니까? 한 달 정도 먹을 간식거리를 한꺼번에 사시는가 봅니다?"

찌릿! 찌릿!

어르신과 내 눈 사이로는 보이는 않는 스파크가 튀었고, 결국 어르신은 8년간의 수전노에게 굴복하고 마셨다.

"허어, 내가 졌네. 그래, 다섯 냥 하세. 거참, 그동안 많은 사람을 보고 살아왔지만 자네처럼 지독한 사람은 또 처음 보네. 그 50문 가지고 얼마나 잘사는가 지켜보겠네."

어르신께서는 계속 투덜거리셨지만 그동안 수많은 상대를 무릎 꿇린 나 최효민에게 그 정도는 투덜거림은 안 통한다구요.

"고맙습니다! 자, 그럼 점심도 먹었겠다, 흥정도 했겠다 즐거운 마음으로 길을 떠나볼까? 여기 정확히 은자 여섯 냥입니다. 칼 값 다섯 냥과 방 빌린 구리 10문, 그리고 소면 값 4문을 빼면 정확히 구리 86문을 저에게 주시면 됩니다."

짤랑.

"허허, 여기 받게나."

"감사합니다. 다음에 또 올게요."

난 어르신께 감사 인사를 하고 탁자 옆에 세워진 칼의 손잡이를 쥐고선 어르신께 작별 인사를 건넸다.

"제발 다음엔 오지 말게나. 자네가 두 번만 왔다가는 우리 객잔이

망하겠네.”

“하하, 이거 손님까지 쫓아내시는 겁니까? 자, 어디 들어볼까? 흐읍!”

이상했다. 너무도 이상했다. 이틀 아르바이트 안 나갔다고 벌써 이렇게 힘이 달리는 건가? 그렇지만 하루 이틀 안 했다고 선천적인 이 힘이 어디 갔을 리도 없는데?

“허허, 칼 주인 어디 갔나? 도대체 저 칼도 안 치우고 뭐 하는 건지. 설마 자기 칼도 들 힘이 없어 저기 놔둔 것은 아니겠지?”

치, 치사하다. 구리 50문의 복수를 저렇게 하다니! 하지만 이 최효민! 여기서 포기할 수는 없는 노릇이지. 암, 그러기엔 500만 원의 이름값이 너무 비싸!

“으랏차차차! 하앗!”

“허어, 장사로세. 장사야.”

난 해냈다!

“크아아앗! 어, 어르신, 갑니다!!”

“허허, 잘 가게나. 꼭 다시 들르게.”

난 그대로 도를 들고 객잔을 뛰쳐나왔다. 아니, 도의 균형을 맞추기 위해 도가 기울어지는 쪽으로 방향도 보지 않고 무조건 뛰었다는 것이 정확하리라. 젠장, 더럽게 무겁잖아!

이 게임 너무 마음에 든다. 공기 좋고 경치 좋고 거기다 사실감도 있으니 내가 꼭 진짜 무협 시대에 온 것 같잖아. 몇 가지 NPC에 관한, 인공 지능에 관한 것들을 제외하고선 내 맘에 꼭 맞는 게임이다. 아차, 한 가지 더 마음에 들지 않는 게 있으니, 바로 지금 내가 겪고 있는 상황이 그것이다.

"하악! 하악! 아이고, 죽겠다. 더 이상은 못 가. 때려 죽여도 못 가!"

난 땅에 주저앉으며 하늘에 대고 소리를 질렀다.

내가 왜 이런 고생을 해야 하는 거야! 난 도(刀)를, 그것도 특별히 엄청나게 무거운 도를 들고 산을 오르는 중이다. 내가 미쳤지. 이런 애물단지를 왜 사 가지고선 고생을 하는지. 또 한 가지!

"젠장! 이놈의 지도는 뭐가 이따위야!! 왜 내가 지도가 가리키는 곳의 주위를 계속 맴도는 건데!!"

그렇다. 난 돌고 있었다.

상황을 설명하자면 이렇다. 용문객잔의 주인 어르신이 나에게 선물한 초특급 보도인 합금 도를 들고 힘차게 길을 떠난 나는 풍류남아로 사람들에게 남아 있기 위해…….

크흠, 사실대로 말하자면 주인 어르신께 깎고 깎아 은자 네 냥을 주고 산 더럽게 무거운 도를 들고 그 무게에 못 이겨 길을 출발한 나는 그동안 녹슬었을 도의 수리를 위해 대장간에 찾아갔고 거기서 무려! 은자 두 냥을 썼다.

주인 어르신, 아니, 주인 할아범에게 난 완전히 속은 것이다! 수리비가 한 냥이 뭐가 어쩌고 어째?

은자 네 냥을 깎고 깎아 두 냥으로 수리를 한 후, 노숙에 대한 중요성을 다시 되새기며 남은 모든 돈으로 노숙에 필요한 장비와 건량을 산 나는 흑의(黑衣)의 그가 내게 준 지도를 따라 수련을 위한 곳으로 가고 있는 중이었다.

조금 사기를 당한 기분이 없잖아 있었지만 거기까지는 좋았다. 그런데 도는 갈수록 무거워지는 것만 같아 결국 도갑(刀匣)째로 끌고 가고 있으며 엎친 데 덮친 격이라 그곳으로 향하는 길이 모두! 오르막길이었다.

"하아, 하아, 시작부터 뭐가 꼬이더니 끝까지 꼬이려고 하네. 젠장, 내가 이따위 게임 확! 때려치… 기에는 게임기가 너무 비싸니 별수없이 계속 이 짓을 해야 하나? 그건 그렇고, 도대체 지도는 왜 이따위야? 이거 사기 친 거 아니야?"

이곳의 지도는 특이한 시스템으로 사용된다. 방향치, 길치 다 걱정 없어. 이 지도 하나면 돼!

지도를 펼치면 두 가지 화면이 지도에 나타나는데, 하나는 지도가 가리키는 곳과 그 주변을 나타내는 모습이고, 하나는 현재 내가 있는 곳의 주변과 지도가 가리키는 방향이 어디인지 친절하게 화살표로 표시된 것을 비행기에서 찍은 것과 같은 모습으로 나타나는 것이다.

덕분에 이곳 시간으로 사흘에 걸쳐 쉽게(?) 길을 찾아 두 지도가 겹쳐지는 곳에 위치한 나. 하지만 어디에도 그곳을 찾을 수 없는 나!

"하아, 하아, 진정하자, 진정. 진정하고 현재 상황에 대해 해석해 보는 거야. 난 분명히 지도를 따라왔어. 그리고 여기가 지도와 일치하는 곳인 건 분명하단 말이야. 근데 중요한 건 화살표는 계속 아랫 방향을 가리키고 있는데 동굴 하나 없는 이곳에서 어떻게 아래로 내려가란 말이냐고! 높지도 않은 산을 노숙하며 이틀간 찾아다녔는데 동굴 같은 것은 보이지도 않잖아."

무려 이틀. 현실에서의 24시간 하루. 그 길디긴 시간 동안 이 산만을 뒤지고 다녔고 덕분에 이 이름 모를 산의 길은 눈 감고도 훤했다. 그럴 수밖에 없는 것이 높이는 200m 될까 말까 한, 꼭 어느 동네나 있음 직한 뒷산 같은 느낌을 풍기는 산을 이틀 동안이나 이 잡듯 뒤지며 다녔으니 어느 누가 이처럼 빠삭하지 않게 되리오. 어쨌든 그렇게 돌아다니며 내가 얻은 결과는 한 가지였다.

"수련은커녕 비를 피할 만한 동굴 하나 없잖아! 젠장!"

왜 내 인생에는 먹구름만이 잔뜩 끼어 있는 것인지…….

한참을 소리 지르다 보니 목이 칼칼해진 나는 산중턱쯤에 있는 샘물로 가서 물을 마시기로 했다. 무엇을 하든지 체력과 생명력 보존이 이 비상이란 게임에서 지켜야 할 제일의 법칙인 것이다.

"젠장, 빌어먹을. 되는 일이 없어, 되는 일이. 나원 참."

그렇게 투덜거리다 보니 보통이라면 5분도 안 되어 도착할 만한 거리를 이 애물단지 덕분에 10분이나 걸려 도착하게 된 샘물이 보이기 시작했다.

"하아, 하아, 힘들어 죽겠네. 물이나 마시고 마지막으로 딱 오늘 하루만 더 찾아보자. 오늘도 찾지 못하면 여기를 뜨는 거야."

턱!

에? 이게 무슨 소리… 인지 알겠군.

"으악!"

데구르르.

첨벙!

안 될 놈은 뒤로 넘어져도 코가 깨진다고, 지금 내 꼴이 꼭 그 꼴이었다. 어떻게 돌에 걸려 넘어져 물에 빠지냔 말이다!

"르? 즈러어어그이 무르르지(응? 저게 뭐지?)?"

커험, 아까 와는 조금 말이 다른 것 같지만 어쨌든 하늘은 공평한 것이다. 불행만이 찾아오던 내게 드디어 행운이 손짓을 하기 시작한 때가 바로 이때가 아닐까? 뉴턴이 만류인력의 법칙을 발견했을 때의 기분이 지금 내 기분만 할까? 난 발견한 것이다, 동굴을!

"도그르르이리리다르(동굴이다)!"

뒤로 넘어져서 코가 깨진 덕분에 머리가 깨지지 않았다고나 할까? 언제든지 불행이 행운으로 바뀔 수 있다는 것을 극단적으로 보여주는 예가 바로 지금 이 순간이었다.

난 팔다리를 휘저어 샘물 속 동굴로 다가갔다. 그 동굴은 하나의 통로를 만들며 이어져 있었는데, 얼마 떨어지지 않은 곳으로 빛이 조금 새어 나오고 있어 이 통로가 그다지 길지 않음을 나타내 주었다. 난 통로를 통과해 빛이 새어 나오는 곳으로 나갔다.

"푸하! 여기가 그곳인가? 아차, 내 도!"

난 다시 통로를 통해 밖으로 나올 수밖에 없었다. 지금까지는 애물단지였을 뿐이지만 수련하는 데 반드시 필요한 것이 바로 그 도인 것이다.

밖으로 나와 윗옷을 벗어 도갑을 꼭꼭 싸매었다. 이렇게 한다고 해서 방수가 되는 것은 아니지만 다행히 대장간 아저씨가 서비스로 도갑 위에 기름칠을 해준 덕분에 어느 정도 방수 효과를 기대할 수 있을 것도 같았다. 이 윗옷은 거기에 조금이라도 더 보태고자 하는 것이고.

동굴을 발견했다는 기쁨에 잔뜩 흥분한 나는 결국 앞뒤 생각하지 않고 도를 끌고 물속으로 들어가는 멍청한 짓을 저지르고 말았다.

도의 무게를 생각 안 한 것이다!

다행히 샘물은 깊지 않았기 때문에 도를 놔두고 여러 번 밖과 물속을 왕복하는 작업을 거쳐 간신히 동굴 속으로 들어갈 수 있었다. 그야말로 인간 승리. 장하다, 최효민! 아니, 장하다, 사예!

"하아, 하아, 도저히 오늘은 힘들어서 못 움직이겠다. 나머지는 내일

해야겠어."

난 피곤한 와중에도 노숙 준비를 꼼꼼히 하고 난 후 그대로 잠들어 버렸다. 가수면 모드로 설정해 놨으니까. 잠이… 온…….

동굴은 끝이 아니었다. 내가 동굴이라 생각하고 잠을 청한 곳은 그저 통로였을 뿐인 것이다. 얼마나 대단한 수련장이기에 이렇게 거창하게 해놓았을까? 그 해답을 얻기 위해선 앞으로 나아가는 길밖에 없었고 오래 끌기엔 남은 식량이 부족했다.

통로는 산을 뱅글뱅글 돌며 위로 올라가고 있었는데 직선이 아닌 나선형 통로다 보니 통로의 끝에 도착하는 데 반나절이나 걸렸다. 그리고 통로의 끝에는 작은 구멍 하나만 뚫려 있었다.

"에게? 이제 어쩌라는 거야? 여기다 손을 넣어보라는 건가?"

난 의심스러운 마음을 감추지 못하면서도 구멍에 오른손을 집어넣었는데, 손에 종이 재질의 감촉이 느껴졌다. 꺼내보니 그것은 정보 서류였고 정보 주머니를 열어 서류를 집어넣으니 정보 창에 입(入)이란 항목을 비롯한 여러 개의 항목이 더 생겼고, 난 입의 항목을 열어보았다.

이곳으로 안내한 지도를 구멍으로 집어넣으시오. 그러면 들어갈 문이 열릴 것입니다.

매우 간결하고 요점만을 적어놓은 정보를 읽은 나는 인벤토리 창에 넣어둔 지도를 꺼내어 구멍 속으로 집어넣었다.

드르르르륵.

기관이 작동하는 약간의 소음이 울린 후 서서히 문이 열리기 시작했는데, 가장 큰 문제는 그 문이 바로 내 발 밑에 있었다는 거다. 젠장!

"으악!"

퍼억!

"으억! 도대체 이놈의 게임은 날 못 잡아먹어서 안달이 난 거야 뭐야! 아고고, 온몸이 쑤시누나."

다행히 가벼운 외상과 약간의 생명력이 깎였지만 크게 신경 쓸 만한 정도는 아니었다. 그제야 자리에서 일어나 주변을 살펴보았다. 이곳은 별천지였다.

"후와~ 넓다, 넓어. 거기다 기본 가구며 침상이며 없는 게 없잖아?"

다행히 나의 불행은 추락을 마지막으로 끝나는 것 같았다. 이곳에서 1년간 수련하고 나가면 제대로 된 게임 생활을 즐길 수 있다고 했으니 1년만 고생하자. 어차피 할 일도 없었잖아.

난 이미 이 비상이란 게임에 매료되어 쉽사리 벗어날 수 있을 것 같지 않았고, 이왕 할 거면 제대로 해보자는 생각이 들었다.

"아참, 식량이 거의 다 떨어졌으니 당분간 아르바이트라도 해서 건량을 사 와야겠군. 자, 보자. 이곳에서 어떻게 나가는 거냐?"

난 정보 창에서 출(出)이란 글자를 찾기 위해 노력했으나 아무리 찾아도 찾을 수 없었고, 혹시 다른 글자로 되어 있나 해서 동굴 서류라 따로 분리해 놓았던 서류들을 모두 뒤져 봤으나 나가는 방법은 적혀 있지 않았다.

"뭐야? 이거 왜 이래? 왜 여기서 어떻게 나가는지가 안 적혀 있지?"

어떻게 이런 일이… 거의 일주일간을 힘들여 찾아낸 곳이 출구가 없다니! 그럼 난 여기서 굶어 죽어야 한단 말인가? 싸우다 죽음을 맞는 것도 아니고 허무하게 굶어 죽는단 말인가?

"안 돼! 그럴 순 없어! 나 최효민에게 불가능이란 없다! 반드시 출구를 찾아내고 말 테다, 반드시!"

그렇게 나와 동굴 간의 전투가 시작되었다.

현실 시간으로 어느덧 3일이 흘렀다. 난 그동안 안 해본 방법이 없을 정도로 많은 방법을 동원하여 출구 찾기를 했다. 중도(重刀)라고 이름 붙인 합금도를 이용하여 벽을 파보기도 했고 동굴 안에 배치된 가구들을 옮겨보기도 했다.

그러나 중도를 많이 사용해 많은 힘이 증가한 것과 대충 세어본 것만 해도 1,000개가 넘는 벽곡단이 있다는 것. 또 식수로 사용할 수 있는 내 머리만한 샘이 있다는 것이 알아낸 전부였다.

벽곡단은 체력의 보존율이 매우 높아서 한 알만 먹어도 하루 동안은 체력 걱정이 없었고 시간을 잘 고려해 먹으면 두 알에 3일 동안 먹을 수도 있었다.

물은 자그마한 샘이 밖의 샘과 이어져 있는지 중도를 이용해 이를 파헤쳐 볼 생각을 해보지 않은 것은 아니었으나 만약 이 샘물마저 잘못되면 꼼짝없이 죽는다는 생각에 시도해 볼 수가 없었다.

사실 눈 딱 감고 며칠 동안만 배고픔을 참거나 아니면 며칠 동안 아예 접속을 하지 않는다면 죽어서 나갈 수도 있겠지만 난 나의 첫 캐릭터가 그렇게 죽는 것을 원치 않았다.

이해 못할 오기라고 할 수도 있겠지만, 만약 캐릭터가 죽어서 이곳을 나가게 된다면 게임기가 어떻든 다시는 이 게임에 손을 대지 않을 것이라는 생각에 그럴 수 없는 것이다. 인간 최효민! 18년 인생을 오기

와 깡으로 살아왔다 이거야!

그렇게 시간은 지나갔다.

이곳에 들어온 지 현실로 일주일.

난 이틀 전부터 출구 찾는 것을 포기해 버리고 이곳에 적응하기로 했다. 그리고 제일 처음 생각한 것이 무공. 어차피 이곳에 들어온 이유도 무공 수련에 있었으니 다른 잡생각 없이 무공 수련을 하기에는 최적의 상황이랄 수 있었다. 사람도 없고 나갈 방법도 없으니 놀고 다닐 수도 없고 체력 회복에 가장 좋다는 벽곡단도 있겠다, 잠잘 곳도 있으니 이보다 더 좋을 수는 없지 않은가.

그러나 젠장, 말하기도 뭣하다. 쓸데없을 때만 돌아가는 잔머리를 가진 나는 그만, 애석하게도 무공을 사 오지 않은 것이다!

오, 이 어찌 하늘에 한탄하지 않을 수 있으리오! 어찌 나에게 이런 시련을 주시는 하늘을 탓하지 않을 수 있으리오!

결국 난 정보 정리에 대부분의 시간을 보내거나 현실에서 놀 수밖에 없는 운명에 처했다. 내 게임 속 운명은 지랄 같은 운명이야!

"하앗!"

아버지는 자상한 가장이자 여러 무예의 유단자이시기도 하셨다. 실제로 외교관일 뿐만 아니라 때때로 시간이 날 때는 도장에 나가 지도도 해주셨고 무술 대회에서도 여러 번 우승을 하셔서 트로피도 꽤나 많이 가지고 계셨다.

내 기억 속에 남은 아버지의 모습은 완벽 그 자체였고, 내가 가장 존경하는 분이자 내 인생의 목표라 할 수 있는 인물이시다. 하지만 영원히 그 목표를 따라잡을 수 없다는 것이 나의 가슴을 짓누른다.

쳇! 아버지, 아들에게 그렇게 최고의 자리를 넘겨주기 싫으셨습니까? 그렇게 일찍 가셔서라도 자리를 지키려 하다니… 제가 졌습니다.

그런 아버지께서 어릴 적부터 내가 태권도와 검도, 합기도를 배우던 나에게 언제나 강조하셨던 말씀이 있다.

"무술의 가장 중요한 것은 강인한 정신력, 굳건한 육체, 그리고 무엇이든지 할 수 있다는 자신감과 믿음, 패기이다! 비단 이것은 무술뿐만 아니라 세상 모든 것에도 통용된다고 할 수 있는 사나이의 가장 중요한 점이기도 하다."

언제나 내 가슴속에 남아 정신적 방향점이 돼주었던 말이다.

난 절도있는 자세로 태권도의 품세 '태백(太白)'을 펼쳐 내었다.

"후우!"

마지막 낮은 숨소리와 함께 모든 동작을 마친 나는 익숙하게 주저앉으며 휴식을 취했다. 휴, 힘들다, 힘들어.

이짓만 벌써 삼 주일. 아니, 이곳 게임 시간으로 한 달 하고도 이 주일 동안이나 하고 있으니 몸에 익숙해질 만도 하다. 거기다 오늘은 평소보다 일찍 끝냈기에 아직 체력이 많이 남아 있었다.

"이그… 바보. 어떻게 그 책들을 까먹고 있을 수가 있었지?"

동굴에 갇혀 버린 후 무공이라도 익혀보자는 생각이 들었지만 그만, 바보같이 무공 비급을 사 오는 것을 잊고 말았고, 이에 한동안 절망의 세월을 보낼 수밖에 없었다. 수련 장소에 정신이 팔려 정작 이곳을 찾은 목적을 잊고 있었던 것이다.

그래서 찾은 것이 여러 가지 운동과 어릴 때부터 등학교를 졸업하기 전까지 등학교 교과 과정에 있어 배웠었던 태권도, 검도, 합기도를 연마하기 시작했다. 이래 보여도 내가 한때는 한무술 했어!

등학교에 다닐 때만 해도 필수 선택 운동이 세 가지나 있었기에 이 세 가지 무예를 계속할 수 있었지만 등학교를 졸업하고 나서는 생활비 버느라 시간이 없어 제대로 연마조차 하지 못했었다. 하지만 요 몇 주일간 생전 해보지도 않았던 봉사 활동까지 했을 정도로 시간이 남아돌았으니 내게 이 세 가지 무예의 수련은 심심함을 달래줄 아주 좋은 선물이었고 그만큼 나는 그것에 미친 듯 매달렸다. 물론 할 것이 그것밖에 없었다는 것이 내가 무술을 하는 대부분의 이유를 차지하지만 말이다.

처음에는 현실에서만 연마를 했는데 마침 게임 속 캐릭터가 떠올라서 게임 안팎에서 복합적으로 하기 시작했고, 덕분에 지금에 와선 내 캐릭터의 힘과 체력, 그리고 정신력과 민첩성이 대폭 상승하게 되었다.

이것은 비상의 독특한 시스템 덕분에 생긴 일이었는데, 정보에 따르면 비상의 능력치는 레벨과 많은 관련이 없고, 레벨이 올라가더라도 각 능력의 한계치가 상승할 뿐 직접적으로 그 능력치가 상승하지는 않는다 한다.

능력치는 유저의 행동에 따라 경험치를 받으며 힘을 올리고 싶다면 현실과 마찬가지로 무거운 물건을 들고 운동을 하면 되는 등, 그 능력에 관련된 운동을 하게 되면 그에 사용된 능력의 경험치를 받게 되고 경험치가 쌓이고 쌓여 능력이 상승하게 된다는 것이다.

무겁디무거운 중도를 들고 검도 연습을 했고, 훈련 삼아 중도를 등에 메고 합기도를 수련했으며, 정신 집중을 필요로 하는 태권도를 수련하다 보니 이 네 가지 능력치를 레벨 1인 내 캐릭터에 맞지 않게 상당히 높게까지 올릴 수 있었다.

문제라면 힘 50, 민첩 40, 정신력 21, 체력 50에서 더 이상 올라가지 않는다는 것이지만 이것만 해도 어디인가. 이것이 바로 노가다의 힘인 것이다. 웅화화화화화홧!

험, 험, 내가 왜 이러지?

요 며칠간 하루 일과는 간단했다.

아침에 일어나 씻고 밥 먹고 조금 쉰 뒤 산책로를 뛰면서 산책로 안에 있는 공중 도장에서 무술 수련을 하고 돌아와 점심밥을 먹는다.

그 뒤 약간의 낮잠으로 피로를 풀고 게임에 들어와 벽곡단과 물로 포만감과 수분치를 채우며 한편으로는 현재 정리가 되어 있지 않은 정보 창을 각 구분대로 정리한다.

약간의 휴식 후 이번에는 게임 속에서 무술 수련. 체력이 1/3 정도 남을 때까지 무술 수련으로 시간을 보내고 나머지 시간은 다시 정보 창을 정리한다.

이 얼마나 간단한 스케줄인가. 거의 대부분이 무술 수련과 게임이라는 것이 문제지만. 흠, 흠, 어쨌든 그렇게 평범(?)하게 보내던 나날이 어제를 막으로 끝내게 되었으니 그것은 바로 말로만 듣던 무공! 때문이었다.

정보를 정리하던 중 어르신과 흑의의 그에게서 받은 정보가 아닌 다른 정보가 내 눈길을 끌었는데, 곧 그 정보는 내게 시비 아닌 시비를 걸던 장염이란 사람에게서 받은 것이라는 것이 생각나는 게 아니가. 그리고 또 하나. 그가 나에게 준 네 권의 책.

구입한 건량과 노숙 용품은 부피가 커서 담을 수 있는 크기가 한정된 주머니 인벤토리 창에 넣을 수 없었고, 그래서 난 가방용 중고 인벤토리 창을 대장간 아저씨에게서 구할 수 있었다. 그곳에 건량과 노숙 용품을 넣었고 중도는 그 가방 인벤토리 창에도 들어가지 않아 들고 다닐 수밖에 없었으니 주머니 인벤토리 창을 열어볼 적절한 타이밍이 없던 난 그 책들을 까맣게 잊어버리고 말았다.

역시나 그 책은 무공이었다. 비상에서는 자신에게 들어온 아이템은 그전 주인이 감정을 하였든 하지 않았든 따로 직접 감정을 해야 한다. 감정을 하는 데 돈이 드는 것은 아니고 그냥 인벤토리 창 안에만 들어가기만 하면 되는 것이다.

물론 돈이 없어 확장된 인벤토리 창을 사지 못하는 사람들은 부피가 큰 물건의 감정을 못한다고 생각할 수도 있지만 그런 물건은 감정사에게 가져다 주면 아주 싼 가격에 감정을 받을 수 있으니 감정이 어려운 것은 아니었다.

난 중도를 감정받아야 했지만 땡전 한 푼 남지 않은 거지이니 아직도 중도의 능력치를 모르고 있다. 크윽, 어떻게 어딜 가서든 이놈의 가난은 날 떠나지도 않느냔 말이다.

감정에는 세 가지가 있다. 1차 감정, 2차 감정, 3차 감정.

1차 감정은 그 아이템이 쓰이는 곳이라는 간단한 것을 감정하는 것으로 감정 즉시 그것이 나타난다. 2차 감정은 그 아이템을 사용하기 위한 능력치를 나타내는 것으로 게임 시간으로 한 시간 정도가 소모된다. 3차 감정은 아이템의 정확한 능력과 추가 옵션, 그리고 아이템의 정확한 정보를 나타내는 것으로 만 하루의 시간이 소요되는 것이다.

감정사에게 맡기게 되면 2차까지는 즉시 나타나게 할 수 있고, 3차는 한 시간이 소요되므로 많은 사람이 조금 돈을 내더라도 감정사를 찾고 있다. 시간이 곧 돈이니까.

어제 3차 감정을 하게 해놓고 잠이 들었으니 지금쯤이면 3차 감정도 끝났겠지? 어서 살펴볼까?

2차 감정까지 해본 결과로 이 책들은 무공서, 그것도 삼류 무공 비급이었다. 하지만 삼류라고 해도 그게 어딘가.

아무리 무(武)의 끝은 없다고 하지만 그것은 스스로 고수라 할 수 있는 사람들이나 내뱉는 소리고 유단자이긴 해도 고수라 자부하기에는 많이 어설픈 나 같은 사람들은 한 달 동안 같은 동작만 계속, 그것도 하루의 거의 절반을 그것에 사용한다면 넌덜머리가 나는 게 당연하다.

그런데 드디어 색다른 것을 배우고 익힐 수 있다는 것이다. 그것도 무협의 메인 메뉴인 무공을! 이 어찌 기쁘다 하지 않을 수 있으리오.

아, 흥분을 가라앉히고. 후우, 후우, 하아.

난 흥분되는 마음을 가라앉히며 비급 네 권의 정보를 읽어들였다.

이름: 섬전쾌도(閃電快刀)
분류: 무공 비급(도법)
등급: 3등급
속성: 쾌(快)
필요 능력치: 무(無)
필요 무기: 도(刀)

이름: 예신도법(銳身刀法)
분류: 무공 비급(도법)
등급: 3등급
속성: 예(銳)

필요 능력치: 무(無)

필요 무기: 도(刀)

이름: 연연유도(聯練流刀)

분류: 무공 비급(도법)

등급: 3등급

속성: 연(連), 유(流)

필요 능력치: 무(無)

필요 무기: 도(刀)

이름: 일원합심공(一元合心功)

분류: 무공 비급(심법)

등급: 3등급

속성: 융(融), 합(合)

필요 능력치: 무(無)

필요 무기: 무(無)

흠, 역시 삼류로군. 그리고… 이게 뭐야?!

"쾌(快), 예(銳), 연(連), 유(流), 융(融), 합(合)이라고? 이런 속성도 있었나?"

내가 알기로는 없다. 아니, 내가 가진 정보에는 이런 속성이 존재하지 않았다.

이곳의 무공에는 오행의 속성을 비롯한 자연의 속성과 몇 없다는 광(光), 성(聖), 선(善), 의(義)란 정파 성향의 속성. 암(暗), 혈(血), 마(魔),

사(邪)란 사마 성향의 속성이 존재한다.

자연의 속성에서는 찾아볼 것도 없고 역시 마찬가지로 정, 사, 마의 속성에도 이러한 속성은 존재하지 않는다.

물론 비상에 무사(武士)라는 직업만이 존재하는 것은 아니라 그 외에 부적술사나 무녀, 도사, 치료사 등등의 수많은 알려지지 않은 직업이 존재했고, 그 직업에 필요한 도술이라든지 부적술, 치료술 등등의 많은 술법(術法) 역시 존재하고 있었지만.

혹시 술법인가? 그것은 아닐 것이다. 술법 역시 여러 개의 속성을 사용할 수 있을 뿐. 마찬가지로, 아니, 더욱더 자연의 속성에 의지하고 있었고 더군다나 분명 분류에는 무공 비급이라 적혀 있으며 그 옆에는 도법이라고 적혀 있는 것이 내 눈에 쏙 들어오고 있는데 어떻게 술법이라 생각하라는 말이냐.

"아우, 도대체 뭐냐고!!"

그때 내 뇌리를 스쳐 가는 그것.

무(無)!

혹시 이 속성들이 무속성들일까?

무속성이란 말 그대로 속성이 없는 것을 뜻하는 것인데 상생에 아무런 영향을 받지도 끼치지도 못하지만 그야 말로 별. 볼. 일. 없는 무공이 무속성의 무공이다.

예를 들자면 횡소천군(橫掃千軍)이란 초식을 들 수 있는데, 그야말로 초식의 이름만 있을 뿐 내공을 담아서 횡으로 그어버리면 되는 초식이 바로 횡소천군이다. 많은 사람들이 무공서를 찾아다니면서 가끔씩 횡소천군 같은 무속성의 초식들이 들어 있는 책을 발견할 수 있었고, 그것이 바로 무속성의 비급인 것이다.

그렇다고 하지만 무공은 무공이다. 거기다 심법도 있으니 내공이라는 것도 써볼 수 있을 터. 내게 삼류든 무속성의 별 볼일 없는 무공이든 난 무공을 익히는 그 자체만으로도 기뻤다.

아, 어서 익혀봐야지.

"음, 어느 것부터 익히지? 흐음, 그래. 무속성이기는 하지만 속성이 두 개나 붙어 있는 이 연연유도라는 것부터 익혀볼까? 좋았어."

난 연연유도를 집어 들고서 책을 펼쳐 읽기 시작했다. 말 그대로 읽는다. 물론 바로 읽어들여서 등록시키는 시스템도 있지만 이렇게 직접 읽는 것이 무공 수련 경험치를 조금 더 준다고 하니 귀찮아도 별수없지. 자, 그럼 제대로 읽어볼까?

이 책을 읽는 연자에게 전한다.

이 무공은 기의 수련을 도와주는 무공으로 본인의 부친(父親)께서 평생을 연구하여 만드셨고 오늘날 본인에 의해 기록된다.

이 무공의 창시자이시자 본인의 부친 되시는 분은 태어났을 때부터 기가 탁하고 흐름이 약하셨다 한다. 하나 부친께서는 어릴 때부터 매우 총명하셨고 학식이 두터우며 오성(悟性)이 범인의 그것이 아니셨다.

부친께서는 자신의 허약한 몸을 고치고 싶어하셨고 수많은 노력이 그 뒤를 따랐다. 하나 기가 탁하고 또 흐름이 약한 것은 병이 아니라 선조 때부터 대대로 내려오는 집안의 체질이었기 때문에 그 모든 노력은 수포로 돌아갈 수밖에 없었다.

그 체질은 비단 부친뿐만 아니라 할아버지나 그 윗대의 선조 역시 똑같았다. 몸이 허약한 덕분이었을까? 집안의 사람들 모두 뛰어난 학식을 가지게 되어 대대로 훌륭한 학자들을 배출하는 이름 높은 가문으로 사람들에게 존경을 받고 있었다.

하나 부친께서는 포기하지 않으시고 체질을 고치기 위해 당신의 모든 능력을 사용하셨다.

결국 부친께서는 그 방법을 찾아내셨는데 그것이 바로 무공이었다.

무공 심법으로 신체를 고칠 수 있다는 것을 깨달은 부친께서는 남몰래 무공 비급들을 모아 그것들을 익히셨다. 그러나 무공에 대해 전혀 문외한이셨던 부친께서 비급들만을 보고 무공을 익힐 수 있을 리가 만무했고, 결국 주화입마라는 최악의 사태까지 발생하기에 이른다.

그 일이 있었던 이후 부친께서는 혈맥이 막혀 버려 오히려 전보다 더욱 몸 상태가 안 좋아지셨고, 집안의 어른들은 부친을 무공 근처에도 가지 못하게 하셨다.

부친이 가주가 되시자 그분을 말릴 수 있는 사람은 아무도 없었으나 이미 혈맥이 막혀 무공을 익힐 수가 없게 되었기에 자신의 신체를 고치는 것에 대해 포기하시고 말았다.

그러나 부친께서는 생각하셨다. 당신의 신체를 고치지 못한다면 후손들만이라도 이 저주 같은 고통 속에서 벗어나 새로운 삶을 살기를 원한다고.

부친께서는 그때껏 모아왔던 비급들을 총집합하여 신체를 고치게 할 수 있는 무공을 만드시기 위해 평생을 연구하셨다. 그것이 바로 이 연연유도(聯練流刀), 아니, 정확한 명칭 연연유도무(聯練流刀舞)이다.

부친께서 평생을 바쳐 연구하신 이 연연유도무는 공격의 수는 없지만 연성함에 따라 몸속에 존재하는 기를 강하고 세밀하게 흐르게 해주어 신체는 건강하게, 기는 정순하게 바꾸어주는 장점이 있다. 이 도무(刀舞)를 어릴 때부터 익혀온 나는 다른 무공을 익히지 않았음에도 불구하고 장정 서

너 명 정도는 간단히 제압할 수 있는 건강한 신체와 강인한 힘을 가질 수 있었다.

난 확신한다. 만약 이 연연유도무를 극성까지 익힌다면, 아니, 극성을 초월하여 새로이 자신만의 무공으로 발전시킬 수만 있다면 전설의 탈태환골(脫胎換骨)을 이룰 수 있으리란 것은.

그렇게 연연유도의 앞부분은 끝을 맺고 있었다.

재, 재미있잖아! 꼭 한 편의 무협 소설을 읽는 듯한 느낌을 주는데?

그나저나 공격 기술이 없다는 것이 마음에 걸리지만 신체를 건강하게 하고 기의 흐름과 정순함을 지켜주는 무공이라면 필히 익혀둬야 할 필요가 있는 무공이 분명해. 그런데 설마 무공 비급들이 전부 이렇게 재미있지는 않겠지? 흐흐, 그렇다면 무공 비급 찾아다니면서 읽어야 하겠네. 흐흐.

그러나 초식과 그 쓰임새에 관한 뒷부분은 상.당.히. 지루했고, 난 밀려오는 잠을 떨쳐 내며 겨우 끝까지 읽을 수 있었다. 하암, 잠 온다.

이렇게 되면 내가 나머지 세 비급들을 바라보는 눈빛이 달라졌다는 것을 알 수 있을 터.

저걸 읽어 말어? 어차피 시간도 많으니 그까짓 수련 경험치 조금 주는 것 정도는 따라잡을 수도 있지 않을까? 아니야. 그래도 읽는 게 좋지 않을까? 흐음… 에잇, 몰라! 안 읽어!

결국 그냥 나머지 세 권을 자동 입력시켜 버렸고, 난 그것에 대해 정말 잘 생각했다고 느끼는 중이다. 초반 부분이야 재미있게 읽었지만 후반 부분은 지독히도 지루하다고! 정말 저것들 다 읽다가는 찢어버리고 말 거야.

"모든 무협지에 나오는 무공의 정석이 그렇듯 심법부터 수련해야겠지? 자, 그럼 가부좌를 틀고 이렇게 앉아서 심법의 운용은 이렇게 하면 되는 건가?"

어디서 본 것은 많아 나는 가부좌를 어렵지 않게 틀어 앉고 서서히 심법을 운용하려 했는데 그 모습이 제법 폼이 나는 것이 아닌가! 역시 나는 무엇을 해도 폼이 난단 말이야.

난 자화자찬을 하며 신법을 운용하시 시작하자 아랫배 쪽의 단전에서 따뜻한 기운 두 줄기가 서로 다른 방향에서 올라오는 것이 느껴지기 시작하였다.

오! 이게 바로 기인가? 어라? 잠깐! 왜 내려가는 거야!

이상하게도 올라오는 듯했던 두 줄기의 기운들은 다시 단전으로 내려가 둥그런 구(毬) 형태로 응집되기 시작하였고, 내가 계속 그 구를 풀어보려 했지만 모두 헛수고였다. 도대체 왜 이러는 거야?

10분간이나 심법을 운용하여 기를 움직여 보려 했지만 기의 집합체 구는 더욱 단단해지면서 제자리를 돌기만 하여 내 애간장을 다 태우고 있었다.

으, 열받아! 이거 왜 안 되는 거지? 에잇, 안 되겠다! 연연유도는 기의 흐름과 탁함을 정화시켜 준다고 하였으니 연연유도를 펼쳐 보자.

그 즉시 일원합심공의 운용을 멈춘 다음, 배움 모드로 연연유도를 펼치기 시작했다. 아니, 정확히 말하면 몸이 스스로 움직였다.

배움 모드란 아직 초식에 대해 몸에 익지 않아 어떻게 펼쳐야 하는지 또 어떻게 움직여야 하는지에 대해 알 수 없는 초보들을 위한 시스템으로 몸의 감각은 그대로 살아 있되 대신 몸은 스스로 움직여 초식을 펼쳐 내는 것이었다.

그러나 이 모드로 무공을 배울 때에는 무공 수련 경험치가 올라가지 않고 체력은 체력대로 깎이는, 그야말로 형을 익히기 위한 시스템일 뿐이었다.

그렇게 연연유도를 펼치고 5분 정도의 시간이 지나자 기의 구가 움직이기 시작하더니 곧 몸속 구석구석을 누비고 다녔다. 그런데 나는 혈을 뚫지도 않았는데 왜 막히는 곳이 없을까?

순간 의문이 들었으나 기가 몸속 곳곳을 돌아다니자 몸에 힘이 넘쳐났고 또 그 상쾌한 느낌에 곧 의문을 버리면서 모든 정신을 연연유도에 집중하기 시작했다. 그러자 이상하게 내 몸 전체가 느껴지기 시작하고 내가 또 다른 나를 보는 것처럼 보이기 시작했다. 상당히 아리송한 말이지만 그렇게밖에 표현할 말이 떠오르지 않는다. 아니, 이 표현이 정확할 것이다.

내가 또 다른 나를 본다.

연연유도는 손끝 하나하나 섬세하고 또 단순한 움직임을 갖추었으나 그 단순함이 모이고 모여 그 무엇보다도 화려하고 아름다운 몸짓을 자아내었는데 지금 내 손에 들린 중도만 아니었으면 하나의 무공의 춤이 아닌 오직 아름다움만을 추구하는 미무(美舞)로 보일 것 같았다.

연연유도의 동작은 그동안 자르지를 않아 처음 시작할 때의 헤어 스타일은 생각할 수도 없는 장발이 되어 살랑살랑 물결치는 머릿결과 하나가 되어 환상적인 모습을 나타내고 있었다.

오, 신이시여! 진정 이 춤을 추고 있는 사람이 나란 말인가요! 난 어떻게 생긴 것도 잘생기고, 공부도 잘하고, 이렇게 춤까지 잘 추는지… 캬아, 춤 한번 멋들어지게 추네.

정신없이 연연유도, 아니, 연연유도무를 펼치다 보니 체력이 바닥을

기는 것을 느낄 수 있었다. 결국 연연유도무를 끝내고 벽곡단과 물로 체력을 보충한 다음 다시 일원합심공을 운용하였다.

운용하니 아직 기의 구를 이루고 있었으나 아까와는 달리 상당히 부드러웠고 다행히도 그 기의 구는 두 줄기 기운들이 움직였던 곳과는 다른 곳으로 움직이며 몸을 순환하기 시작했다. 그러다 보니 점점 구는 풀어져 갔고, 난 일원합심공의 운용에 모든 정신을 맡겼다.

에? 내가 왜 또 여기 와 있는 거지?

난 또다시 그 내면의 세계라는 어둠의 공간에 앉아 있었다. 도대체 나는 심심하면 여기에 보내진단 말이야.

"초매."

난 초매(초은설)를 불러 자초지종을 듣고자 했다. 허, 거참.

그동안 게임 속에서 많은 생활을 하면서 정보를 정리하다 보니 잘 이해가 가지 않는 정보가 꽤 있는 것을 알게 되었다. 그렇게 고민하고 있는데 초매가 자신이 정보를 가르쳐 줄 순 없지만 풀이는 해줄 수 있다는 기쁜 소식을 전해주었고, 다음날부터 난 초매와 많은 시간을 가지게 되었다.

—네, 사 공자.

"흐흠, 공자라는 칭호는 어색하다니까… 그냥 오빠라고 부르지."

초매는 날 공자라 호칭했는데 상당히 어색해서 오빠라 부르면 어떻겠냐는 절충안을 내놓았으나 그 자리에서 거절당했다. 흑흑, 난 오빠로서 부족하다는 거야 뭐야?

—죄송하지만 그렇겐 안 되겠어요.

"칫. 그래, 얼마나 잘 사는가 두고 보자고. 공자는 무슨……. 하여튼 그건 됐고, 내가 왜 여기 와 있는 거지? 난 분명 잠을 자지도 않았는데 말이야."

그렇다. 분명 연연유도무를 펼치다 체력이 바닥을 보이자 일원합심공을 펼치기 시작한 것까지는 기억나는데 그 후가 기억이 안 난단 말이야.

—네. 사 공자님의 캐릭터는 지금 흔히들 말하는 무아지경(無我之境)에 빠져 있습니다. 음, 아무래도 깨어나시려면 현실 세계로 하루쯤 걸리겠는데요?

허, 도대체 내가 한 것이 뭐가 있다고 무아지경씩이나……. 뭐, 어쨌든 좋아. 무아지경이라면 최소한 나쁜 것은 아닐 테니까.

"흠, 그러고 보니 오늘 며칠이지?"

—네. 현실 시간으로 9월 2일 오전 5시 45분이고 게임 시간으로 11월 6일 사시(巳時: 오전 9시에서 오전 11시), 그러니까 오전 10시를 조금 넘겼습니다.

9월 2일이라… 그럼 모레가 그날인가? 하아, 갑자기 기분이 다운되는구나.

"초매, 나 바깥 시간으로 이틀 정도 못 들어올 것 같아. 그래도 되겠어?"

이틀 못 들어온다고 죽기야 하겠냐마는…….

—네. 로그인 상태에서 바깥에서의 이틀, 이곳에서의 나흘을 가만히 계시면 안 되겠지만 로그아웃 상태라면 최대 바깥에서의 일주일, 이곳에서의 이 주일까지는 견딜 수 있으니 다녀오세요.

다행이군. 안심하고 갔다 올 수 있겠어.

난 씁쓸한 미소를 지으며 자리에서 일어나며 입을 열었다.

"응, 알았어. 초매, 로그아웃해 줘."

—네. 테스터의 의지에 따라 로그아웃에 들어갑니다. 5초 후 안전하게 로그아웃될 것입니다.

아, 괜히 장난기가 도는걸?

"아차, 초매."

훗, 이번에야말로 고민 좀 해야 할걸?

— 5, 4, 네. 2.

"고마워."

—네? 무슨?

파아앗!

크큭, 이번엔 카운트다운 세는 것도 제대로 못했군. 이틀 동안 내가 한 말이 무슨 뜻인지 생각하느라 골치 좀 썩겠지? 크크.

난 캡슐을 열며 일어났다.

푸슈우우웃.

"하아, 어서 준비나 해야지."

난 내일 있을 일을 중요한 일을 치르기 위한 준비를 하기 시작했다.

부아아앙!

부으으으으아아앙!

난 현재 비싼 돈을 주고 구입한 나의 애마, 최신형 바이크 XI—3를 타고 도로를 질주하는 중이다.

지금 달리고 있는 곳은 원래 인적이 뜸하지만 도로는 제법 잘 깔려 있는 곳이라 난 아르바이트를 하며 배운 바이크 솜씨를 유감없이 발휘하며 달리는 중이었다. 바람을 뚫고 달리는 기분이 너무나 상쾌했다.

그렇게 한참을 달리자 내가 목적지로 잡았던 곳이 보이기 시작했다.

스으으.

"1년 만에 와보는군."

정말 1년 만이다. 매년 9월 4일은 나에게 있어서 불행의 시작 같은 날이다. 바로 부모님께서 돌아가신 날이니까.

생각해 보면 지금까지 난 정말 악귀(惡鬼)같이 살아남았다. 알바를 하랴, 공부를 하랴, 밤낮 없이 해야 할 일을 하더라도 끝이 없었다.

등학교를 졸업하면서 알바만 신경 쓰면 되었기에 재학 중일 때보다는 나았지만 그때도 힘들기는 마찬가지였다. 무거운 바위를 들다가 그보다는 가볍지만 그래도 무거운 나무를 든다고 힘이 들지 않는가? 그런 것이다.

세상은 너무나 힘들고 고독한 것을 즐긴다.

만약 그때 그들이 없었다면 어떻게 됐을까? 십중팔구 미쳐 버리거나 자살을 하거나 그것도 아니면 모든 것을 포기해 버렸겠지? 아마 이 세 가지 중에 한 가지를 택했을 것이다.

다행히도 내겐 아주 조금이지만 기댈 수 있는 곳이 있었고, 덕분에 난 지금 이런 호화로운 생활을 누리고 있는 것이다. 누구는 아프리카에서 힘든 생활을 보내고 있을 테지만 말이야. 크큭.

내가 잠시 잡생각을 하고 있을 때 누군가 나를 부르는 소리가 들렸다.

"여, 이게 누군가. 효민이 아닌가."

그곳에는 백발이 성성한 할아버지가 화가들이나 쓰는 빵모자를 눌러쓴 채 내게 인사를 건네고 있었다. 훗, 정말 변함이 없다니까.

"그동안 안녕하셨어요?"

"나야 이 늘어만 가는 흰머리만 빼면 뭐 달라질 것이 있겠는가?"

반은 맞다. 1년 전이나 2년 전이나 박오(朴娛) 할아버지는 변한 게 없으시다. 본인은 흰머리가 늘어만 간다고 투덜거리시지만 이미 흰머리뿐인데 거기서 어떻게 더 늘어난다는 말씀이실까? 난 좀 전까지 그다지 좋지 않았던 기분이 유쾌한 기분으로 바뀌는 것을 느꼈다.

하여튼 박오 할아버지한테는 못 당한다니까.

"그건 그렇고, 신수가 훤해졌구먼."

"잊으셨어요? 이미 보름 정도 전에 전 성인이 되었습니다. 부모님의 유산을 모두 돌려받았고요."

박오 할아버지는 아버지께서 살아 계실 때까지만 해도 국내에서, 아니, 세계에서 수위를 다투던 대기업 사장이셨고, 불우했던 아버지의 후원자이기도 하셨다.

아버지께서도 일찍 할아버지와 할머니를 여의시고 형제, 남매란 사람들은 각자 할아버지의 유산을 가지고 아버지만 남겨둔 채 도망을 가버렸다. 그때 아버지를 돌봐주신 분이 이 박오 할아버지시다. 아니, 그때는 아저씨라고 해야 하나?

아버지는 박오 할아버지께 많은 것을 배웠다. 또 자식이라고는 한 명도 없으시던 박오 할아버지께선 아버지께 회사를 넘겨주려 하셨지만 아버지는 그것을 거절하고선 외교관이 되셨다.

다행히 할아버지께서는 늦둥이 아들을 보게 되서 후계자 걱정이 사라지셨으니 박오 할아버지의 뜻을 거역한 아버지께서는 불편한 마음을 조금이나마 줄일 수 있었다.

박오 할아버지께선 부모님께서 돌아가시자 산 하나 전체를 사서 그곳에 부모님의 유해를 묻어주셨다. 그리고 얼마 지나지 않아 모든 것을 스물두 살의 아들에게 넘겨주고 이곳에 혼자 살며 노후 생활을 보내고 계시는 중이셨다.

사실 박오 할아버지께선 나를 후원해 주시려 했지만 아버지 때 그랬듯이 할아버지가 나를 후원해 주면 친척들은 다시 나에게 붙을 것이고 그만큼 계획의 성공률이 낮아져 정중하게 거절했다. 쩝, 그래도 조금은 받아둘걸……. 크흠.

박오 할아버지는 아버지의 계획을 알고 있는 몇 안 되는 사람 중 한 분이시다. 아니, 사실은 그런 계획을 짜던 아버지에게 많은 충고를 해주셨고 계획의 반은 박오 할아버지께서 직접 맡으셨다.

그러니 박오 할아버지는 내게 친할아버지 이상의 존재였고 너무나 바쁜 생활에 자주는 오지 못하고 매년 부모님의 기일에나 찾아뵙게 되는 것이다.

내가 계획이 모두 성공하였다고 하자 할아버지는 미소를 지으며 말씀하셨다.

"벌써 그렇게 되었나? 시간 정말 빠르구나. 이제 어쩔 생각이냐? 지금 네가 가진 재산은 평생은 물론이고 자손들까지 대대로 잘 먹고 잘 살 수 있을 만큼 많다는 것은 알고 있겠고… 딱히 할 것이 없거든 나와 이곳에서 사는 것은 어떠냐. 이곳은 공기도 맑고 먹을 것도 풍부하고 가까운 곳에 묘도 있으니 자주 찾아가 볼 수 있지 않겠느냐."

할아버지께서 이제 맘 편히 자신에게 오라고 한다. 이제 혼자 마음고생하지 말고. 이곳의 생활이야 돈의 영향은 거의 받지 않으니 자신에게 와서 이제 편히 살라고 한다.

하지만… 아직 그럴 수는 없다.

"죄송합니다. 아직 전 꿈을 이루지 못했습니다."

그래, 내겐 꿈이 남아 있다.

"꿈? 평범하게 산다는 그것 말이냐? 이곳에서도 얼마든지 평범하게 살 수 있지 않느냐."

"하지만 이곳은 아직 제가 원하는 세계가 아닙니다. 또 제가 이런 초야에 묻히면 벌 떼들이 어떻게 해서든 제 꿀을 뺏으려 할 테고 말입니다."

벌 떼들이란 당연히 친척들을 뜻하는 말이다.

"허허, 아직 미련을 버리지 못했느냐?"

"죄송합니다. 이게 저의 길입니다. 이제부터 전 강해질 것입니다. 그 누구도 저를 건드리지 못하게 말입니다. 제 가족들에게 상처를 입히지 못하게 말입니다. 전 아버지를 능가해 보일 것입니다. 화목한 가정을 이루셨지만 그 가정을 죽음이란 이름 하에 지키지 못하셨던 아버지를 넘어 화목하고 행복한 가정을 이뤄 제가 죽을 때까지 그렇게 살 것입니다."

난 강해질 것이다. 절대 누구에게도 지지 않을 것이다. 절대 비굴해지고 비겁해지지 않을 것이다. 8년간 그렇게 살아왔으면 이제는 내 뜻대로 해도 되지 않겠는가. 난… 이길 것이다!

"허허허, 녀석, 흥분하지 말거라. 그래, 아직 젊은 너에게 이런 산골 생활은 무리겠지."

산꼭대기를 보며 씁쓸한 미소를 지으시는 할아버지의 모습에 난 잠시 마음이 흔들렸다. 받기만 하고 아무것도 해드린 것이 없는 분. 아무리 사람들의 추악한 모습이 싫어 이런 곳에 혼자 사신다고 하지만 그래도 역시 사람들이 그리우실 것이다.

"할아버지, 이제 저도 할아버지 먹여 드리고, 입혀 드리고, 재워 드릴 돈은 있습니다. 저와 함께 가세요."

"싫다, 이놈아. 무려 8년간이나 이렇게 혼자 살아오며 사람들의 추악한 모습을 잊어온 나다. 그런데 이제 돌아가면 그곳에 적응이나 할 수 있겠느냐. 난 그냥 이렇게 살다 가련다. 적어도 네게만은 따뜻한 마음을 가진 할아버지가 되어 이렇게 가련다."

"……."

"그래, 부모님은 만나뵈었고?"

"아뇨. 이제 만나뵈러 가야죠."

이제 저 산을 올라 부모님을 만나뵈러 갈 것이다. 그리고 보여 드리고 말할 것이 있다.

"어서 올라가 보거라. 저 오토바이는 네 것이냐?"

할아버지는 XI—3를 가리키며 내게 말씀하셨다. 그럼요. 제 것이죠. 저게 얼마나 비싼 건데요, 라고 말했다가는 돈을 헤프게 쓴다고 한소리 듣겠지? 쿡! 쿡!

"아뇨, 친구 거 빌려 타고 왔어요."

낯빛 하나 안 변하고 거짓말하는 나의 모습은 내가 봐도 신기할 정도다. 하여튼 난 못하는 게(?) 없어.

"쯧, 쯧, 저런 위험한 것을 타고 다닌단 말이냐? 조심하거라."

"네. 그럼 올라가 볼게요. 바이크 좀 잘 보관해 주세요!"

"그래."

언덕에 나 있는 길을 따라 계속 올라가면 공터가 나오고, 그 공터에 부모님이 주무시고 계신다. 난 공터에 올라서자마자 보이는 한 쌍의 묘를 보자 코끝이 시려왔다.

하, 이럼 안 되지. 1년 만에 보는 건데. 이제 완전히 장성해서 성인이 된 아들을 보여 드리는 건데 꼴사납게 눈물이라니… 우선 인사부터 드려야지.

"저 왔습니다."

작게 말했다. 매우 작게.

"저 왔습니다."

이번에는 보통으로. 하지만 누구나 들을 수 있게.

"저 왔습니다!"

이번에는 크게. 구름을 뚫고 하늘로 날아 부모님께 들릴 수 있게…….

"자주 찾아뵙지 못해서 죄송해요. 그동안 너무 바빴거든요. 네? 요 며칠간 계속 놀지 않았냐고요? 역시 못 속이겠네요. 예, 요즘 이상한 게임에 푹 빠져 지냅니다. 아버지, 어머니의 아들이 말이죠."

난 묘 앞으로 가서 미리 사 가지고 온 것을 꺼내놓으며 계속 말했다. 오늘은 부모님과 대화하는 날이니까.

"정말 나쁜 놈이죠? 그럼 혼내주세요. 두들겨 패서 정신 차리게 해 주세요. 하하, 못하시겠죠? 암, 그렇고말고요. 못하시죠. 아니, 안 하셔야죠. 저도 이제 성인이라 말입니다. 믿지 못하시겠다고요? 그러나 어쩌겠습니까. 국가 서무청의 자료에는 아직 잉크도 안 마른 제 등본이 꿋꿋이 자리잡고 있는데요."

이 시대의 모든 정보는 컴퓨터로 처리하기 때문에 내가 한 말은 완전히 틀렸다고 할 수 있지만 부모님이 어리셨을 때에는 이렇게 했다고 하니 따라 한 것뿐이다.

"이제 성인이 된 저의 첫 번째로 올리는 술잔부터 받으십쇼. 자, 아버지는 가득! 어머니는 술을 많이 못하셨으니까 조금. 아, 잠깐. 벌써

드시면 안 되죠. 이렇게 안주도 있답니다."

난 과일들을 꺼내놓고 그중 사과를 깎아 접시에 담아 묘 앞에 놓았다. 아버지와 어머니께선 식성도 비슷해서 이 사과를 무척 좋아하셨단 말이야. 훗, 부부는 일심동체라나 뭐라나?

"자, 이제 한잔 드셨으면 제 절 받으시죠. 부모님들은 영광입니다. 제가 성인이 된 후 첫 잔을 받으시고 첫 번째로 절을 받으시니까요. 저 같은 효자가 어디 있겠습니까?"

난 그대로 절을 올렸다. 한 번, 두 번.

그러나 난 두 번째 절을 올리고 나서 일어날 수가 없었다. 젠장! 왜 눈물이 나오는 거야. 왜 이렇게 요즘은 눈물이 이렇게 내 눈을 계속 적시는 거야. 난 이런 눈물 싫어. 젠장! 젠장!!

"크흐흑, 으흐흑. 아버지, 어머니, 아들이 이렇게 장성했습니다. 흐흑, 자랑스럽죠? 거기다 아버지께서 세우신 모든 계획대로 성공했다고요. 이제 걱정하지 마세요. 전 당당히 살 것입니다. 지난 8년간 못해본 것, 다 해보고 또 사회에 좋은 일도 많이 할 겁니다. 그 봉사 활동이라는 것 해보니 괜찮던데요? 마음도 뿌듯하고 말입니다."

난 눈물 범벅이 된 얼굴을 들어 묘를 쳐다보며 계속 말했다. 야, 눈물 당장 안 그쳐?

"크흐흠. 그리고 아버지, 이렇게 왔으니 미리 말씀드릴 것이 있습니다. 이젠 아버지를 넘어서겠습니다. 불효자라고 뭐라 하지 마세요. 아까도 말했다시피 저 같은 효자가 어디 있다고 그러십니까. 그만큼 효도를 했으니 이젠 최고의 자리에서 물러서셔야죠. 설마 아까워하시는 것은 아니죠? 걱정 마세요, 저도 죽기 전에 제 자식에게 물려줄 테니. 그때 가서 누가 더 훌륭하게 살았는지 비교해 보는 겁니다?"

이젠 눈물도 다 그치고 자리에 일어나서 옷에 묻은 풀들을 떼어냈다.

"아, 그리고 박오 할아버지께서 저보고 미련을 버리라 하시더군요. 부모님께서도 그렇게 생각하십니까? 어머니, 정말 그렇게 생각하세요?"

그러나 대답이 있을 리는 만무했다. 좋아, 내가 원하던 대답이 그것입니다.

"역시나 대답을 해주지 않으시는군요. 잔인하긴 하시지만 제 앞길은 저 스스로 나아가라는 뜻이겠죠? 그렇지 않다고 해도 그냥 그렇게 생각하겠습니다. 앞으로! 제가! 얼마나! 멋지게! 살아가는지! 지켜봐 주세요!"

지켜보실 것이다. 항상 그러셨듯이 따스한 미소를 머금으시고…….

그렇게 한참을 혼자 중얼거리다 보니 서산에 해가 걸려 있었다. 이제 가야 할 시간인가?

"벌써 시간이 이렇게 됐군요. 오늘은 이만 가보겠습니다. 하지만 이제는 시간도 많고 하니 자주 올게요. 아, 그리고 어머니, 제가 바이크 산 거 할아버지께 비밀입니다? 할아버지께서는 너무 잔걱정이 많으세요. 하하하, 그럼 다음에 또 오겠습니다."

난 그렇게 뒤도 돌아보지 않고 내려왔다. 뒤를 돌아보면 가슴만 아플 뿐이다. 지금 내게 필요한 것은 뒤가 아니라 앞, 즉 미래인 것이다. 두고 보세요. 전 해낼 겁니다. 꼭 꿈을 이루겠습니다!

그렇게 내려와 보니 박오 할아버지께서 흔들의자에 앉아서 담배를 피우고 계셨다. 저런 몸에 안 좋으신 것을 피우시다니.

"할아버지! 도대체 산 밑으로 잘 내려가지도 않는 분이 그 담배는 어떻게 챙기신 거예요!"

"헉! 아, 아니, 그게 아니라… 저번에 김 영감이 올라와서 씁쓸할 때 피우라고 한 갑 주고 간 거여. 정말이여."

할아버지, 거짓말이 눈에 보여요!

"어쨌든 압수입니다! 한참 몸 걱정하실 연세에 이런 거나 피우시고 말이죠. 다음에도 이런 거 피우시는 거 저에게 보이면 당장 서울로 모시고 갈 거예요! 알았습니까?"

"험험, 알았어. 그런데 피우던 것은 마저 피우고……."

"안 됩니다!"

"에잉, 그래. 안 피운다, 안 피워. 안 피우면 되잖느냐. 이 늙은이의 하나뿐인 즐거움도 빼앗아 가는 것이 그리도 좋냐?"

호호호, 어떻게 아셨을까. 할아버지도 제게 이런 저런 잔소리 많이 하시니까 이제 쌤쌤이에요.

"저, 이만 가보겠습니다. 이제 할 일도 없고 자주 올 테니 다음에 올 때는 맛있는 거 많이 준비해 주세요."

"에잉, 이 녀석아, 바깥에 사는 네 녀석이 뭘 좀 사 가지고 와야지, 이 늙은이를 시켜먹느냐?"

"호호, 자연산이잖습니까. 어떻게 도시의 인공으로 만들어진 것이랑 비교가 되겠습니까. 어쨌든 부탁드리겠습니다."

호호, 입맛이 도는데? 박오 할아버지께서 직접 기르신 돼지를 잡아 구워 먹으면 그 맛이 장난이 아니다. 거의 환상에 버금가는 수준? 할아버지께서는 직업을 잘못 택하셨어. 요리사 같은 거 하셨으면 지금보다 훨씬 돈 많이 벌 수도 있으셨을 텐데.

"에잉, 알았다, 이 녀석아. 돼지를 노릇노릇하게 구워놓을 테니 자주나 오거라!"

"네, 할아버지. 저 이만 갈게요!"

난 바이크에 몸을 실으며 말했는데 그 뒤로 들리는 소리에 하마터면 옆으로 넘어질 뻔했다.

"녀석아, 남의 바이크에 네 부모 사진이 끼워져 있느냐? 네가 어련히 잘 알아서 할 것 같아 말은 안 하겠지만 사고 안 나게 조심하거라!"

허, 들켰구나, 들켰어. 역시 할아버지를 속이는 것은 포기해야 한단 말인가. 크흠, 그것보다 내가 좀 안일하게 생각한 것도 있지만. 쩝.

부아아아앙!

노을을 배경으로 그곳에는 바이크 소리만이 울려 퍼졌다.

"허허, 갔구먼."

박 노인은 사라진 손자를 보며 외투 안주머니에서 담배 한 개비를 꺼내 불을 붙였다.

"허허, 이놈아, 이것은 몰랐지?"

박 노인은 담배 연기를 깊숙이 빨아들이고 또 연기를 내뿜으며 산중턱 어디쯤을 바라보았다.

"허허, 많이 컸지? 자네 아들 말이야. 자네 어릴 적이랑 판박이구만. 허허허, 부디 조심해야 할 텐데……."

저 멀리 보이는 오두막으로 향하는 박 노인의 발걸음에 쓸쓸함이 느껴지는 것은 감출 수 없었다.

◆ 비상(飛翔) 세 번째 날개

친구, 그리고 버그

비상(飛翔) 세 번째 날개 친구, 그리고 버그

파앗!

윽! 아무래도 이 빛은 적응이 안 돼.

자, 보자. LOGIN을 누르고 나면…….

쏴아아아아—

음, 역시 저 흰 매는 멋있어!

난 검은 거울에서 튀어나와 빛을 가르는 매를 보며 감탄을 자아냈다. 멋있는 것을 멋지다고 하지 어떻게 표현하겠어?

곧 온통 백의 세상에 서 있는 나를 가장 처음 반기는 것은 바로 초매의 은쟁반에 옥구슬 굴러가는 목소리였다. 근데 은쟁반에 옥구슬을 굴리면 좋은 소리가 날까? 안 해봐서 모르겠네. 언제 시간 내서 해봐야지. 그전에 옥구슬이랑 은쟁반이 생기면.

—사 공자, 오셨어요?

"응. 이틀 만이군. 아니, 나흘 만인가?"

—정확히 사흘 하고도 5시 42분 21초 지났습니다.

"하, 하, 뭐… 그런 것까지 그렇게 정확히 계산하고 그래. 그냥 대충 그렇다고 생각하면 되지."

—가셨던 일은 잘되셨어요?

"응, 덕분에 잘 끝냈어."

—제 덕분에요? 전 아무것도 안 했는데요?

말이야 바른말이지, 초매는 아무것도 한 것이 없다. 단지 내가 예의상 한 말이었을 뿐이다. 그런 별 뜻 없는 말 가지고 고민하는 초매를 보니 문득 그녀가 인간이 아니라는 사실이 떠올랐다.

그동안 나랑 많은 대화를 나누면서 완전히 인간화되었다고 생각했는데 아직 멀었군. 하지만 이 정도만 해도 장족의 발전이지 뭐.

처음에 초매와 대화할 때 난 미치는 줄 알았다. 아니, 처음은 아닌가? 정확히 말하자면 처음 진지한 대화를 할 때 난 미치는 줄 알았다가 정확할 것이다.

정말 미치는 줄 알았다. 어떻게 비속어는 하나도 알아듣지 못하고, 또 분위기 좀 바꿔보자고 유머를 하나 해주었더니 그 유머에 대한 이치에 대해 꼬치꼬치 캐묻는 것이 아닌가. 그에 비하면 지금은 완전히 사람이라고 해도 문제가 없었다. 암, 그렇고말고. 누가 가르쳤는데!

"하, 하, 그냥 그런 게 있다고만 생각해 둬."

초매는 고개를 갸우뚱했지만 그냥 넘어가는 듯했다. 어휴, 두통이야.

—그러죠. 그런데 사 공자, 저번에 나가기 전에 저에게 고맙다고 한 것은 무슨 뜻에서 그런 것이에요?

헉! 잊고 있었다, 까맣게.

진지하게 묻는 초매의 얼굴로 보건대 단순한 장난이었다고 하면 화… 내겠지?

"저, 그게, 그러니까……."

—왜 그러시죠? 설마 단순한 장난이었다던가 그런 건 아니겠죠? 설마 사 공자께서 그런 유치한 장난을 할 리가 있겠어요?

컥! 저거 말하는 거로 봐서 이미 다 알고 있는 거 아냐?

크윽, 꼬리가 길면 잡히지만 길면 길수록 쫓아온 놈은 열받아서 잡힌 놈을 더 죽도록 패는데…….

"……."

내가 할 수 있는 것은 묵비권 행사뿐이었다.

—설마, 정말 그런 거예요? 어떻게 그러실 수가!

"아니, 그게 아니라……."

—제가 나흘 동안 그 말 때문에 얼마나 고민했는지 아세요? 정말 나빠요! 흥!

이럴 때는 무조건 숙이고 나가야 한다. 어찌 되었든 먼저 잘못한 것은 나니까. 장난 한번 쳤다가 이거 고생 무지하게 하게 생겼네.

"저기, 초매?"

—…….

"저기, 화났어?"

—흥!

화났다, 그것도 단단히.

초매가 이렇게 삐친 모습은 처음 보는데? 그토록 상냥하던 초매가 삐치니까 더 무섭군. 이걸 어떻게 풀어주지?

"저기, NPC도 화를 내나?"

—흥! 사 공자께서 NPC도 사람이나 마찬가지라고 하셔놓고서는 이제 와서 화를 낸다는 게 신기하세요?

이런, 꼬였다!

"아, 아니, 그게 아니라……."

—흥!

크윽, 이 입이 원수지. 그나저나 그렇다면 방법은 이것뿐이란 말인가. 최후의 수단이었거늘…….

"초매, 정말 미안해. 하지만 내게도 사정이 있었어."

—흥!

역시 이 정도로는 안 통하는군.

"내가 이틀 동안 어디 다녀왔는지 알아? 바로 부모님 묘소야."

쫑긋!

이게 무슨 소리냐. 오버라면 오버지만 바로 초매의 귓불 움직이는 소리다. 너무 큰가?

예스! 아버지, 어머니, 죄송합니다만 이 아들 한 번만 구해주세요.

"로그아웃할 때 다음날이 기일이라고 생각하니까 너무 우울하더라고. 정말 그 기분을 계속 유지되었다면 한강으로 뛰어들지도 몰랐을 정도라니까. 그때 생각났던 게 누군지 알아? 바로 초매야. 초매의 순진한 표정을 한 번만 보면 그 우울한 기분을 다 날려 보낼 수 있을 것 같았지. 그렇다고는 해도 초매를 속인 내가 나쁜 놈이야. 나 같은 놈이랑은 이제 상종도 않겠지? 흑."

—흑흑. 사 공자님, 울지 마세요. 제가 있잖아요. 사 공자의 그런 마음도 파악 못한 제가 잘못이에요. 흑흑. 울지 마세요.

초매는 세상에 대하여 모른다. 아니, 전무하다. 그러니 속임수 같은 것을 알기나 할까? 또 용서를 구하기 위해 이런 우는 시늉까지 한다는 것을 믿기나 할까?

그러나 그것은 나에게 있어서 정말, 정말 감사한 일이었다. 흐흐흐. 아차, 너무 생각을 깊게 하면 초매가 읽을 수도 있어. 다시 연기에 몰입해 볼까?

"초매, 미안해. 날 때려줘. 널 속인 내가 정말 나쁜 놈이야."

—흑흑, 아니에요. 제가 죄송해요. 다신 화 안 낼 테니 울지 마세요. 흑흑.

흐흐, 바로 이 말을 기다렸어.

"그럼, 용서해 주는 거야?"

—용서할 게 어디 있어요. 오히려 제가 용서를 구해야죠. 흑흑, 정말 죄송해요.

순간, 너무 순진한 모습에 초매를 속이는 나 자신이 엄청난 악인으로 생각되었다. 이런 순진한 처자를 놀리고 거기다 속이기까지 하다니… 난 정말 나쁜 놈이야.

흐흐. 그래, 난 나쁜 놈이다. 원래 그렇게 살아왔어!

"초매, 용서할게. 그만 울어. 이제는 우리 싸우지 말고 피스(Peace)하게 살자."

—네.

"초매, 그럼 로그인시켜 주겠어?"

—네. 그대 비상을 위해 날갯짓을 준비하는 자여, 날아오를 준비가 되었나요?

"응."

—사예, 그대의 뜻대로 하늘 높이 날아오르시기를 기원합니다.

다시 시야가 하얗게 변한다. 이거 눈 나빠지는 거 아냐? 그건 그렇고, 다행히 넘어갔군. 다음부터 조심해야겠어. 장난 하나 치는 데도 이렇게 힘들다니… 휴…….

현실 세계로 이틀 전.

최효민의 캐릭터 사예는 상당히 위험한 상태에 처해 있었다.

그가 무속성이라고 생각한 세 가지 무공은 이번 2차 테스트를 시작으로 나타난 무공으로 개수가 제한되어 있다고 운영자가 발표한 보(保)속성의 무공이었던 것이다.

보속성이란 말 그대로 보조해 주는 역할을 하는 것이기에 보속성의 무공 하나만을 다른 속성들의 무공이랑 접합하여 익히는 것에는 전혀 영향을 받지 않는다. 아니, 그 무공에 보속성에 나와 있는 여러 가지 특성 중 하나가 무공에 결합되어 그 무공을 보조해 주는 역할을 하는 것이다.

그러나 그것이 두 가지 이상이라면 말이 달라졌다.

한 가지 보속성의 무공을 익히면 득이 되지만 두 가지 이상의 보속성의 무공을 익히면 오히려 화가 되어 주화입마를 일으키는 것이다.

사예가 그 상태였다. 불행하게도 사예가 익힌 네 가지 무공들은 전부 보속성의 무공이었다.

아직 그 효능에 관해 테스터들은 모르고 있기에 실험해 보자는 차원에서 장염이란 사람의 문파에서 그 무공을 아무런 무공도 익히지 않은 2차 테스터에게 하나씩 나누어 주라고 한 것인데, 단지 귀찮음이라는 궁극의 핑계로 그것을 사예에게 전부 줘버리고 만 것이다.

덕분에 사예는 무공을 읽어들인 그 시간부터 처음 시작 시 주어지는

10년의 내공이 두 가지로 나누어지기 시작하였다.

그러나 다행이라면 다행이랄까?

사예가 익힌 네 가지 무공 중 진기를 자신의 속성으로 바꾸는 것은 섬전쾌도와 예신도법뿐이었다.

연연유도는 단지 기의 탁함을 정화하고 기의 순환을 도와주는 것이기에 자신만의 진기는 필요하지 않았고, 일원합심공은 애초에 진기를 모아 원래의 진기에 합하는 성질만 있을 뿐 굳이 자신의 진기가 필요하지는 않았다.

그렇기에 사예가 처음 일원합심공을 운용했을 때 두 가지 진기가 반발을 일으켜 서로 반대 방향으로 이동하기 시작했던 것이었다.

그런데 기적이 일어났다. 그것은 바로 일원합심공과 연연유도였다.

일원합심공은 어떤 진기도 가리지 않고 받아들여 하나의 진기로 만드는 것인데, 하나로 만든다 하여도 이미 구로 굳어버린 진기와 안에서 유통되지 않아 탁해져 버린 진기로 인해 보통 주화입마에 걸리게 된다.

그 일원합심공이 자신의 능력을 발휘해 이미 떠난 두 줄기의 진기를 다시 단전으로 끌어들여 하나로 만들었고 그 두 가지 진기는 서로 강한 반발력을 일으키다 못해 주화입마의 진기로 합해졌다.

여기서부터 연연유도의 역할이 중요했다. 연연유도의 역할은 다시 말하자면 진기의 탁함을 정화해 주고 기의 흐름을 세밀하며 강하게 해주는 것.

곧 연연유도를 펼친 사예로 인해 연연유도의 특성이 살아나게 되었고 둥글게 뭉쳐진 주화입마의 진기가 맥을 타고 세맥(細脈)까지 구석구석 순환하기 시작했다. 보통의 기로는 중간의 막혀 버린 혈에서 진로가 끊기겠지만 사예의 혈을 돌고 있는 것은 극도로 압축된 기의 구였고 덕분에 거의 모든 혈이 쉽게 뚫리기 시작했다.

그 도중 구 안의 진기는 연연유도의 특성에 의해 정화가 되어 보속성의 네 가지 특성을 지닌 진기가 탄생하게 되었고, 서서히 구의 결속도가 약해졌지만 이미 진기는 사예의 온몸의 맥을 진압해 버린 후였다.

거기서 멈추지 않고 일원합심공을 발휘하여 새로운 진기는 완벽한 합일(合一)의 상태를 이루었고, 이미 연연유도의 특성까지 갖춘 진기는 스스로 온몸의 맥을 순환하며 혈을 타통시키고 있었다.

비록 생사현관 같은 대혈(大穴)은 뚫지 못했지만 방향에 상관없이 모든 맥을 타고 다니며 뚫는 바람에 손끝 하나, 발끝 하나의 모든 세맥들까지 뚫어져 전설의 탈태환골은 아니지만 그와 비슷한, 무를 익히기에 가장 완벽한 몸이 되어가고 있었다.

그 상태로 애초에 초은설이 말했던 하루는 훌쩍 지나가 버리고 사흘째 되는 날 모든 진기가 안정되어 몸 자체를 하나의 진기덩어리로 만들어 버렸다.

3일 동안이나 진기를 운용하기에는 보통 체력이 많이 부족하지만 일원합심공을 운용하기 전에 먹은 벽곡단과 사예가 체력 단련을 한다며 행했던 무예 수련의 성과로 올릴 수 있었던 200이라는 체력이 연연유도의 특성과 맞물려 그 일을 가능하게 해주었다.

그리고 사예가 현실에서의 이틀, 게임 속에서의 나흘간 들어오지 않음으로 해서 진기가 안정될 시간도 벌게 되었으니 단순한 우연만으로 진행되기에는 너무나 공교로운 일이 아닐 수 없었다.

만약 이 과정들 중 하나가 빠지거나 순서 하나만이라도 변경되었다면 사예는 첫 번째 죽음을 면치 못했을 터였다.

그렇게 사예는 자신도 모르게 기연을 얻어버렸다.

과연 이것이 사예에게 득이 될 것인가, 화가 될 것인가.

응? 이상한데? 왜 이런 기분이 드는 것이지? 음, 뭔가 이상한데 말이야.

다시 게임으로 들어온 나는 이번에는 섬전쾌도와 예신도법을 펼쳐내었다. 물론 배움 모드로.

섬전쾌도는 그야말로 극쾌를 지향하는 도법이었는데, 크게 종 베기, 횡 베기, 찌르기의 단순한 3초식으로 나눌 수 있었고 그 속도는 빛살의 빠르기와도 같았다. 그러나 역시 삼류는 삼류. 극도의 쾌를 만들어내기는 하나, 그 변화가 너무 단조롭고 또한 힘이 너무나 부족하여 강(剛)의 힘을 가진 무공과 붙으면 쉽게 파해될 수 있는 도법이었던 것이다.

이것은 몇 년간의 검도 수련으로 인해 높아진 내 안목이 지적한 일이니 정확할 것이다.

예신도법은 진기를 일시적으로 도에 보내게 되어 한순간이나마 검기 같은 의형진기(意形眞氣)와 비슷한 예기를 뿜어내는 도법이었는데 이 도법은 초식조차 제대로 갖추지 않았다. 그냥 거의 진기를 다루는 법이 도법의 상당량을 차지하고 있었던 것이다.

한순간의 그 예리함과 절단력은 극도의 경지라 할 수 있어 환(幻)의 힘을 가진 무공이 상대라면 꽤나 이득을 보겠지만 너무 예리함을 추구하다 보니 역시 변화가 없어 단순하였고 속도조차 빠르지 않아 쾌(快)의 힘을 가진 무공이라면 이 역시 쉽게 파해할 수 있을 것이었다.

연연유도의 절륜함과 화려함에 기대를 잔뜩 가지고 있던 나는 조금 실망할 수밖에 없었다. 연연유도는 공격에 대한 초식이 없어서 그렇지 그 내용만으로 따진다면 감히 삼류로 분류될 만한 것이 아니었다.

그런 연연유도에 흠뻑 빠져 체력이 거의 바닥난 것도 모르고 춤을 추었던 나다. 그런 화려함에 반해 버린 나로서는 단순하고 단순한 이 두 가지 도법이 눈에 찰 리가 없었다. 그런데 시간이 갈수록 그 느낌은 변해갔다.

화려하고 강하지 않은 대신 공기를 뚫고 지나갈 만큼 시원스런 쾌를 안겨주는 섬전쾌도와 역시 화려하고 빠르지 않지만 무엇이든지 자를 수 있다는 자신감을 주는 예신도법은 나에게 새로운 매력으로 다가왔다.

하지만 두 무공을 펼치면 펼칠수록 무언가 이상한 느낌이 들었다. 아직은 그게 무엇인지 모르겠지만 왠지 진기의 흐름과 무공이 맞지 않는다는 느낌이랄까? 하여튼 좀 더 두고 봐야겠다.

어느덧 시간이 흘러 내가 이 게임에 들어온 지 현실 세계에서 2개월, 이곳에서의 4개월이 지났다. 어느새 시간이 이렇게 흘렀지?

그동안 많은 성취가 있었다. 우선 연연유도는 7성의 경지에 올라 있었고 섬전쾌도와 예신도법은 각각 5성의 경지에 올라 있었다. 일원합심공은 일주일 전에야 겨우 3성을 연성하고 이제야 4성에 대한 실마리가 보이기 시작하고 있으니 일원합심공의 진도가 너무 느린 게 아닌가 하는 생각이 계속 들었다.

그래도 가지고 있는 심법이란 그게 전부이니 다른 것을 연성할 수도 없잖아. 열심히 연마하다 보면 그만큼의 성취를 얻을 수 있겠지. 사실 그동안 심법에 조금 소홀했었으니 성취가 늦은 게 정상인가?

또 한 가지, 섬전쾌도와 예신도법의 문제점의 끄트머리를 잡아낼 수 있었다.

그것은 바로 진기의 끊김이었다. 나도 처음 이 생각을 하였을 때 긴

가민가하여 확신할 수 없었는데 계속 펼쳐 보며 창출해 낸 결과가 그것이었다.

이상하게도 연연유도를 펼칠 때는 아무런 이상도 없던 진기의 흐름이 섬전쾌도와 예신도법을 펼칠 때는 중간중간 끊겨 진기의 흐름이 올바르지 못한 것이었다.

진짜 진기를 제대로 다룰 수 있는 고수라거나 그런 것을 알아볼 수 있는 눈을 가지지는 못하여 확신할 수는 없지만 현재 내가 느끼고 있는 것이 그것이다.

정말 이 무공이라는 것은 끝이 보이지 않을 만큼 험하고도 어려운 것이다. 허, 언제 이것들을 극성으로 익히지? 그리고 이 문제점도 고쳐야 하는데…….

그러고 보면 삼류 무공이 이렇게 오랜 시간에 걸쳐서도 극성까지 연성하지 못하였다면 이류, 아니, 일류 무공은 도대체 얼마나 고될 것인지 또 얼마나 오랫동안 연성해야 할 것인지 앞날이 막막했다. 그러나 생각은 이쯤에서 접고! 오늘은 이만 끝내고 나갈 준비를 해야겠지?

난 로그아웃을 위해 내면의 세계로 빠져 들어갔다. 이곳의 육체는 이 동굴 속에 남아 있겠지만 정신은 이미 내면의 세계를 향하고 있었다. 음, 말이 너무 어려운가? 내가 말해 놓고도 도대체 무슨 말인지 모르겠으니 원.

—사 공자, 무슨 생각을 그리도 심각하게 하세요?

아, 그리고 내가 그동안 성취한 것이 하나 더 있다면 나의 생각을 보호할 수 있게 되었다는 것이다. 움화화홧! 이것이 바로 궁극의 정신 보호라는 것이 아니겠는가! 이제 마음껏 속으로 생각해도 초매가 알아차리지 못한다 생각하니 절로 웃음이 나오누나! 초매의 잔소리는 지겹단 말이다. 푸하하하하!

꽈악!

"끄억!"

—죄송하지만 한순간 정신이 흩어지셔서 마지막 생각은 다 보였네요.

억! 그럴 수가!

문제는 바로 이것이다. 조금이라도 정신이 흐트러지게 되면 초매에게 그대로 읽힌다는 것. 억, 그만 꼬집어!

"초, 초매, 아, 아파."

—흥! 정말 나빠요. 매일 저를 놀릴 생각만 하시고!

초매는 새침한 표정을 지으며 고개를 돌렸는데 그 모습이 그렇게 예쁘고 사랑스러울 수가 없었다. 참고로 말하자면 절대 당신들이 생각하는 그런 형태의 관심은 아니다. 단지 성장해 가는 여동생을 보는 오빠의 심정이랄까? 친인척이라고는 하나 없는 나에게 있어서 초매는 친여동생이나 다름없었다. 진짜, 이런 여동생 하나 생긴다면 좋을 텐데…….

"하… 하."

—오늘 동창회가 있다고 하셨죠? 로그아웃해 드릴까요?

"응, 부탁해."

오늘은 동창회가 있는 날이다. 그동안 사정이 좋지 않아 한 번도 참석한 적이 없었지만 올해만큼은 가봐야지. 친구들이 보고 싶기도 하니까.

—테스터의 의지에 따라 로그아웃에 들어갑니다. 5초 후 안전하게 로그아웃될 것입니다. 5, 4, 3, 2, 1. 수고하셨습니다.

"바이, 바이~"

환한 빛이 시야를 덮었고 곧 현실 세계로 돌아온 것을 느꼈다.

푸슈우우웃!

“아으~ 음, 지금이 몇 시쯤 되었지? 일부러 시간을 넉넉하게 잡고 나왔는데.”

시계 바늘은 11을 가리키고 있었다. 오, 만나기로 한 시간이 오후 2시니까 아직 넉넉하네. 어서 준비를 해볼까?

음, Last Station이라… 여기인가? 오, 제법 큰데?

난 약속 시간에 맞춰 친구들을 만나기로 한 Last Station이라는 카페 앞에 도착해 있었다. 카페는 4층으로 되어 있어 제법 규모가 컸다.

과연 이곳이 이 부근에서 가장 유명한 카페 중 하나란 말이지. 내가 이런 곳에도 와보다니… 얼마 전의 나라면 생각조차 할 수 없었을 텐데…….

난 씁쓸한 미소를 지으며 나의 애마 XI－3를 카페 전용 주차장에다 주차시키고선 카페로 들어갔다.

어디 있지?

난 카페 1층을 둘러보며 친구들을 찾았지만 아무 곳에도 보이지 않았다. 음, 위층에 있나?

“안녕하십니까. 저희 Last Station을 찾아주셔서 감사합니다. 찾으시는 분이 계신가요?”

음, 이 사람한테 물어볼까?

“저기, 주호(酒豪) 등학교 동창회에 왔는데 어디 있는 줄 아시나요?”

“아, 그분들은 지금 3층에 계십니다. 안내해 드릴까요?”

몇 층에 있는 건지 아니 혼자 찾아가면 되겠지.

“아닙니다. 제가 찾아보겠습니다. 수고하세요.”

“네, 즐거운 시간 보내시기 바랍니다.”

난 웨이터에게 인사를 한 뒤 3층으로 올라가기 시작했다.

응? 잠깐.

난 3층으로 올라가기 위해 2층을 지나다 방금 여기서 볼 수 없는 사람을 본 것 같은 느낌이 든 것이다.

에이, 잘못 봤겠지. 이곳에 어떻게 그 사람이 있을 수가 있냐. 요즘 게임을 너무 많이 했더니 헛것이 다 보이는구나.

난 다시 확인해 볼까 하다가 전혀 사실성없는, 불가능하다고밖에 할 수 없는 일이라 그냥 올라가기로 하였다.

자, 어디 있나? 아, 저기 보인다. 하나, 둘, 셋, 넷, 다섯, 여섯이라… 벌써 다 모여 있구나.

친구들은 창문가에 자리잡고 서로 이야기를 나누고 있었다. 난 그들에게 다가갔지만 녀석들은 아직 내가 온 것을 눈치 못 채고 있었다. 흐흐흐.

"그러니까 말이야, 어? 응? 내 눈이 이상한가?"

흐흐, 이상하긴. 그래도 병건이 녀석이 가장 눈치가 빠른데?

"왜 그래?"

병건이 녀석이 나를 보고 눈을 비비자 그 맞은편에 앉아 있는 단발에 붉은색 브릿지를 넣은 여자가 그 이유를 물었다. 음, 쟤가 하얀이인가? 호오, 학교 다닐 때는 완전 모범생이었던 애가 브릿지까지 넣고. 역시 너무 많은 시간이 흘렀구나.

"지금 여기에 있어서는 안 될 녀석이 본 것 같아서 말이야."

"응? 도대체 무슨? 어머!"

흐흐, 뭘 그렇게 놀라시나.

"효민아!"

"뭐, 효민이?"

"걔가 여길 왜 오… 정말이네!"

이제야 다른 녀석들도 날 발견했군. 그런데 무슨 얘길 하느라고 내가 오는 것도 몰랐지?

"야, 정말 오랜만이다."

"그래, 병건이, 너도 오랜만이다. 그리고 너희도."

오랜만은 오랜만이지. 졸업하고 내가 졸업한 지 벌써 4년이 되었고 그동안 한 번도 만나보지들 못했으니…….

"까아! 효민이 너, 용 됐다고 하더니 사실이구나! 너무 멋있어졌다. 예전의 그 구질구질한 모습은 찾아보기도 힘든데?"

하, 하, 내가 그렇게 구질구질했었나? 흠, 생각해 보면 그렇긴 했다. 매일 아침잠에 취해 학교에 등교하고 또 친구들한테 빈대 붙어서 먹을 것을 먹고, 옷도 몇 벌 없었으니… 좀 많이 구질구질했겠군.

하지만 현재 내 모습은 고급 캐주얼 브랜드에서 직접 맞춘 옷이고 신발도 고급 메이커. 온몸을 아주 메이커로 떡칠했구나. 이 모습을 보고 누가 예전 나의 모습을 생각할 수 있을까? 그 가난하던 김효민을. 하지만 난 최효민이다.

"하, 하, 그냥 그렇게 됐지. 응? 근데 너희가 그걸 어떻게 알아?"

그러고 보니 난 분명 이 사실을 알려준 기억이 없다. 아니, 박오 할아버지 빼고는 아는 사람이 드물 텐데?

"응, 마침 너에 대해 이야기하고 있었거든."

"얘, 서서 그러지 말고 어서 앉아."

"어, 그래."

난 자리에 앉아 친구들을 둘러보았다. 구병건, 이민우, 이하얀, 김지

현, 정미영, 신지수, 그리고 현재 아프리카에서 고생하고 있을 백상호. 우리 여덟 명은 6년간을 같이 보낸 동창이다.

1학년 때 같은 반이 된 후로 똑같은 시기에 승급 시험을 쳐서 상위 학년으로 올라가다 보니 어떻게 6년 동안 같이 지내게 된 것이다. 그리고 등학교에서는 기숙사 생활을 했는데, 우리 동기들은 남자는 남자끼리 여자는 여자끼리 4인용 방의 룸메이트였다.

이런 웃지 못할 우연들이 겹쳐지다 보니 어느새 우리 여덟 명은 서로 신뢰하고 믿는 친구가 된 것이다. 내가 등학교 생활에서 가장 잘한 것이 있다면 이 친구들을 사귀게 된 것이라 자신있게 말할 수 있다.

그리고 거기에 또 기막힌 우연이 있었으니, 민우와 하얀이는 이란성 쌍둥이 남매였다. 민우가 오빠고 하얀이는 동생이었는데 이란성이라 그런지 하나도 닮지 않아 처음엔 그 둘이 남매라는 것은 아무도 몰랐다. 그래서 둘이 같이 다니는 것을 많이 보게 된 우리는 처음 둘이서 사귀는 줄 알았다. 어릴 때부터 좀 조숙했던 우리들이었다.

어쨌든 그래서 우리 나머지 남자들이 민우에게 하얀이와 사귀냐고 물어보자 잔뜩 흥분하며 아니라 말했고 곧 둘이 친남매라는 것을 알게 되어 민우에게 괜히 미안해졌다.

그렇게 우린 약 두 달 동안 민우의 밥으로 살아야 했다. 음, 너무 안타까운 추억이야. 훗날 여담이지만 여자들 쪽에서도 비슷한 일이 있어 하얀이의 시중을 드는 불쌍한 세 명의 여자애를 우리는 볼 수 있었다.

"근데 무슨 소리야? 나에 대해서 이야기했다니?"

"이 정보통 정미영을 얕보는 거냐, 김효민."

김효민이라니… 난 최효민이라구. 그러고 보니 미영이, 재는 등학교에서 신문부에 있어서 정보 하나만큼은 누구보다도 빨랐다. 또 우리 여덟 명이 전부 선남선녀이다 보니 얼굴도 예뻤고 공부도 우리 중에서 지현이를 빼면 제일 잘하니 뭐라 나무랄 곳이 없는 애였다. 저 잘난 척하는 것만 빼면.

"미영이가 어쩌다가 네 소식을 듣게 됐대. 그래서 오늘 네 얘기를 우리에게 해주고 있었던 거야."

그렇다면 정확한 내용은 모른다는 것이군. 뭐, 알아도 다른 애들에게 가르쳐 주지는 않았을 거고.

우리들이 6년간이나 친하게 지낼 수 있었던 이유 중 하나가 상대방이 밝히기 싫어하는 것은 묻지도 신경 쓰지도 않았다는 것이다.

나와 상호 같은 노력파를 뺀 나머지 여섯 명은 다들 천재는 아니더라도 수재급은 되는 인물들이었기에 어느 정도 깊은 생각을 가지고 있었고 상호는 집안에서의 교육 때문에, 나도 아버지 덕분에 어느 정도 정신 수준이 보통 아이들과는 다르게 성장해 있었다. 그러다 보니, 암묵적으로 그런 약속이 정해졌고 아직까지 누구도 그 약속을 어긴 적이 없었다.

미영이도 내 사정을 알았다면 내가 괜찮다고 생각할 정도까지만 얘기했을 테니 그다지 걱정이 생기지도 않는다. 우리는 친구니까.

"허어, 그런데 미영이의 정보도 예전 같지만은 않구나."

"뭐야?!"

발끈하기는… 저 성질머리 언제 고치려고. 재를 데리고 갈 녀석이 불쌍하다.

"미안하지만 난 김효민이 아닙니다."

"무슨 소리야? 네가 김효민이 아니라니."

"그럼 김효민의 쌍둥이라도 된다는 말이야?"

시끌시끌.

시끌시끌하군. 녀석들, 정말 오랜만이지? 이런 기분.

"나 김효민이 아니라 이제 최효민이야. 일이 있어서 성을 바꾸게 됐어."

난 솔직한 내 사정을 말해 봤자 별달리 좋을 게 없다는 생각에 그냥 넘기려 했다. 녀석들도 그것을 알고 받아줄 것이다. 원래 그런 녀석들이니까.

"오, 그럼 오늘 네가 한턱 쏘는 거냐? 신고식해야지!"

병건아, 비싼 밥 먹고 웬 헛소리니. 난 그런 말 한 적 없단다.

"어머? 정말? 그럼 우리 비싼 데 가야지."

미영아, 참아주렴.

"그럼 내가 아는 곳으로 가자. 거기 음식 솜씨가 환상이야. 대신 가격이 무지 비싸지만."

믿… 믿었던 지현이마저……. 갈수록 가관이군. 이것들이 감히 누굴 털어먹으려 해!

"자, 동창회 재미있게들 즐겨라. 난 바쁜 일이 있어서 이만……."

흐흐, 이렇게 내가 빠지려 한다면 니들이 별수있겠어?

툭!

"응? 헉!"

"어딜 가시려고. 네 행동 패턴이 이미 전부 파악이 되어 있단다."

"오, 민우, 나이스!"

크, 민우, 이 녀석. 언제 이렇게 눈치가 빨라졌지? 예전엔 좀 무뚝뚝하긴 했지만 순진한 도련님이었는데…….

"호호호, 포기하렴. 너는 이미 우리 수중에 들어와 있어. 그냥 한턱 쏴!"

크, 최효민 18년의 인생 동안 한 번도 무릎 꿇지 않았던 수전노 생활이 이렇게 무너지고 마는 것인가.

그때 나에게도 환한 서광이 비추었다.

"얘들아, 그만 해. 효민이가 곤란해하잖아. 너희도 어떻게 4년 만에 만난 친구에게 얻어먹을 생각만 하니?"

하, 하얀아, 너는 천사였구나. 그래, 그랬어. 예전부터 너의 그 고운 마음씨와 아름다운 외모, 그리고 똑똑한 머리 때문에 인간이 아니라 생각한 적이 많았는데 내 예상은 틀리지 않았어!

그러나 그 하얀이를 제지한 것은 내게 인사를 하고는 계속해서 침묵을 지키고 있던 지수였다.

"하얀아, 내버려 둬. 저 녀석은 한 번 사도 돼."

"하지만… 알았어. 효민아, 미안해."

안 돼, 하얀아, 그러면 안 돼~ 너, 신지수. 그러는 거 아냐! 평소 때는 과묵한 애가 왜 여기서 끼어드는 거냐고! 크윽.

지수는 주호 등학교의 얼음공주라 불릴 만큼 싸늘한 미모와 함께 과묵함을 가지고 있었다. 그러나 천성이 착하고 또 꼼꼼한 성격이라 약간 백치미를 가지고 있는 하얀이의 뒷정리를 해주었고, 그래서인지 하얀이는 지수의 말이라면 뭐든지 거절하는 법이 없었다. 그런데 그것이 이곳에서 이렇게 쓰이다니… 내가 너무 안일했어.

"푸우, 별수없지. 좋아, 쏠 때는 화끈하게 쏜다! 오늘 하루! 내가 전부 책임진다!"

"꺄! 효민이 멋져!"

"흐흐, 드디어 효민이를 뜯어먹는단 말인가. 이 얼마나 뜻 깊은 날인가 말이다! 민우야, 오늘 죽을 때까지 마셔보자꾸나!"

"그래, 친구. 오늘 하루는 길고도 길다네!"

"호호호, 역시 효민이는 화끈하다니까."

아주 골고루 해라. 하긴 내가 애들을 좀 많이 뜯어먹긴 했지. 지금 생각해 보면 아름다운 추억이야.

그때, 한 명의 목소리가 내 귀를 거쳐 달팽이관을 마비시킨 후 곧 신경을 타고 올라와 정신을 마비시켰다. 한마디로 무지하게 충격받았다.

"저러다 거덜나지."

커, 커억! 너무해. 지수, 쟤는 꼭 나만 가지고 그래. 혹시 나에게 원수진 일이 있나? 음, 아무리 생각해도 모르겠단 말이야.

"자, 나가자! 효민아, 여기 계산할 거지? 우린 나간다?"

"자, 잠깐. 난 이제 도착했는데? 벌써 나가?"

말도 안 돼! 내가 돈 낼 거면 뭐라도 한잔 마시고 나가야지!

그러나 애초에 나의 거센 항의가 통할 녀석들이 아니었다.

"2차는 지현이가 말한 곳이고, 3차는 노래방으로 노래나 땡기러 가자! 오늘 끝까지 가보는 거야!"

"와아!"

씨, 씹혔다.

병건이를 선두로 다른 애들이 밖으로 나가기 시작했다.

흑흑, 나쁜 녀석들. 나를 완전 물로 봐.

"효민아."

응? 하얀아, 너는 남아 있었구나. 역시 너밖에 없어.

"……."

오, 얼음공주 지수, 너도? 역시 나랑 원수진 것이 아니었구나. 감격이야, 정말.

"효민아, 괜찮아? 너무 무리하는 거 아냐?"

물론! 안 괜찮지만 그렇게 말할 수는 없는 노릇이지.

"응, 괜찮아. 나 돈 많아. 걱정해 줘서 고마워. 너도 먼저 나가 있어. 계산하고 따라 나갈게."

"하얀아, 어서 나가자."

아, 지수도 있었지.

"지수, 너도 날 걱정해 준 거야? 정말 고맙다."

"난 하얀이를 기다렸을 뿐이야. 착각은 자유지만."

커억! 말을 해도 꼭 저렇게……. 한순간 지수를 다르게 보았던 내 자신이 바보처럼 느껴지는구나.

"그, 그러냐? 오해해서 미안해. 하여튼 먼저 나가들 있어. 계산하고 따라 나갈게."

"하얀아, 가자."

"어? 으, 응, 그래, 효민아. 먼저 나갈게. 빨리 나와."

휴우, 먼저들 나갔군. 그러나저러나, 이렇게 시끌벅적한 분위기가 얼마만이지? 하하! 오늘 하루, 즐겁게 놀아보자고!

계산을 한 뒤 친구들을 따라 밖으로 나가자 친구들이 서 있는 것이 보였다.

응? 왜 저런 데 가만히 서 있는 거야?

"아! 효민이 나왔다. 효민아, 여기야."

"어. 민우야, 그런데 무슨 일이냐? 왜 여기 서 있는 거야?"

"응, 지현이가 말한 곳으로 가려면 차를 타야 하나 봐. 민우 차가 있기는 한데 4인용이거든. 잘만 타면 한 명은 더 앉아서 갈 수 있을 듯한데… 그렇다 해도 두 명은 결국 택시를 타야 한단 말이야."

그래? 별일 아니네. 민우 차에 다섯 명 타고 내 XI—3에 한 명 더 타면 되겠네.

"잠깐만 있어봐."

"응? 야, 김효… 아니, 최효민, 어디 가는 거야!"

"잠시만 기다려 보라고!"

난 그렇게 카페 전용 주차장으로 가서 바이크를 타고 녀석들이 서 있는 곳으로 왔다.

끼이이익!

"콜록콜록. 이봐요, 오토바이를 어디다 세우는 거… 효민이?!"

"그래, 나다."

난 화내는 지현이에게 헬멧을 벗어 보였고, 곧 바이크 주인이 나인 것을 안 지현이는 경악이 서린 목소리로 내 이름을 불렀다.

"어때? 나 멋지지?"

"와아! 이거 네 거야?"

"응, 하나 장만했지."

"헉! 이거 일정 수량밖에 생산하지 않았다는 최신형 XI—3 아니야? 오! 이 심금을 울리는 엔진 소리라니… 효민아, 나도 한번 타보자!"

병건아, 때 탄다. 만지지 말거라.

"음, 역시 내 New Eternal—X와 비견될 만한 물건이로군."

New Eternal—X란 민우의 스포츠카인데 현재 바이크의 전설이 XI 시리즈라면 스포츠카의 전설은 New Eternal 시리즈가 점령했다 하여도 틀리지 않을 정도로 고급의 스포츠카이다. 물론 역대 XI 시리즈 중에서도 이번에 나온 최신형 XI—3는 최고로 꼽히는 것이니 민우의 New Eternal—X도 내 XI—3에 비해서 손색이 없잖아 있지만 민우의

New Eternal—X도 명품은 명품이니.

"까! 너무 멋지다! 사진 각도 나오는데?"

"그러냐? 역시 미영이, 너는 기자라 그런지 뭘 좀 볼 줄 아는구나."

그렇지. 내가 중학교 다닐 때는 사정이 좀 안 좋았던 때라 그렇지 이 원판이 어디 가겠냐고. 푸하하하하!

"위험할 것 같아."

"…훗!"

"너… 너! 신지수! 그 웃음의 정확한 의도는 뭐야!"

"…비웃음."

"끄어어어!"

신.지.수. 언젠가는 내가 이 원수를 꼭 갚고야 말겠다!

"풋!"

"큭!"

"푸하하하하!"

"하하하하하!"

"호호호, 너희 둘은 여전하구나. 언제나 만나면 싸우는 거 말이야. 둘이 정말 비슷해. 풋!"

뭐, 뭐시라? 미영이, 너!

"날 뭘로 보고 저 얼음마녀랑 비교하는 거야!"

"누가 저런 수준 떨어지는 애랑 똑같다는 거니."

이, 이런, 왠지 일이 더 꼬이는 것 같은데?

"풋! 봐, 맞잖아. 차분한 지수가 꼭 너한테만은 흥분하는 거. 풋, 똑같아, 똑같아."

"크하하하! 너희 둘이 사귀냐?"

이것들이 점점 보자 보자 하니까 내가 보자기로 보이나? 내가 왜 저 얼음마녀랑 사귀는 사이가 되어야 하냐고!

"난 이런 하등 동물이랑 놀아준 적 없어."

하, 하등 동물!

"야, 말이 너무 심하잖아! 하등 동물이라니. 그리고 얘가 나를 괴롭혔던 거고 난 그 피해자일 뿐이지 누가 얘랑 싸웠다는 거야!"

피식!

바, 방금 날 보고 비웃은 거 맞지? 끄어어어~

"큭큭, 그만 하고 어서 출발이나 하자. 효민이 뒤에 한 명 타고 가면 되겠네. 어서 출발하자."

"근데 누가 효민이 뒤에 타지?"

"내가 탈래, 내가!"

병건아, 난 남자랑 같이 바이크를 타고 싶지는 않단다. 참아주겠니?

"기각!"

"왜?"

"너랑 같이 타다가는 효민이는 18세의 꽃다운 나이로 세상을 하직할 확률이 높아서 안 돼."

오! 민우, 네가 뭘 좀 아는구나!

"그럼 이렇게 하자. 좀 전에 지수랑 효민이가 싸웠으니까 그 벌로 지수가 효민이 뒤에 타. 친구끼리 만나기만 하면 싸우니 말리는 우리가 더 힘들잖아. 이 기회에 좀 친해지라고."

미, 미영이, 네가 지금 무슨 마, 망발을 하는 것이더냐! 여봐라, 당장 저것의 주리를 틀어라!

"싫어!"

“나, 나 역시 마찬가지야! 차라리 병건이를 태워주고 말지!”

지수와 나는 실로 오랜만에 마음이 맞았지만 이미 미영이와 민우는 그렇게 하기로 결정했는지 기분 나쁜 웃음을 지어 보이고 있었다. 옆에서 병건이는 자신이 타겠다고 난리를 피우지만 언제 그런 것에 신경을 썼던 이들인가. 그렇다면 믿을 것은? 지현이와 하얀이!

그러나 그 둘마저 배신을 하고 말았다.

“난 별로 상관없어.”

“나, 나도.”

크윽! 믿었던 너희마저…….

“자, 다수결의 원칙에 의해서 지수가 효민이 뒤에 타기로 된 거다? 목적지는 이곳이니까 알아서 찾아와! 그럼 출발하자!”

결국 친구들은 먼저 출발해 버리고 지수와 나만이 거리에 남게 되었다. 휴… 별수없지. 나야 잠시만 참으면 된다지만 이 얼음마녀가 과연 내 등 뒤에 타려고 할까?

“…난 택시를 타고 갈게.”

“아니야. 그냥 내 뒤에 타. 그동안 내가 잘못한 일도 있고 하니까 오늘만큼은 네 운전사가 되줄게.”

어쩔 수 없는 일이다. 이대로 간다면 지수는 정말 택시를 타버릴 것이고 난 친구들에게 흠씬 터질 것이다. 여자를 에스코트 못했다고.

“…….”

“어서 타. 이곳이라면 나도 아는 곳이고, 지름길도 있으니 우리가 먼저 도착해 버리자고!”

지수는 말없이 내 등 뒤에 탔다. 이 기회에 사이가 조금 좋아진다면 다행이겠지?

"자, 그럼 출발한다? 꼭 잡어."

부아아앙! 부릉부릉!

부아아아아아아앙!

난 달렸다, 신나게!

"꺄악!"

뭉클.

허억! 드, 등 뒤의 이, 이 감촉은… 서, 설마!

바이크가 급출발하자 지수는 급히 내 등을 껴안았고, 그 덕분에 지수의 가슴이 내 등 뒤로 맞닿았다.

오, 신이시여! 절 시험에 들게 하지 마소서. 효민아, 효민아, 왜 이러니. 지수는 단순한 친구야, 친구! 거기다 널 끔찍이도 싫어한단다. 헛된 망상은 버려! 그래, 건전한 마음으로 애국가를 부르자!

동해물과 백두산이 마르고 닳도록!

…길이 보전하세!

24번째 애국가로군. 으아! 미치겠네!

그렇게 우리는 한참을 달려 목적지에 도착했고 XI—3의 속력과 지리를 아는 덕분인지 친구들보다 먼저 도착해서 그들을 기다릴 수 있었다.

"어? 너희들, 벌써 도착했어?"

"핫핫! 내 XI—3와 감히 네 New Eternal—X를 비교하는 것이더냐!"

"효민아, 별일없었어?"

별일? 무슨 별일?

"별일? 아무 일도 없었는데?"

"그럼 됐고."

하얀이 얘도 싱겁기는…….

"크윽, XI—3. 타보고 싶었는데."

병건이는 아직도 미련을 버리지 못했나? 나중에 시간날 때 한번 드라이브하라고 해줘야지 안 그러면 사고 치겠네.

"병건아, 다음에 시운전 한번 시켜줄 테니까 상심하지 마라."

"저, 정말이야? 크윽, 효민이, 너밖에 없다."

난 나에게 안기려 드는 병건이를 살짝 피해 버리고선 목적지 '클래식 레스토랑' 으로 친구들과 들어갔다.

레스토랑 안은 옅은 브라운 빛깔로 은은한 분위기를 살려주고 잔잔한 클래식이 흐르는 가운데 식사를 하는 사람들이 보였다. 여기도 오랜만이군. 그런데 이곳은 두 달 전이나 지금이나 별로 변한 것도 없이 여전하구만.

"어서 오십시오. 클래식과 함께하는 저희 클래식 레스토랑을 찾아주신 것 정말 감사합니다. 찾으시는 일행이 계신가요?"

가지런한 양복. 흰머리를 단정히 뒤로 넘기고 외눈 안경을 쓴 지배인 아저씨가 우리를 맞이했다. 쿡, 여전히 똑같은 멘트란 말이야.

"지배인님."

"네? 아니, 자네는 효민 군이 아닌가."

"오랜만입니다."

난 지배인님의 손을 맞잡으며 악수를 나눴다. 오늘은 반가운 사람을 많이 만나는군.

"에? 너, 여기 알았어?"

"설마, 여기가 얼마나 비싼 곳인데."

어허, 이것들이 사람 무시하네. 이래 뵈도 내가 좀 잘 나갔단 말이야.

"허허, 사장님의 간곡한 만류에도 불구하고 그만둬서 우린 자네가 다른 곳에서 스카우트되어 간 줄 알았다네."

"지배인님, 저를 어떻게 보시고. 제가 그깟 돈 때문에 배신할 인물……."

"인물이잖아."

내 말은 미영이의 가로채기에 끊어져 버리고 말았다.

"그래, 맞아. 재라면 돈 때문에 배신할 만해. 얼마 전까지만 해도 좀 힘들게 살았냐?"

커흠, 내가 아무리 힘들게 살았다지만 그렇다고 해도…….

"얘들아, 그만 해. 효민이가 불쌍하잖아."

도, 도대체 뭐가 불쌍하냐고!

"크흠, 약간 흔들리긴 했겠지만 그래도 저는 신의를 저버리는 사람은 아닙니다."

"허허허, 재미있는 친구들을 두었구먼. 자, 이리 오게. 다른 분들도 이리 오십시오."

"아, 네."

우리는 지배인님을 따라 한 방으로 들어갔는데 그곳은 고위 간부 같은 분들이나 오면 개방한다는 특실이었다. 녀석들은 특실의 화려함에 넋을 잃고 있었는데, 그럴 만도 한 것이 이곳에 있는 모든 물건들은 천만 원 아래로 된 것이 없을 정도로 명품투성이니 별수있겠는가? 나야 워낙 많이 들어와 봐서 별 감흥이 없지만. 내 것 아닌 것에는 관심없다고. 그런데 어째서 이곳으로 우릴 안내한 것이지? 웬만한 사람이 와서는 절대 개방 안 하는 곳인데.

"지배인님, 어째서 이곳에? 이곳은 특실이잖습니까."

"허허허, 이게 다 사장님의 지시라네. 혹여 자네가 손님으로 오면 이곳으로 안내하라고 말일세."

사장님? 사장님이라면 그럴 만도 하시겠군.

"휴우, 설마 제가 왔다는 것을 알리지는 않으셨겠죠?"

"허허, 다행스럽게도 사장님께서는 지금 출타 중이시라네. 외가에 가셨기 때문에 적어도 다음 주는 돼야 돌아오실 것 같군."

휴우, 다행이군. 그렇다면 오늘은 마음껏 놀아도 되겠어.

"효민아, 도대체 어떻게 된 거야? 네가 어떻게 이 지배인님이랑 사장님을 알고 있는 거야?"

"응, 내가 한때 여기서 아르바이트한 적이 있거든."

"아, 그랬구나."

내 말에 그제야 다들 이해하는 눈치였다. 하여튼 단순하다니까.

"지배인님, 오늘 추천 메뉴가 뭐죠?"

"아직 저녁은 아니네만, 오늘은 좋은 새끼 양고기가 들어와서 '그랜드 디너 전체 요리'를 추천한다네."

흠, 그랜드 디너라… 내가 알기로는 이 가게에서 가장 비싼 것 중 하나로 꼽히는 요리인데…….

"핫! 핫! 핫! 지배인님, 오늘 상.당.히. 비싼 요리를 추천하시는군요."

"허허허, 이거 왜 이러나. 자네도 알지 않나. 우리 가게에서 그만한 요리도 몇 가지 없다네. 자네가 추천해 달라고 해서 해준 것뿐인데 왜 나에게 그러는가. 허허."

할 말 없다. 그랜드 디너는 비싸긴 하지만 여태껏 내가 본 전체 요리 중 최고니까. 물론 내가 직접 시켜서 먹어본 적은 없고 만들 때 주방장 아저씨가 약간 맛보게 해준 것인데 워낙 재료부터 비싸다 보니 그 요리 하나가 꽤나 많은 봉급을 받았던 이곳의 반 달치 봉급과 맞먹었다. 물론, 그 맛은 환상이다.

"얘들아, 어떻게 할래?"

난 친구들의 의사를 물었다. 그랜드 디너가 싫다면 할 수 없는 노릇이기에 난 친구들의 대답을 기다렸다. 부탁한다.

"그랜드 디너? 그게 추천 요리라며. 그걸로 하자."

"그래, 그걸로 하자. 듣기만 해도 비싼 음식인 것 같은데."

하얀이는 너무 비싸지 않을까 망설였고, 지수는 원래 이런 것에 대해 별 의견이 없었기에 그 둘을 제외한 나머지 네 명은 모두 만장일치로 그랜드 디너를 먹자고 하였다. 젠장.

"그, 그래. 지배인님, 그, 그랜드 디너 전체 요리로 주세요."

그리고 난 친구들 몰래 한마디 덧붙이는 것을 잊지 않았다.

"지배인님, 두고 보죠."

"허허허, 잠시만 기다리게나. 곧 가져올 테니."

뿌드득! 지배인님, 후회하게 될 겁니다.

그랜드 디너로 식사를 마치고 지배인님을 보며 다시 한 번 이를 간 후 가까운 술집에 들러 밤늦도록 술을 마셨다. 나야 원래 술을 잘 못하기에 아직 맥주 세 잔째지만 다른 녀석들은 이미 몇 병씩들 마셨을걸?

이제 온전한 기색을 갖추고 있는 것은 나와 민우, 그리고 지현이뿐이었다. 지현이는 자신의 몸에 대해 누구보다도 잘 알기에 적절히 조절하여 마셔서 양간의 홍조를 띠었지만 아직은 괜찮은 듯했고, 민우는 원래 술이 강했다.

그렇게 말없이 한두 잔을 더 마신 후 꽤 늦었다는 사실을 깨달은 우리는 전화를 해서 수송 택시를 두 대 불렀다. 수송 택시는 2070년 대부터 등장한 택시인데, 음주로 인해 운전을 못하게 된 사람들의 차를 택시에 부착하여 집까지 운송해 주었고 가격은 조금 더 비쌌지만 많은 사람들이 수송 택시를 이용하게 되었다.

민우와 하얀이, 그리고 병건이가 같은 방향이었기에 한 택시를 탔고, 지수와 미영이, 그리고 지현이는 같은 집에서 생활을 했는데 얘들은 나와 같은 방향이기에 같은 택시를 탔다.

그런데 세 명이 사는 곳은 15층이고 술에 취한 지수와 미영이는 깨어나지 않아 결국 내가 나설 수밖에 없었다.

"얘들아, 정신 차려. 효민아, 어떻게 하지?"

"괜찮아. 취해서 그런 것뿐이야. 내가 집까지 데려다 줄 테니 걱정 말라고."

그렇게 비교적 가벼운 지수는 내가 업고 미영이는 지현이의 부축을 받아 15층에 도착했다. 그리고 돌아가려는 나를 지현이가 붙잡았다.

"들어와서 차 한잔하고 가."

얘가 지금 무슨 소리를 하는 거야.

"떽! 이 늦은 밤에 남자를 집에 들이려 하다니! 지현이, 너 그렇게 어리버리해서 어떻게 할래? 나 같은 젠틀맨이니까 다행이지, 다른 늑대 같은 남자였다면 좋다고 들어가서 못된 짓 할 수도 있잖아. 잔말 말고 들어가서 푹 자. 차는 다음에 마시자고."

"하지만……."

"어허, 얘가 아주 큰일 낼 애네. 빨리 못 들어가? 좋아, 그럼 내가 가지. 다음에 보자!"

난 손을 흔들며 계단을 내려갔다. 끄어, 몇 잔 안 마셨는데도 취하네.

매가 어둠을 가르고 지나간다. 곧 나타나는 빛의 세계.

—사 공자, 오셨어요?

"응. 나 없는 동안 별일없었지?"

—네. 별일이 있을 리가 있나요. 여긴 저밖에 없는걸요.

윽! 뼈있는 말이다. 지금 같이 안 놀아줬다고 삐친 건가? 초매가 한번 삐치면 오래가는데… 이제는 예전처럼 어리숙한 변명도 안 통하고, 정말 골치 아픈데…….

"아니, 저, 그게……."

—풋! 장난이에요. 그나저나 오랜만에 친구들 만나서서 즐겁게 놀다가 오셨어요?

소, 속았다. 초매가 날이 갈수록 똑똑해져 간단 말이야.

"응, 정말 오랜만에 그렇게 놀아본 것 같아."

오랜만은 정말 오랜만이지. 아니, 그렇게 거창하게 놀아본 것은 처음인가?

다행히 초매는 즐거운 내 기분을 망가뜨리고 싶지 않았던지 삐치지 않았다는 것을 나타냈다. 휴우, 다행이다.

—사 공자께서 즐거우셨다면 저도 기분 좋아요.

이제 초매는 사람 기분까지 띄워주는 방법까지 안다. 으윽, 별달리 대단한 말이 아닌데도 왜 이렇게 기분 좋지? 역시 여자는 요물이라더니 초매도 여자라서 그런가?

난 전 세계의 수많은 여성 분들이 들으면 맞아 죽을 만한 생각을 마음속으로 마음껏 외치며 초매에게 로그인을 부탁했다. 물론 그 와중에도 정신 보호는 잊지 않았다. 그것을 잊었으면 난 또 오랫동안 초매의 기분을 풀어주기 위해 온갖 방법을 다 써야 하겠지?

"하하. 초매, 그럼 로그인시켜 주겠어?"

—약간 기분 띄워드렸다고 벌써 로그인하시는 거예요?

으윽, 저 새침한 표정이라니… 만약 초매가 진짜 사람이었으면 누구나 사랑에 빠졌을 만한 정말정말 사랑스러운 여인이다.

흐흐, 그런 여인을 나 혼자 보고 있으니 이것을 기쁘다고 해야 할지, 아니면 다른 사람에게 보여주지 못해서 아쉽다고 해야 할지 심각한 고찰이 필요한걸?

그러나 이번 표정을 보아하니 또다시 삐친 척을 하나 보다. 흐흐, 두 번이나 속을 내가 아니야. 한번 당해봐라.

꽁.

—아얏!

"내가 두 번이나 속을 정도로 바보로 보여? 자꾸 이러면 나 화낸다?"

난 짐짓 인상을 써 보이며 화난 척을 했다. 그동안 당했던 것을 갚아 주마.

—사 공자, 정말 화나셨어요?

"흥!"

윽, 예전에 초매가 하던 것을 따라 해본 것인데 내가 하니 닭살이 돋는군. 여자가 용서해 달라는데 콧방귀를 뀌는 이것이야말로 쪼잔함의 극치가 아니던가.

—정말 죄송해요. 다신 안 그럴 테니 이번 한 번만 용서해 주세요. 네? 다신 안 그럴게요. 흑!

이, 이런! 한순간에 내가 진짜 나쁜 놈이 되어버렸잖아! 내가 나쁜 놈인 건 인정한 사실이지만 여자까지 울리는 놈은 아니었는데…….

“초, 초매, 아니야. 울지 마. 나 화 안 났어. 장난한 것뿐이야. 정말 미안해. 울지만 말아주라.”

—흑, 흑, 정말이에요?

어? 왠지 울음을 그치는 속도가 너무 빠른 것 같은데? 그렇지만 이 상황에서 내가 굽히고 들어가는 방법 외에 도대체 무슨 방법이 있냐고.

“응, 정말 미안해. 용서해 주라. 다음부터 절대 안 그럴게.”

—그럼 다음부터 그러지 마세요? 다음부터는 용서없어요?

이, 이런. 또 당했다. 설마 초매의 연기력이 이렇게 뛰어날 줄이야. 비슷한 수법에 두 번이나 당하다니 나 진짜 바보 아니야? 아니, 내가 멍청한 거야, 초매가 똑똑해진 거야? 이것도 심히 고찰해 봐야 할 문제로군.

“으… 응. 그래, 정말 미안해. 다신 안 그럴게.”

—그럼 용서해 드릴게요. 로그인하시겠어요?

“으… 응. 그래도 괜찮을까?”

—사예, 그대의 뜻대로 하늘 높이 날아오르시기를 기원합니다.

완패다, 완패야. 다음부터 초매한테는 까불지 말자. 으휴, 어쩌다 내 신세가 이렇게 됐는지…….

파앗!

빛이 나를 감싸 안았고 곧 시야에는 계속해서 보아왔던 동굴의 정경이 들어왔다.

“휴우, 이곳도 계속 보니 익숙해지는구먼. 자, 몸 좀 살짝 풀어볼까? 섬전쾌도부터다.”

스르릉.

난 도갑에서 중도를 빼내어 섬전쾌도를 펼치기 시작했다.

“일섬투로(一閃套路)!”

극도의 쾌로 단 한 명만을 필살시키는 종 베기의 초식 일섬투로. 그 빠르기는 잔상을 남길 정도며, 그 무엇이든 하나만은 꼭 베어버린다.

"살섬투진(殺閃透晉)!"

역시 극도의 쾌로 사정거리에 드는 모든 적을 순식간에 베어버리는 일격필살의 초식 살섬투진. 실패는 곧 죽음을 부르며 두 번의 시도는 없이 한 번의 시도만으로 시야의 모든 것을 베어버린다.

"유일섬로(唯一閃路)!"

쾌에 있어서 오직 하나의 길밖에 존재치 않는다는 찌르기 초식. 극에 이르면 수많은 공격들을 단 한 번의 찌르기로 무산시켜 버린다는 공방의 능력을 가진 섬전쾌도 마지막 초식이다.

난 섬전쾌도를 모두 연달아 펼쳐 내고는 즉시 예신도법의 기수식을 취했다.

예신도법은 모든 동작의 연결이 이 기수식으로부터 시작된다. 예신도법의 기수식은 바로 발도(拔刀)의 동작. 예신도법의 시작이자 기의 흐름이 이끄는 곳.

"발도예(拔刀銳)!"

그 후로 잇따르는 연연유도의 춤사위. 난 그렇게 정신없이 무에 빠져 들어갔다.

파앗!

"하아, 하아, 드디어 해낸 것인가?"

난 곧장 무공 창을 열어 각 무공들의 숙련도를 살펴보았다. 그 결과, 11성부터 모든 성취가 멈추었던 연연유도, 섬전쾌도, 예신도법이 모두 12성 극성이 이르러 있었다.

이상하게도 11성부터는 진도가 전혀 나가지 않았던 무공이다. 아니,

무언가에 막혀 있다고 할까? 그런 느낌이었는데 무려 이 주일 만에 간신히 극성에 다다른 것이다.

"휴우, 이제 세 가지 무공도 극성이 이르렀으니 남은 건 일원합심공과 그것뿐인가?"

현재 일원합심공은 소성이라고도 불리는 10성의 단계에 도달해 있었으니 많은 시간을 심법 운용에 투자한 대가라 할 수 있었다.

그리고 한 가지 더, 얼마 전부터 진기의 흐름에 대한 실마리를 잡아낼 수 있었다. 아직 명확치는 않지만 이제 극성도 이루었겠다, 계속해서 펼쳐 보면 그 극의를 깨달을 수 있겠지. 쿡, 내 말이 너무 무협적인가?

"후우아, 흡!"

난 숨을 깊게 들이마시고 내뱉으며 심호흡을 안정되게 만든 후, 곧 일원합심공의 운용에 들어갔다. 음, 오늘은 활성화 모드로 해놨으니 괜찮겠군.

에? 또?

난 또 내면의 세계에 와 있었다. 물론 오늘 극성까지 끌어올린 세 가지 무공을 이곳에서 수련해야 그 진정한 위력이 나오게 할 수 있지만 난 분명히 내면의 세계로 들어오고자 하는 욕구는커녕 세 가지 무공에 대해 떠올리지도 않았다.

그런 내가 왜 이 내면의 세계에 들어와 있는가. 분명 무아지경에 드는 느낌을 받지 않았고 또 활성화 모드로 해놨으니 심법 운용 도중에 잠들 일도 없다. 음, 초매에게 물어보자.

"초매."

—네, 사 공자.

어디선가 나타난 초매. 그런데 혼자가 아니었다.

흠칫!

누구지?

"거기 누구시죠?"

그러나 대답은 초매의 입에서 나왔다.

—사 공자, 오늘은 손님이 계세요.

"손님?"

도대체 무슨?

"안녕하십니까. ㈜FOREVER에서 비상 총담당을 맡고 있습니다."

비상 총담당을 맡고 있다면… 운영자? 그것도 총담당이라면 상당한 고위층일 텐데?

"처음 뵙겠습니다. 사예라고 합니다."

꼭 본명을 알려줄 필요는 없겠지?

그와 난 악수를 나누었다. 근데 총담당을 맡고 있다는 사람은 분위기를 살리기 위해서인지 몰라도 얼굴에 은색의 철가면을 쓰고 있었는데 어쩐지 누군가를 생각나게끔 했고 그의 목소리 역시 마찬가지였다.

그나저나 운영자가 내게 왜?

"개인의 신상 정보는 운영자나 다른 사람이 보지 못한다고 알고 있습니다만? 어째서 이렇게 찾아오신 겁니까?"

난 당연한 말을 했을 뿐이다. 분명 비상에서는 개인 정보를 보호해준다는 명목으로 운영자와의 연락이 절대 금지되어 있다. 그런데 남자의 반응은 달랐다.

"쿡, 쿡! 크, 하하하하하하!"

뭐, 뭐야? 도대체 뭐가 웃긴 거냐고.

"왜 그러시는 겁니까?"

"쿡. 야, 김효민. 아니, 이제는 최효민으로 불러야 하나?"

아, 아니, 어떻게 이 사람이 내 이름을?!

"당신은 누… 설마, 강민(姜敏) 형?"

"이제야 알아보는 거냐?"

남자가 철가면을 벗어버리자 그제야 확연히 모습이 드러났다. 강민 형에 대해 설명하자면 이렇다.

이름: 강민

성별: 남(男)

나이: 24세

직업: ?

특징: 일가친척 하나 없던 고아였으나 나를 낳기 전에 부모님께서 입양하셨음. 내가 가장 믿고 따르는 형이자 유일한 나의 형제.

친척들이 가장 싫어하는 사람이자 등학교를 2년 만에 졸업한 초천재이며, 졸업 6년 후 부모님께서 돌아가시자 열네 살의 나이로 집을 나가 10년째 행방불명.

이렇게 정리할 수 있다. 중요한 건, 여기서 말했다시피 분명 강민 형은 행방불명이었다.

사실, 강민 형을 찾기 위해 부모님이 남기신 재산의 많은 부분을 소모했다. 물론 나라에 기부하기 전의 일이었기에 평소부터 혈육이 아닌 강민 형을 못마땅하게 바라보던 친척들은 반대했지만 난 끝까지 밀어붙였다. 유명한 탐정을 고용해 보기도 하고 경찰서에 돈까지 쥐어주며 찾아달라 애원하기도 했다.

수많은 방법을 다 썼지만 강민 형의 행방은 오리무중. 난 그때 세상에 남은 유일한 안식처를 잃어버려 절망했다. 박오 할아버지와 친구들을 비롯한 몇몇의 사람이 아니었으면 난 미쳐 버렸을지도 모르는 일이었다.

그만큼 강민 형의 부재는 나에게 커다란 공백감을 안겨주었던 것이다. 거의 완전 포기한 채 10년이 지나가 버렸는데 이제야 나타난 것이다. 현실 세계에서의 내 친형, 강민 형이 아닌 비상의 총우두머리를 맡고 있는 운영자 강민으로.

"형! 진짜 형이구나!"

"그래. 오랜만이구나, 효민아."

난 형과 뜨거운 포옹을 하며 10년간 나누지 못했던 형제애(兄弟愛)를 나누었다.

"예전에는 꼬맹이였는데 어느새 이렇게 컸냐? 이제는 나보다도 큰걸?"

"시간이 많이 지났으니까……."

"어떻게 지냈냐?"

"안 해본 게 없을 정도야. 청소부부터 해서 유리창닦이까지……."

너무 힘들었어.

"많… 이 원망했겠구나."

"응, 사실이야. 만나면 죽여 버리고 싶었을 정도로."

죽여서 내 마음속 상처가 나을 수 있었다면 백 번이고 그렇게 했을 거야. 난 이기적인 놈이니까.

"미안하다."

"미안할 것까진 없어. 그런 사과로 내 마음이 치료되지는 않고, 앞으로 내게 가족을 만들어주기만 하면 돼."

가족이 얼마나 그리웠는지 알아?

"그래, 알았다. 앞으로 다시는 널 버려두지 않으마."

그깟 약속 못 믿겠어. 아니, 안 믿겠어.

"그깟 말로 날 달래려 하지 마. 난 형이 예전에 알던 김효민이 아니야. 난 누구처럼 피하지 않고 맞서서 대응해 승리한 최효민이라고!"

"그래… 넌 나완 달랐지, 모든 면에서."

다르지. 그러나 내게 형은 아버지 다음으로 우상이었어. 그것을 망쳐 버린 것도 형이니 나를 원망하지 마.

"그나저나 그동안 어떻게 지냈어? 총담당이라는 거창한 타이틀까지 거머쥐시고."

당분간 잊지. 그러나 영원토록 잊히진 않을 거야.

"집을 나온 후 한동안 방황했어. 세상의 모든 것들이 다 부정적으로만 보이더라고. 너도 안 해본 게 없다고 했지? 나도 그래. 나 역시 해보지 않을 것이 거의 없어. 너와 다른 부류지만……."

남자애가 14세의 나이로 집을 나갔으면 십중팔구는 다시 돌아오고 나머지 일은 암흑가로 빠지게 된다.

"술, 담배, 도박, 계집질 등등… 심지어 한동안 마약까지 했었어. 네 생각이 나서 끊긴 했지만. 그 마약이란 거 끊기가 쉽지 않더라고. 꼬박 2년간 고생해서 겨우 끊었지. 지금은 그런 거 쳐다만 봐도 구역질이 나지만 말이야. 그렇게 밑바닥에서 구르다 보니 어느새 제법 큰 조직의 중간 보스가 되어 있더군. 다 이 탁월한 머리 때문이긴 하지만 아무리 주변에서 칭찬을 받더라도 가족에게서 칭찬을 받던 그때와는 비교도 할 수 없더군. 그래서 나왔어. 힘들었지. 무려 2년간이나 조직에 쫓기며 살았으니…….

쫓기는 2년 동안 죽어라 공부했어. 그러다 보니 운이 좋아서 포에버 주식회사에 입사를 하게 됐어. 말단인지라 급료는 적었지만 그전보다는 마음이 편했으니 상당히 만족했어. 너를 데려와 같이 살까 생각하다가 힘들게 일하며 부모님 유산을 찾으려 드는 너를 보니 도저히 그 말이 안 나오더라. 그리고 얼마 후 비상이란 게임을 만들어내라는 위의 요구에 난 그 총책임자가 되었지. 기획이사와 함께 내가 최고의 자리에 오른 거야. 다행히 모든 정보와 많은 프로그램들이 개발되어 있는 상태라 비상이란 게임을 만들어내는 데 성공하고 1차 테스트가 끝나고 2차 테스트가 시작된 후 우연히 네가 이것을 하게 된다는 사실을 알게 되었어. 한편으로는 대견했어. 네가 이 비싼 게임을 할 정도면 계획은 분명 성공했다는 것이니까. 후후, 그래서 이렇게 네 앞에 모습을 드러냈지. 지금의 난 최소한 어릴 때처럼 도망치는 모습을 보이던 부끄러운 나는 아니니까."

형도 힘들게 살았구나. 굴곡진 인생. 우리 형제는 왜 이런 인생을 살아야만 하는 걸까? 왜 편안히 살아가지 못하는 것일까.

"……."

"하하, 그다지 우스운 얘기는 아니지? 그러나 걱정 마. 난 내 과거가 부끄러울망정 증오하지는 않으니까."

"형……."

"응?"

"잘… 돌아왔어."

당분간, 아주 당분간만 잊어줄게. 나 혼자 그동안 힘든 것이 아니었다는 것을 깨달았으니까. 형 역시 기댈 사람이 필요하다는 것을 알았으니까.

"그래. 돌아왔다, 동생아."

그렇게 우린 상봉의 시간을 보냈다.

"그나저나 날 만나러 이곳까지 온 거야? 왜 하필 게임 속이야? 현실 세계에서 만나면 될 것을……."

"아차, 그러고 보니 깜빡하고 있었네."

역시 저 덜렁거리는 성격은 우리 집안 내력이라니까.

"효민아, 내가 온 진짜 이유는 네 캐릭터에 문제가 있어서야."

문제? 무슨 문제? 아, 혹시 내가 동굴에 갇힌 것 때문에 그러나?

"동굴에 갇힌 거 말이야?"

"아니, 지금 네 캐릭터는 버그에 걸려 있어."

버그?!

"무슨 소리야, 내 캐릭터가 버그에 걸려 있다니!"

"천천히 설명해 줄게. 네 캐릭터에는 한 가지 버그가 걸려 있어. 지금도 그 버그를 찾아 고치기 위해 노력 중이지만 아직까지 밝혀지지 않았지. 아, 걱정 마. 네 캐릭터에 버그가 걸려 있다고 해서 삭제되지는 않으니까. 애초에 유저의 캐릭터에는 제재를 가하지 못하게 되어 있거든. 그래서 버그는 고쳐지지만 이미 캐릭터에 있는 버그는 사라지지 않아. 즉, 버그 캐릭터가 된다는 말이지. 이것은 좋을 수도 있고 나쁠 수도 있는 일이야. 경험치를 세 배로 먹는 버그에 걸렸을 수도 있고, 체력이 계속해서 깎이는 버그에 걸렸을 수도 있지. 그래서 우리 운영자들이 버그를 가리켜 뭐라 부르는지 알아? 바로 기연(奇緣) 시스템이라고 불러. 연자에 따라 좋고 나쁨이 확연히 나타나는, 우리도 상상치 못했던 시스템이지. 그리고 테스터들에게 지급된 NPC는 테스터들의 게임을 도와주는 기능도 있지만 버그를 찾아내는 기능도 있어. 그래서 우리가 이렇게 버그를 찾아내고 그 당사자에게 알려주는 역할을 하고 있지. 원래 내가 이런 곳까지 나설 건 없지만 너 때문에 온 거야."

내 캐릭터가 버그 캐릭터라……. 좋을 수도 있고 좋지 않을 수도 있다는 거잖아. 하하, 전혀 생각지도 못한 일인데? 그나저나 내가 어떻게 버그에 걸린 거야?

"물론 안 지우지. 그런데 내가 어쩌다가 버그에 걸린 거야?"

"음, 원래 네가 이 정보를 가지고 있지 않아 알려주면 안 되지만 이 형이 누구냐. 그 딴 법칙 따위 덤덤히 무시해 주지. 현재 네가 익힌 무공이 네 가지지?"

"응, 연연유도, 섬전쾌도, 예신도법, 일원합심공. 모두 무속성의 무공 아니야?"

"본론만 간단히 말해서 무속성의 무공이 아니야. 이번 2차 테스트를 중심으로 새로 만들어진 무공이지. 보속성의 무공이라는 건데, 캐릭터의 능력치를 보충해 주는 무공들로 보통의 속성을 가진 무공들과는 상생에 대해 전혀 영향을 받지 않지만 같은 보속성의 무공에는 무조건 반발을 일으키지. 문제는 네가 익힌 네 가지 무공 전부! 보속성이야."

메라? 내가 익힌 것들이 보속성이란 속성을 무공이라고? 그럼 도대체 난 어떻게 되는 거야?

"근데 왜 난 주화입마란 것에 걸려서 안 죽은 거야?"

"그것을 아직 못 밝혀내고 있단 거야. 현재로는 네 보속성의 무공들이 서로 연관을 일으켜서 그렇게 된 것이라고만 추정하고 있지만 얼마 안 가 전부 밝혀지게 될 거야. 그때까지만 참고 견뎌라."

"그러면 날 그 동굴에서 좀 꺼내줘. 나가는 길이 없잖아."

"음, 그건 좀 곤란한데. 나 역시 게임에 직접적인 영향을 줄 수 없거든. 한 가지만 말해 두자면 그곳은 절대 통로가 없는 곳이 아니야. 통로는 너 스스로가 찾아내야 하겠지만 그곳은 절대 막히지 않았다는 사실은 알려줄게."

저, 정말인가, 그 동굴의 출구가 있다는 것이? 그렇다면 어째서 내가 찾아내지 못한 것일까?

"휴, 할 수 없지. 그나저나 형, 나 이사했거든. 알고 있어?"

"응, 알고 있어. 네 주소까지 다 알고 있어."

형도 미영이처럼 정보통을 가지고 있는 건가?

"그럼 효민아, 난 이만 돌아갈게. 그리고 내가 나중에 집에 찾아갈 테니 진수성찬이나 차려놔."

"응, 그래. 안 찾아오면 내가 포에버 주식 회사로 쳐들어간다?"

"알았다, 알았어. 임마, 보채지 마. 그럼 다음에 보자."

그렇게 형은 사라져 갔다. 에? 그러고 보니 초매를 잊고 있었잖아.

—…….

초매는 형과 내가 대화를 나누던 장소에서 약간 떨어진 채 혼자 눈물을 글썽거리고 있었다. 무시당해서 우는 건가?

"초, 초매?"

—으앙, 사 공자님. 사 공자님과 그 운영자님 너무 불쌍해요. 흑흑, 그렇게 힘들게 살아오신 거예요? 흑흑, 이제 울고 싶으면 제게 와서 마음껏 우세요.

어, 어이, 나보다는 초매가 울 장소가 필요한 것 같은데?

"초매, 괜찮아. 이미 다 지난 일이야. 지금은 우리 둘 다 잘살고 있다고. 형의 소식을 안 것만으로도 난 기뻐. 그러니 초매도 어서 울음을 그치고 나랑 같이 기뻐해 줘야지."

아, 이 화려한 나의 말발에 초매는 눈물을 글썽거리며 내게 싱긋 웃어준다. 으, 너무 예쁘다.

"초매, 그럼 로그인시켜 주겠어?"

―네. 사예, 그대의 뜻대로 하늘 높이 날아오르시기를 기원합니다.

파앗!

버그고 뭐고 간에 난 즐기면 되는 거야!

며칠이 지났다. 난 진기의 끊김이 버그 때문인 것으로 생각했었는데 그게 아니었다. 아직 생각해 둔 것이 있는데 그 조합을 몰라 고민 중이다. 어떻게 해야 하지?

드디어 완벽한 실마리를 찾아내었다. 그 실마리는 바로 진기의 자연스러움에 있었다. 무공을 펼칠 때 진기는 내가 이끄는 방향으로 가려 하지 않고 제 스스로 움직였는데, 그것이 충돌하다 보니 진기의 흐름이 끊기는 것이다. 더 연구해 봐야 할 문제다.

한 가지 질문을 스스로에게 던졌다. 진기의 흐름이 원하는 곳으로 가게 내버려 두면 되지 않을까? 실상 내가 원하는 초식이 아니더라도 진기의 흐름을 유지하는 것이 내가 연연유도를 익히며 깨달은 것이니, 이것을 내가 현재 펼치고 있는 초식에 진기의 흐름을 마음대로 움직이게 하면 어떻게 될까?

성공했다. 힘들었던 나날들이었다.

진기의 흐름대로 내버려 두려 했지만 캐릭터가 무의식적으로 진기를 제압하려 했고 무려 한 달이라는 시간 동안 계속 같은 시도만 반복했다. 덕분에 이제 진기는 내 몸처럼 아주 손쉽고 자연스럽고 세밀하게 운용할 수도 있으니 마냥 나쁘지만은 않았다는 생각이 든다.

진기의 흐름대로 내버려 두니 과연 생각지도 못한 초식이 발현되었다. 도중에 진기가 끊겨서 완벽히 알아내지는 못했지만 아직 내가 모르는 많은 것들이 있는 것 같다.

난 한 가지 무공을 만들어내기로 했다. 그동안의 실험으로 내 질문에 대한 답은 이미 나와 있는 상태. 이상하게도 무공을 펼치면 하나의 무공 초식이 다른 무공 초식을 부르고 있는 느낌이었다.

결국 모든 초식들을 합쳐 버리면 되지 않을까? 초식이야 네 가지뿐이지만 그 진기의 운용은 수도 없이 많다. 내가 원하는 것은 초식의 합일이 아닌 진기의 합일이다.

계속해서 실패한다. 뭐가 이유인지는 몰라도 아직까지 제대로 된 초식은 한 번도 발현되지 않았다. 오히려 예전에 내가 익힌 초식들조차 헝클어지고 있으니 이제 어떻게 해야 하는가. 난 계속해서 해 나가기로 했다. 내게 남은 길은 그것뿐이니까.

약간의 힌트를 얻었다. 10성에 머물던 일원합심공이 11성이 되면서 약간이나마 진기의 흐름이 풀어진 것 같다. 엉성했던 초식들도 다시 제자리를 찾아가는 모습이고. 아마도 일원합심공을 극성으로 연성하는 때, 내가 바라는 무공이 완성될 것이다.

벌써 한 달이다. 한 달이나 지나고 있는데 일원합심공은 극성이 이를 기미조차 보이지 않는다. 그동안 많은 일이 있었다. 강민 형은 계속 우리 집에 찾아오며 나와 형제 간의 관계를 회복하였다. 또 한 가지 제일 충격적인 사실은 민우와 미영이가 사귄다는 것이다. 물론 둘이 잘 어울리기는 하지만 왠지 질투가 나는 이유가 뭘까? 아, 나도 어서 여자 친구 하나 사귀어야 하는데…….

성공했다. 드디어 일원합심공이 극성에 이른 것이다. 이곳에서 보낸 지 현실 세계에서의 일곱 달, 게임에서의 1년 하고도 2개월.

강민 형은 내게 원래 무공을 중복해서 익힐 때는 그 성취도가 느리게 나타난다고 말해 주었다. 하지만 그렇게 익혔으면 난 살아 있기 힘들지 않았을까? 이제부터 제대로 된 무공을 만들어보기로 했다.

성공하지가 않는다. 분명 진기의 흐름이 가리키는 방향은 확실하다. 그런데 그것이 초식으로 만들어지지가 않으니 환장할 따름 아니겠는가. 도대체 왜 이렇게 된 것일까? 어디서부터 잘못된 것일까?

결국 포기했다. 무공을 만드는 것을 포기한 것이 아니다. 일정한 형식을 갖춘 초식을 만들기를 포기한 것이다. 현재 진기가 가리키는 방향은 제멋대로다. 이런 진기의 흐름을 가지고 과연 제대로 된 초식이나 만들 수 있을까?

이제 내가 지향해야 할 것은 일정한 초식이 아니라 흐름을 통제할 수 있는 움직임이다.

이상한 것이 발견되었다. 그동안 상태 창을 열어보지 않아 모르고 있었는데 성장을 멈추었던 내 능력치들이 다시 증가하고 있었던 것이다. 덕분에 지금 힘 250, 민첩 234, 정신력 210, 체력 1000, 생명력 5000이 되어 있었다.

아무리 무공을 연성해도 체력이 별로 줄어들지 않아서 이상했던 지난날이 이해가 되기 시작했다. 아무리 생각해도 이것은 버그에 의한 것 같다. 뭐, 어쨌든 나에겐 좋은 것이니까.

과연 내가 만들어낼 수 있을까? 처음에는 막연하게 시작했던 일들이 하나씩 현실화되어 가면서 그만큼 어려움도 늘어났다. 내가 괜한 짓을 하는 것은 아닐까? 무협지나 그런 곳에서 보면 나 같은 하수들이 무공을 만드는 것은 요원한 일일 텐데… 내가 틀렸단 말인가?

계속했다. 계속하고 또 계속해서 펼쳤다. 결국 난 하나의 조합을 알아낼 수 있었다.

애초에 진기가 흐르는 성질을 가진 것은 연연유도이다. 그러니 연연유도의 사상을 바탕에 깔고 그 위에 일원합심공의 성질로 토지를 만들자. 그 위에 섬전쾌도와 예신도법으로 집을 짓는 것이다. 이렇게만 된다면 내가 원하던 것이 이루어질 수 있다.

츠카카캉!

"차앗!"

파카카캉!

"이야야앗!"

서겅!

와, 완성이다! 드디어 만들어냈다! 그토록 연구했던 무공이 드디어 그 결과를 나타낸 것이다.

〈축하합니다. 무공의 창조에 성공하셨습니다. 무공의 이름을 정해주세요.〉

오! 눈앞의 이 메시지를 보니 내가 무공을 만들어낸 것이 드디어 실감이 나는구나. 근데 무공 이름은 무엇으로 하지?

"……."

흐음…….

"…도제도결(刀帝刀訣)."

그래! 바로 이것이다! 도제가 가진 도의 결이라…….

"도제도결로 하겠다."

〈도제도결. 인식되었습니다. 진심으로 축하합니다.〉

"하하, 드디어 만들어냈다! 윽, 과도한 체력 소비로 다 죽어가고 있고만."

난 벽곡단을 먹고 물을 마신 뒤 일원합심공의 운용에 들어갔다. 그런데 이상한 점은 내 내공이 30년의 내공밖에 되지 않는다는 것이다. 이 30년의 내공도 처음 10년의 내공과 정신력이 올라가면서 증가한 내공일 뿐 일원합심공으로 쌓은 내공은 하나도 없다. 이거 왜 이런 것일까?

응? 여긴 또 내면의 세계? 강민 형이 날 부른 건가?

"초매, 강민 형이 또 날 불렀어?"

—네, 사 공자님. 운영자님께서 잠시만 기다리시라고 합니다.

"도대체 무슨 일이야?"

얼마 후 강민 형이 어둠 속에서 나타났다. 왜 부른 거지?

"아, 효민아, 기다리게 해서 미안하다. 드디어 일부분이긴 하지만 네 버그가 밝혀졌다."

내 버그? 형은 나에게 버그에 걸렸다고는 하지만 아직 버그에 그다지 심각한 피해도 입지 않고 도움 역시 받지 않았다. 과연 내가 버그에 걸리긴 한 걸까?

"무슨 버근데?"

"지금 밝혀진 것은 우선 네 버그의 두 가지 능력인데 그중 한 가지는 네가 가진 대부분의 한계치를 상실하게 되었다는 거야."

도대체 무슨 소리야? 한계치를 상실하다니? 아, 혹시? 능력치?

"너도 어느 정도 짐작하고 있겠지만 현재 네 캐릭터의 능력치는 레벨 1이 가질 수 있는 능력치가 아니다. 적어도 레벨 50은 넘어야 그 정도의 능력치를 올릴 수 있는 능력 한계치로 상승한다는 말이야. 특별히 능력치를 키워주는 무공을 익히지도 않았는데 레벨 1에서 그런 능력치를 가지고 있다는 것이 말이 되냐?"

물론 말이 안 되겠지. 흠, 그럼 내 버그의 정체는 능력치들의 한계점이 없애는 것인가?

"거기다가 확실하지는 않지만 그 한계치 상실의 버그가 능력치에게만 걸려 있다고 우리 운영자들은 생각하지 않는다. 아마도 네 캐릭터의 몇 가지를 뺀 대부분의 기능의 한계치가 상실되어 있을 거야. 이 버그는 분명 뛰어난 기연이라고 할 수 있어. 그러나 쓰는 것에 따라 득이 될 수도 화가 될 수도 있지. 한계치를 상실했다는 말은 언뜻 보면 괜찮은 듯 보이지만 다르게 생각하면 너를 막을 수 있는 것이 존재하지 않는다는 거야. 예를 들어 너의 몸이 어떠한 심각한 증상을 겪고 있다고 생각해 보자. 당연히 비상의 프로그램에 따라 비상에서는 너를 거부하려 할 것이지만 넌 버그로 인해 그 거부를 무시해 버리는 상태가 일어날 수도 있어. 넌 네 몸의 변화도 느끼지 못한 채 죽을 수도 있다는 말이야. 물론 운영자가 직접 강제 종료시킬 수도 있지만 모든 운영자가 항상 너만을 바라보고 있을 순 없지 않겠냐고."

음, 쉽게 말하면 양날의 칼이란 것이군. 모든 한계점을 상실해서 난 무한한 발전성을 가지고 있다. 그러나 시스템마저 무시해 버리는 것으로 인해 실제 몸이 타격을 받을 수 있다는 것이잖아.

"괜찮군."

"괜찮기는 뭐가 괜찮다는 거냐. 자칫하다가는 네 목숨이 끝날 수도 있는 중요한 문제야. 너뿐만이 아니라 네가 죽으면 비상 팀의 모든 사람들이 당장 실업자로 길거리에 나앉게 된단 말이야. 난 네 형으로서 충고하고 싶다. 캐릭터를 버리고 새로 키워라. 어느 정도 편의성을 봐서 내가 괜찮은 아이템 하나 쥐어주마. 내가 주려는 아이템만으로도 넌 굉장한 기연을 가지게 되는 거야. 꼭 이렇게 위험한 것을 택할 필요는 없다고."

"아, 그거야 뭐. 조심하면 되잖아, 조심. 자나깨나 비상 조심. 꺼진 몸도 다시 보자. 뭐, 그렇게 하면 되겠지."

"최효민!"

"내 몸에 대해선 내가 가장 잘 알고 있어. 내가 미쳤다고 오버해서 내 귀한 몸을 낭비할 것 같아? 웃기지 말라고 그래. 그깟 버그 얼마든지 통제할 수 있어. 내가 하지 못할 것은 없어!"

난 무엇이든지 할 수 있다. 내게 실패는 없다. 나는 곧 성공이다.

새롭게 탄생한 나의 새로운 좌우명이다. 이 좌우명대로 따르자면 어쩔 수 없다고.

"최효민! 그렇다면 가장의 권한으로서 네게 게임 금지를 명하겠어!"

피식!

"가장의 권한? 언제부터 그런 게 있었는데? 분명히 형에게 말했어, 난 이미 성인이라고. 현재 부모님이 돌아가신 이상 법적으로 내 위에 살아 있는 사람은 아무도 없어. 금지를 명해보시지? 난 신나게 게임이나 즐기고 있을 테니."

형 역시 이 사실을 모르고 네게 가장의 권한을 내세운 것은 아닐 것이다. 등학교를 2년 만에 졸업한 IQ 200의 천재가 그깟 것 하나 모를까 봐? 애초에 말이 되지 않는 것이다.

형의 뜻은 그만큼 이 버그가 위험하다는 것을 나타내는 것이리라. 하지만 8년간 조용히 살아오며 재미없는 생활을 보낸 나에게 있어서 위험이란 색다른 즐거움이었다.

좀 사이코틱한가?

"형, 날 믿어. 누구보다도 형이 잘 알잖아, 내가 내 몸을 얼마나 소중히 여기는지. 그런 내 말이니 믿어달라고."

"……."

"……."

잠시간의 침묵. 이 침묵의 끝에는 언제나 내가 원하는 답이 있었고 앞으로도 그럴 것이다.

"…휴, 할 수 없구나. 네 고집을 누구보다도 잘 아니까. 하지 말라면 무슨 수를 써서라도 하는 그 청개구리식 고집은 여전하구나."

"그 아버지에 그 아들이니까. 핏줄이 어디 가겠어?"

"좋다, 너를 믿으마. 대신 조금이라도 이상한 느낌이 들면 바로 로그아웃하기다? 알았냐?"

결국 형도 허락했으니 이제는 즐기는 일만 남았군. 내게 침투한 버그야, 너의 속을 낱낱이 드러내 주마.

"아참, 효민아, 한 가지 더 네게 말할 것이 있어."

또 왜 그러는 거지? 한번 했던 말을 번복할 사람이 아니니 그것에 대해서는 신경 쓰지 않아도 되었으나 자라 보고 놀란 가슴 솥뚜껑 보고 놀란다고, 왠지 강민 형이 내 이름만 부르면 약간 긴장의 감정이 느껴지는 것은 어쩔 수 없었다.

"너의 새로운 무공 말이야, 그 뭐냐?"

"도제도결?"

"응, 그래, 그 도제도결이 말이야."

도제도결이 어떻다고 저러는 거야?

"그 도제도결의 등급을 확인해 봤냐?"

어라? 그러고 보니 안 해봤잖아.

"아니, 깜빡 잊고 안 해봤어."

"그 도제도결이란 무공의 등급은 일류로 속성은 쾌(快), 예(銳), 연(連), 유(流), 융(融), 합(合)의 여섯 가지 보속성이 담긴 무공이지."

"도제도결이 일류 무공이란 말이지… 그런데 난 삼류 무공만 네 개 익혔을 뿐인데 어떻게 일류 무공을 익혔다는 거야?"

비상에서는 단계별 수련을 해야 한다. 삼류 무공, 하급 무공이라고도 불리는 것을 극성까지 익힌다면 그 무공의 상생에 맞는 이류 무공, 중급 무공을 익힐 수 있고, 이류 무공을 극성까지 익힌다면 그에 맞는 일류 무공, 즉 상급 무공을 익힐 수 있게 되어 있다.

일류 무공 뒤로는 각각 하나씩의 명칭으로만 불리는데 초일류 무공, 절정 무공, 초절정 무공이 일류 무공 위로 존재하는 무공들이다.

삼류 무공, 이류 무공, 일류 무공, 초일류 무공, 절정 무공, 초절정 무공 순으로 전의 것을 극성까지 익혀야 상생이 맞는다는 조건으로 다음 무공을 배울 수 있었다.

그런데 나는 삼류 무공만 네 가지를 익혔고 이류 무공은 구경도 못 한 신세인데 어떻게 일류 무공을 배울 수 있다는 것인가? 아니, 배운 것이 아니라 어떻게 만들어낼 수 있는 것인가?

난 그것이 궁금했다.

"아마도 네 무공 역시 너의 버그를 밑바탕으로 해서 만들어진 것 같다. 한마디로 너는 순서에 상관없이 지금 당장 초절정급의 무공을 익혀도 된다는 말이지. 물론, 내공이 달려서 초식 하나도 제대로 쓰지 못하겠지만 말이야. 아… 그전에 배울 능력치도 안 되겠지만."

난 한동안 꿈의 세계에 빠졌다. 레벨 1짜리가 초절정 무공을 쓰는 모습이라니… 경이롭다고 하기보다는 끔찍하다. 초식 하나 제대로 펼쳐 내지 못하고 내공이 달려 죽음을 맞게 되는 그 장면을……. 난 도제도결이 일류 무공에서 그쳐 준 것이 너무나 감사했다.

"사실 일류 무공 이상부터는 무공마다 스킬이 붙도록 만들어져 있어. 무협에 웬 스킬이냐 싶겠지만, 등급이 올라가면 갈수록 그 파괴력만 강해져 버린다면 재미없지 않겠어? 그래서 만든 것이 스킬 시스템이야. 어떤 스킬이 붙은 무공을 익히게 된다면 한 가지 능력이 생겨. 물론 그 능력의 종류와 쓰임새는 무공마다 전부 다르고 그 쓰임새에 따라서 좋은 스킬 나쁜 스킬을 유저 스스로 정할 수 있다는 것이 보통의 스킬 시스템과 다르다면 다른 점일까? 스킬을 아주 유용하게만 써먹는다면 자기보다 몇 단계 높은 등급의 무공을 익힌 사람이라도 이길 수도 있어. 잘만 한다면."

만약 강민 형의 말이 사실이라면 꽤나 머리 아플 만한 시스템이면서도 재미있는 시스템이다.

사실성을 중요시하는 비상으로서는 데미지를 입더라도 그 부위에 따라 깎이는 생명력이 각각 다르고 또 머리를 잘리거나 심장이 뚫리거나 하는 즉사시킬 수 있는 공격에 당하게 되면 생명력이고 뭐고 간에 한 방에 끝이 나도록 되어 있었다.

여기에 강민 형의 말을 접합시켜 보자. 만약 스킬 중 헤드샷(머리를 맞히는 공격)만을 전문적으로 노리는 스킬이 있다면?

으, 끔찍했다. 레벨 100이 넘어서도 초보에게 한 방에 죽을 수도 있다는 것 아닌가. 물론 그 스킬이 실패할 경우 정반대의 상황이 연출되겠지만 말이다.

"그런데 네 도제도결은 버그로 만들어진 무공이다 보니 아직 스킬이 하나도 없어. 그래서 우리 운영자들이 고심한 결과, 네게 한 가지 퀘스트를 주기로 했다. 퀘스트의 요구 조건은 현재 네가 갇혀 있는 동굴에서의 탈출. 그 대가는 직업 하나와 도제도결의 스킬을 하나 주겠다. 탈출의 방법은 무슨 방법을 쓰더라도 상관없어. 죽어서 나가도 되고 반대로 살아서 당당히 나가도 돼. 그러나 죽어서 나간다는 최하의 방법을 쓴다면 네가 얻게 될 직업과 스킬은 최하 등급의 것이 될 것이고, 네가 다른 방법을 찾아내 나간다면 최고 직업 중 하나와 그에 맞는 스킬을 지급할 수도 있어. 물론 이 일을 가장 강력히 주장한 것이 바로 나지. 으하하하! 넌 내 동생 아니냐. 이게 바로 권력의 힘이란다."

할 말이 없다. 강민 형이 저런 사람이었나?

물론 형이 내게 알려준 것은 내게 굉장히 유리한 조건이었다. 어떻게든 동굴만 탈출할 수 있다면 직업과 스킬을 동시에 얻을 수 있으니…….

죽음이라는 극단적인 방법을 선택할 경우에도 최하위이긴 하지만 애초에 기대도 하지 않은 직업과 스킬이 생긴다는 것에 내가 손해 볼 것은 없다.

그런데 방금 형이 내게 알려준 것들은 다 고급 정보 같은데 저렇게 막 알려줘도 되나? 나도 모르고 있는 정보니 분명 내게서 빼가는 정보가 아니라 따로 알고 있는 정보라는 건데… 저런 운영자를 믿고 게임하는 유저들이 불쌍하다는 생각이 물밀듯이 밀려오는구나.

"어쨌든 내가 할 말은 다 전했으니 난 이만 가보마. 부디 건투를 빈다. 넌 할 수 있어! 오, 마이 러브 브라더, 효민 파이팅!"

"하아……."

강민 형의 얼빠진 모습을 지켜보자니 왠지 나도 모르게 한숨이 나오는군. 정말 '하아…' 다.

곧 강민 형은 사라졌고, 초매와 나는 기나긴 침묵을 지켰다. 왠지 말할 힘마저 빠져 버린다니까.

—저, 저기… 저런 운영자 분에 의해 창조된다고 해서 저희들마저 저런 성격을 가지고 있는 것이 아니에요.

초매가 웬일로 말을 더듬는군.

"누가 뭐랬어? 하아……."

—지, 진짜에요. 믿어줘요. 흑, 저런 운영자님 밑에서 일하기 싫어. 흑흑.

초매는 정말 서럽게 울었다. 보는 내가 다 서러워질 정도로. 초매, 그래도 넌 단지 부하일 뿐이잖아. 난 그 사람 동생이라고!

"초매, 진정하고, 믿어줄 테니 로그인해 주겠어?"

—흑, 흑, 안 믿으시면서 그러지 마세요. 흑흑, 왜 저까지 그런 오해를 받아야 하냐고요.

결국 난 한동안 초매를 달래려 애를 써야 했고 거의 세 시간 동안이나 울고 있던 초매를 간신히 달래고선 로그인할 수 있었다. 정말 울고 싶은 건 나라고.

◆ 비상(飛翔) 네 번째 날개

탈출과 엇갈림

비상(飛翔) 네 번째 날개 탈출과 엇갈림

앞으로 오픈까지 남은 기간은 현실에서의 4개월, 이곳에서의 8개월. 길다면 한없이 길고 짧다면 한순간밖에 되지 않을 정도로 짧은 시간이다.

음, 그럼 예전같이 무공 수련을 하면서 출구를 찾아봐야겠군. 다른 무공들이야 극성으로 익혔으니 몸이 잊지 않을 정도씩만 수련하면 될 테고, 나머지 시간은 도제도결을 익히는 데 전력을 다 기울여야겠다.

"연(連)! 격(格)!"

도제도결은 속성과 같이 쾌(快), 예(銳), 연(連), 유(流)의 네 가지 공격(攻擊) 자결(字訣)이 있고, 보조 능력의 융합(融合) 자결(字訣)이 있다. 기의 흐름을 자연스럽게, 또 내가 생각하는 대로 유도하기 위해서 택한 방법이 바로 흐름과 하나가 되는 것이다. 즉, 결을 타며 펼쳐지는 무공이라 생각할 수 있다.

자결 안에는 참(斬), 격(格), 섬(閃)의 세 가지 식(式)으로 나눌 수 있었는데, 내가 지금 펼치는 연격은 연 자결에 격의 식을 사용한 초식으로 끊어지지 않고 계속해서 상대를 쳐가는 기술이다.

도신(刀身)을 약간 비틀어 벤다는 생각이 아닌, 친다는 생각으로 상대를 가격하는 것으로 한 부분만의 충격에서 벗어나 몸 전체의 충격을 유발하므로 상대를 죽이지 않고 제압하는 곳에 적합한 초식이다.

사실 격의 식은 원래 도로 펼칠 만한 성질의 것이 아니지만 우연한 일을 계기로 탄생하게 되었다.

여지없이 도제도결을 개발을 위해 나날이 노력하던 나는 그날도 중도를 휘두르며 허공을 베고 있었다. 그러다가 우연히 바닥에 떨어져 있던 작은 돌을 밟아 자세가 흐트러지게 되어 중도의 흐름이 빗나가게 되었고, 결국 날의 빗면으로 옆에 있던 작은 바위를 치게 되었다. 그런데 바위는 산산조각이 나고 진기를 가득 담고 있어서인지 도의 날은 작은 상처 하나 없이 매끈했다. 그렇게 격의 식은 탄생하게 되었다.

따타타타타타타탁!

파콰쾅!

"예(銳)! 참(斬)!"

날카로움의 극의로 베어버리는 초식. 예는 베기의 가장 중요한 요소이고, 참의 기본 원칙은 예리함이다. 상생의 묘를 극도로 살려 어떤 장소, 어떤 동작, 어떤 것이라도 무엇이든지 베어버린다.

"쾌(快)! 섬(閃)!"

섬의 식은 찌르기의 식. 애초에 찌르기는 상대를 빠르고 단순한 방법으로 죽여 버리는 것에서 비롯된 만큼 그 기본 원리 역시 빠르기이다. 극의 쾌로 상대의 오감을 무시한 채 상대를 찌른다.

"유(流)! 연(連)! 참(斬)!"

유와 연의 결을 융합결로 하나로 만들고 거기에 참의 식을 씌운 초식. 물이 흐르듯 자연스럽게 연속해서 적을 베어버린다. 내가 참살(慘殺)이라는 별명까지 붙여줄 정도로 적을 확실히! 또 잔혹하게 베어버린다.

"쿨럭! 컥!"

젠장, 역시 30년의 내공으로는 융합결의 운용은 무리였나?

한동안 검은 각혈(咯血)을 토해내고 나니 속이 편해지는 것을 느끼며 일원합심공으로 운기조식을 취했다. 앞으로 도제도결을 극성으로 익히는 그날까지… 힘내자!

한 달이라는 시간이 지났다. 그동안 익힌 도제도결의 성취도는 3성. 역시 강민 형의 말처럼 여러 무공을 중복해서 익혔던 예전보다 훨씬 성취도가 빠른 것을 느끼고 있었다. 물론 실제적인 성취도는 조금 늦겠지만 도제도결은 엄연한 일류 무공. 삼류 무공인 섬전쾌도나 연연유도, 예신도법과 일류 무공 도제도결의 비례식을 세우면 그 사실을 입증할 수 있을 거다.

요즘 게임만 한다고 밖으로 신경을 못 썼더니 박오 할아버지께 자주 찾아오지 않는다고 꾸중 들은 것 이외에는 별로 대단하다 말할 만한 일이 없던 한 달이었다.

그러고 보니 이곳에서의 생활도 익숙해질 대로 익숙해져서 이곳이 또 다른 내 집처럼 여겨질 정도이다. 특별히 게임이 아니더라도 이렇게 무공을 익히며 혼자 생활하는 것도 괜찮은데? 약간 사람들이 그립긴 하지만.

도제도결의 성취도 5성. 오픈까지 남은 기간 두 달 하고도 삼 주일. 그러나 출구는 찾지 못하고 있다. 젠장, 그리고 한 가지 중요한 변화가 찾아왔다. 어떻게 된 것인지 날이 갈수록 영원할 것만 같았던 샘물의 물이 줄어들고 있다.

유일한 식수인 샘물. 그것이 없으면 난 죽고 말 것이다. 진짜 죽는 것은 아니겠지만 그래도 죽는다는 것은 마음에 들지 않는다. 살아야 한다. 산다. 난 반드시 산다! 그때부터 또다시 나의 처절한 사투가 시작되었다.

물이 바닥을 드러내고 있다. 단지 이틀이 지났을 뿐인데 이렇게나 많이 없어지다니… 난 예전엔 샘물이었지만 지금은 작은 웅덩이가 된 그곳을 열심히 파기 시작했다. 손이 쓰라리고 아프지만 우선 살아야 했다. 이런 식으로 죽는 것은 절대 용납할 수 없다.

웅덩이를 파기 시작한 지 3일째 되던 날부터 난 중도를 사용해야 했다. 중도로 인해 물이 더럽혀지긴 했지만 그것은 어쩔 수 없는 일이다. 이미 손은 부르터서 더 이상 웅덩이를 팔 수가 없었고, 손을 사용한다고 해도 이미 흙탕물이니 그다지 변할 것은 없다.

젠장, 중도로는 너무 땅을 파기 힘들다. 판다고 해도 다시 흘러내려 메워져 버리니 당연히 물은 모자랄 수밖에 없었고, 갈증이 나기 시작했다. 로그아웃하고 물을 마시고 와도 그렇다. 오늘만 해도 여섯 번은 로그아웃했다가 로그인했다가를 반복했지만 게임 속으로 들어오면 다시 갈증이 나기 시작한다.

이미 도제도결의 수련도 중지되었다. 살기 위해선 수련 시간도 없애고 땅을 파야 한다. 얼마나 버틸 수 있을지 모르겠지만 내가 할 수 있는 일은 이것이 전부이니 어쩔 수 없지.

벌써 며칠째 물을 못 마시고 있을까? 계속되는 체력 저하로 나는 남은 물을 한꺼번에 마심으로 해서 체력들을 다시 다 채웠다. 극약 처방이긴 하지만 조금씩 마심으로써 긴장을 늦출 수 없는 것보다는 이것이 더 나은 선택 같았기에 택한 일이었다.

하지만 그렇게 며칠이 지나자 그동안 쌓아 올린 2000의 총체력에서 500밖에 남지 않게 되었다. 이대로 오 일 정도 더 지난다면 이 체력 역시 다 쓰게 될 테지? 내가 파는 것에 비해 줄어드는 물의 양이 더욱 커서 일어난 일이었다.

중도를 사용해서 좀 더 빨리 팔 수 없을까? 고민해 봐야 할 문제다.

난 땅파기에 도제도결을 접목시키기로 했다. 도제도결의 흐름대로 연 자결과 유 자결을 융합시킨 후 참의 식으로 땅을 잘라내고 격의 식으로 흙들을 쳐내는 방법.

처음에는 대실패였다. 참 자결로 무른 흙을 반듯이 자르기엔 내가 가진 도제도결의 성취도가 너무 미약했다. 다행히 차차 나아지기 시작해서 이틀이 지난 이제는 예전에 하루 동안 꼬박 노력해서 판 땅과 같은 양을 4시간 만에 끝낼 수 있었다. 좋아, 조금만 더 힘을 내자!

다행스럽게도 물은 사흘 만에 모습을 드러냈고, 난 체력을 최대로 채울 수 있었다. 실로 오랜만에 맛보는 충만감이라 할 수 있었다. 웃,

조금 쉬었더니 물들이 다시 줄고 있잖아. 다시 파자!

난 계속 땅을 파고 있다. 처음 땅을 파기 시작한 후로 한 달이라는 시간이 흘렀고, 샘물의 크기 역시 예전의 그 샘물 크기보다 네 배는 더 커졌다. 하지만 난 계속 땅을 판다.

이 샘물을 파면 팔수록 물이 더욱 깊어진다는 것은 이 땅 너머에 물의 통로가 있고 그곳을 통하면 다른 곳으로 갈 수 있다는 것이 내 생각이었다.

물이 깊어질수록 중도를 사용하여 땅을 파는 것이 힘들었는데, 그동안의 계속된 도제도결의 사용 덕분인지 7성에 이른 도제도결의 숙련된 솜씨로 다섯 가지의 모든 자결과 세 가지의 식을 전부 사용하여 땅을 파 나갔다.

연, 유, 예, 쾌의 네 가지 자결을 융합결로 한데 묶어버리는 것에 성공한 것이다. 나로서도 이론만 세워놓았지 이렇게 진짜 다섯 가지 자결의 운용이 가능한지 확신할 수 없었는데 겨우 그것을 이루게 되었다. 거기다가 예의 식까지 더하여 땅을 파는 속도는 예전과 확연한 차이를 드러내고 있었다.

도제도결의 성취도는 8성에서 그 성장이 멈춰 버렸다. 꼭 예전에 다른 무공들에게서 겪었던 것과 비슷한 느낌을 주는 것이었다. 그리고 이제 샘물의 깊이는 깊을 대로 깊어져 더 이상 샘물이 아니라 큰 연못이라고 하는 것이 정확했고, 이제 잠수를 해야 땅을 팔 수 있을 정도였다. 잠수는 폐활량과 몸을 유연하게 해줘서 능력치 성장에 많은 것을 기여했다.

현재 내 능력치는 힘 370, 민첩 320, 정신력 280, 체력 3000, 생명력 10000이었는데, 이는 레벨이 100은 되어야 가질 수 있는 능력치라고 강민 형이 설명해 주었다.

어쨌든 이제 오픈까지 남은 기간은 한 달 하고도 이 주일. 어서 이곳을 탈출해야 할 텐데…….

팍!

응? 지금 이 소리는?

팍! 팍! 팍!

난 중도로 계속해서 밑을 베었고 그러자 그곳에서 끝이 보이지 않는 어두운 통로가 발견되었다. 드, 드디어 찾은 것인가?

하나, 매사엔 준비가 철저해야 하는 법. 오늘은 날이 아니니 내일 다시 오도록 해야겠어.

난 내일을 기약하며 연못에서 나와 진기를 운용해 온몸의 물을 증발시키고선 무아지경의 상태에 빠져들었다. 또다시 탐험이다!

물의 통로는 예전 처음 동굴로 들어올 때의 통로와는 비교도 되지 않을 정도로 길었다. 물론 체력과 생명력이 풀로 채워진 나이기에 이 정도쯤은 아무것도 아니지만 그래도 어둠 속에서 이렇게 끝이 어딘지 모른 채 이동하기란 누구에게나 조금씩 겁이 나기 마련이다.

얼마나 왔을까? 동굴은 온통 어둠뿐이기에 아무것도 보이지 않는다. 심지어 뒤를 돌아보면 내가 왔던 길조차 보이지 않는다. 이미 체력의 1/3의 손실을 보고 있는 나로서는 불안해질 수밖에 없는 상황이다.

한참을 더 수영과 걷기를 반복하며 이동하자 체력은 1000밖에 남지 않게 되었다. 이제 다시 되돌아가기에도 너무 부족한 체력. 난 끝까지 가보는 수밖에 없었다. 그때, 약간이지만 머리 위로 흰 빛이 보였다. 다행이군. 체력에 맞출 수 있었어.

난 중도를 등 뒤에다가 둘러메고 수영을 해서 빛이 비치는 곳으로 다가가기 시작했다. 중도를 들고 수영하기란 쉬운 일이 아니다. 어찌나 무거운지 계속해서 가라앉으려고만 하지 움직일 생각을 하지 않는다. 다행이라면 땅을 팔 때 방수가 된다는 것을 알았기에 이렇게 마음 놓고 물속을 다닐 수 있다는 것일까?

"푸하! 하아, 하아, 뭐야. 여긴… 젠장!"

내 입에서 욕설이 튀어나왔다. 그럴 수밖에 없는 상황이었다. 물속에서 땅으로 올라온 곳은 많이 보던 곳이었다. 바로 내가 지난 10개월하고도 일주일 동안 지냈던 곳이니까. 젠장, 떠날 때 약간 섭섭한 마음을 지우지 못했던 것이 이런 결과로 나타날 줄이야 누가 상상이나 했겠는가!

난 우선 위로 올라가 벽곡단을 먹고 운기조식을 취해 손실된 체력을 회복했다. 그러고 나서 꼭 확인해 볼 것이 있었다.

운기조식으로 다시 체력을 회복한 나는 또다시 물속으로 들어갔다. 그리고선 내가 출발했던 곳의 한쪽 벽에 중도를 힘차게 꽂아 넣었다. 그리고선 걸었다. 한 5분쯤 걷다가 다시 손을 벽 쪽으로 뻗었다.

역시 그랬다. 지금 내 손에 닿은 이 물건은 필시 중도가 분명하리. 그렇다. 나는 계속해서 한자리만을 걷고 있었던 것이다. 앞으로 나아가고 있는 듯하지만 실제로는 전혀 나아가지 않고 있는, 그런 현상을 내가 겪고 있었다.

난 다른 실험도 해보기로 했다. 잔잔한 물이라도 흐름이 있다. 고인 물이라도 같은 곳을 계속 방황하는 흐름이 있기에 그 고인 곳을 빠져나가지 못하는 것이다. 난 수련할 때의 감각을 살려 물의 흐름을 느꼈다.

처음에는 쉽지 않았다. 물이 너무나 잔잔하기에 그 흐름조차 미약했던 것이다. 그러나 조금씩 진기를 일으켜 정신을 맑게 하면서 계속 시도하자 약간씩이지만 흐름이 느껴졌다.

그 흐름을 대부분 차지하고 있는 것은 역시 방황의 흐름. 나머지는 동굴로 향하는 곳의 흐름이 거의 전부였다. 하나 거의라고만 했지 전부라고는 하지 않았다. 다른 흐름과는 전혀 다른, 두 줄기의 유동성의 흐름이 느껴졌다. 하나는 땅 밑의 아주 작은 구멍으로 통하고 있었고 하나는 통로의 저편으로 향하고 있었기에 난 우선 통로의 흐름을 타고 이동해 보기로 했다.

흐름을 탄다는 말은 물살에 몸을 맡기는 것과 일맥상통하다고 할 수 있다. 단지 물살이 너무 약하기에 내 몸을 그쪽으로 반응시켜야겠지만, 이미 흐름에 익숙해질 대로 익숙해진 나에게는 그다지 어려운 일이 아니었다. 이미 동굴에 남아 있는 약 300개의 벽곡단과 나머지 식량을 챙긴 후이니 이렇게 떠난다 해도 아무런 지장이 없을 것이다.

이번에는 섭섭한 마음을 갖지 않기로 했다. 그러다가 또다시 이곳으로 돌아오는 사태가 발생한다면 내가 어떻게 변할지 모른다. 역시 난 위험 인물이야.

물의 통로는 순조로웠다. 잔잔한 물살에 몸을 맡기고 있으면 저절로 피로가 풀어지는 데다가 약간씩 흔들리는 흐름으로 인해 놀이 기구를 타는 듯한 재미까지 안겨주었다. 돈과 시간이 없어 많이 타보지는 못했지만 어릴 때는 상당히 좋아했고 지금도 별로 나쁘지는 않다는 생각이 들었다.

그렇게 한참을 가자 빛이 보였는데 이번에는 아까처럼 그곳이 아니라는 것을 확신할 수 있다. 왜냐면 그 통로 밑으로 벽이 갈라져 있었기 때문이다. 아까 그곳에서는 전혀 볼 수 없는 것. 물론 내가 출발한 후 이렇게 됐을 수도 있겠지만 그렇게 된다면 물살을 통해 약간의 진동과 소리가 전해져 왔을 터인데 난 아무것도 느끼지 못했으니 그것 역시 아니라는 결과가 나온다.

그렇다면? 이곳은 통로의 저편이다.

"푸하아, 하아, 하아, 휴우, 성공이다!"

역시 내 예상이 맞았다. 이곳은 예전 동굴의 반 정도밖에 되지 않는 크기의 동굴이었는데 말 그대로 동굴이다, 사방이 막힌.

"크윽, 여기 역시 아니었단 말인가?"

난 실망한 마음을 감추지 못했지만 내가 누군가. 천하제일의 회복력을 자랑하는 사예가 아닌가. 난 운기조식으로 모든 체력을 회복하고 동굴을 돌아다녀 보기로 했다. 그 결과, 아무것도 없었다. 크윽.

하루 이틀이 지나고 날이 계속 갈수록 난 도제도결의 연성에 모든 힘을 다 쏟아 부었다. 도제도결은 애초에 보속성의 무공들의 조합으로 만들어진 무공. 그러니 도제도결 역시 보속성의 무공이다. 단지 삼류밖에 존재하지 않는 다른 보속성들과는 달리 일류의 보속성의 무공이라는 것이 다른 점이라면 다른 점이다.

쾌 자결은 당연 빠르기. 그중에서도 쾌를 뛰어넘는 쾌를 지향하고 있다. 계속해서 연구하고 발전하다 보니 예전 섬전쾌도 때의 속도를 넘어선 지 오래되었고 이제는 새로운 쾌를 찾아가고 있다.

연 자결은 연속성. 끊임없이 이어지는 것이 중요하다. 예전 연연유도무를 펼칠 때 연속성이 나타나서 한 번의 모든 춤 동작이 끝났는데도 자연스럽게 다시 처음 동작으로 이어졌고 나중에 가서는 모든 동작을 순서에 상관없이 자연스럽게 이어 나갈 수 있었다.

현재 내 모든 공격은 끊임없는 것에서 시작한다고 생각할 수 있으니 내게 없어서는 안 될 속성이다. 물론 다른 속성들 역시 하나라도 빠지면 지금까지 연구했던 도제도결은 실속없는, 별 볼일 없는 도법이 되고 말 것이다.

예 자결. 예신도법의 예속성을 따온 자결. 이미 예신도법 때부터 그 예리함은 극에 달했으니 예를 더 이상 발전시키기는 어려웠다. 그래서 내가 선택한 것은 지속성.

예신도법 때만 해도 한순간만 그 예리함을 드러낼 수 있었다. 그러나 도제도결의 예 자결은 다르다. 내가 원한다면 진기의 흐름이 흩어지지 않는 한 계속해서 유지할 수 있도록 만들어졌다. 도법에 필요한 것 중에서 둘째가라면 서러워할 것이 바로 이 예 자결이다.

유 자결. 도제도결의 밑바탕이 되어 있는 자결. 진기의 흐름을 끊이지 않게 해주고 모든 동작을 유연하고 자연스럽게 만들어준다. 그 사용에 따라 세찬 물살이 되어 적을 섬멸할 수도 있고 상대의 방어와는 아무런 관계 없이 간단히 제압할 수도 있는 것이 이 유 자결이다.

유 자결은 내가 발전시킬 만한 곳이 한 군데도 없었다. 단지 다른 자결들과의 연결을 조금 더 매끄럽게 했을 뿐이다. 그만큼 유 자결은 뛰어난 자결이다.

융합결. 이 자결은 자결 간의 상생을 극도로 높여줘 애초에 하나로 생각되게끔 그 결속력을 최대한으로 만들어준다.

예를 한 가지 들자면 연 자결과 예 자결의 융합으로 전에는 가지지 못했던 패도적인 공격력을 가지게 된다. 그러나 자결 하나만을 쓸 때보다 더욱 많은 내공을 필요하기에 30년보다는 조금 더 많은 내공을 소유하고 있는 나로서는 가장 필요하면서도 가장 힘든 자결이다. 땅을 파면서 내공을 분산하여 최소한으로 사용하는 방법을 깨달아 가장 많이 쓰이고 있는 자결이기도 하지만 말이다.

하나의 흐름을 느꼈다. 분명 사방이 막힌 곳인데도 방황의 흐름이 아닌 다른 흐름이었다. 그 흐름은 한쪽 벽을 통과하고 있었는데 그 벽에 구멍이 여러 개 뚫려 있어 그 사이로 흐름이 흐르는 것 같았다. 난 예 자결과 연 자결을 융합결로 묶은 뒤 참의 식과 격의 식을 펼쳐 벽을 허물기 시작했다. 떨어져 내리는 돌 사이로 벽 너머의 공간이 눈에 들어오기 시작했다.

정말… 기뻐서 미칠 것 같다!

벽 너머에는 총 다섯 가지 길이 있었다. 각각 검전(劍殿), 투전(鬪殿), 창전(槍殿), 도전(刀殿), 외전(外殿)이란 글자가 통로 위에 각인되어 있었다.

"이게 기연이라는 건가? 음, 어디로 가지? 난 도법을 쓰니 도전으로 가야 하나? 아니면 다른 곳으로 가볼까?"

난 우선 외전으로 들어가 보기로 했다. 도제도결이라는 일류의 도법이 있으니 내게는 그다지 도전에 들어갈 필요성을 느끼지 못했고, 다른 무공들도 그다지 익히고 싶은 생각이 없었다.

외전. 밖으로 나가는 길이라 할 수도 있겠지만 해석하는 사람에 따라 무공 이외의 또 다른 것이 있는 장소라고 생각될 수도 있는 글자다. 뭐, 아니라도 상관없다. 밖으로 나가는 길이라면 다시 들어와서 다른 곳을 들러보면 될 것 아닌가.

난 가벼운 마음을 가지고 외전으로 발걸음을 디뎠다.

그르르르릉— 쾅!

"헉! 안 돼!"

내가 외전에 들어서자마자 도전의 출입구는 막혀 버렸다. 아무리 도제도결로 벽을 허물려 해도 흠집 하나 없이 우뚝 제자리를 지키고 있었다.

"쳇, 하나밖에 안 주겠다는 건가? 치사하다, 진짜."

운영자들의 속셈을 모를 내가 아니었다. 주자니 아깝고 안 주자니 이곳을 만든 이유가 사라져 안 되니 결국 쓴 방법이 하나만 주자는 것일 테지?

쩝, 괜히 외전으로 들어왔나? 꼭 도전이 아니더라도 다른 곳으로 들어갔어도 괜찮았을 텐데……. 이곳이 나가는 곳이라는 생각이 드니 약간 아쉬운 생각이 들었다.

"이미 엎질러진 물이니 별수없지. 우선 가보자."

난 아쉬운 마음을 지우며 통로 안으로 걸어 들어갔다.

통로를 계속 걷자 빛이 보이기 시작했다. 그곳은 작은 동굴이었고 빛은 반대편의 벽 사이사이로 새어 나오고 있었다.

그 동굴 중간에는 제단이 하나 있었고 그 위에 책 세 권이 놓여 있었다. 으허허, 그래도 뭘 주기는 주나 보네. 흐흐, 좋아라.

주변을 둘러보지도 않고 무작정 제단으로 가까이 다가간 우선 책 세 권의 1차 감정을 시작하였다.

이름: 폭기공(爆氣功)

분류: 무공 비급(기공)
등급: 3등급

이름: 축뢰공(畜雷功)
분류: 무공 비급(심법)
등급: 외 2등급

이름: 지자록(智者錄)
분류: 문서(文書)
등급: 무(無)

1차 감정이라 속성이라든지 그 필요 능력을 알아내지는 못했지만 기본적인 것은 알아낼 수 있었다.

어랏? 이게 무슨 소리들이야? 기공은 뭐고, 외 2등급은 뭐고, 문서는 또 뭐야? 감정을 해본 결과 내가 가진 지식으로는 도저히 판단할 수 없는 것들이었다.

무공은 모든 감정이 끝나지 않고도 익힐 수가 있었다. 당연히 속성을 모르기에 위험천만한 일이긴 하지만. 에이, 난 이것들 때문에 죽진 않으니 익혀나 보자.

난 즉시 비급들을 읽어들이기 시작했다. 그리고 3차 감정을 하게 해 놓는 것을 잊지 않았다. 그런데 지자록은 익혀지지도 않고 읽어지지도 않았다. 그럼 이건 무공 비급이 아니란 말인가? 우선 3차 감정을 기다려야겠다.

이제 한 달이라는 시간이 남았다. 게임 속 시간으로는 두 달.

이미 출구는 찾은 상태이다. 빛이 새어 나오는 벽. 그것은 벽이 아니라 돌이 무너져 쌓인 것에 불과했다.

하지만 나는 도제도결을 조금 더 익히자는 생각에 밖으로 나가는 것을 미루고 있는 실정이었다. 새로 얻은 비급들의 감정도 모두 끝났다.

이름: 폭기공(爆氣功)

분류: 무공 비급(기공)

등급: 3등급

속성: 폭기(爆氣)

필요 능력치: 무(無)

필요 무기: 무(無)

이름: 축뢰공(畜雷功)

분류: 무공 비급(심법)

등급: 외 2등급

속성: 뢰(雷)

필요 능력치: 정신력 250 이상. 외 3등급의 심법 5성 이상 연성.

필요 무기: 무(無)

이름: 지자록(知者錄)

분류: 문서(文書)

등급: 무(無)

속성: 무(無)

필요 능력치: 무(無)

필요 무기: 무(無)

외 2등급이란 절정 무공을 뜻한다.

정확히 설명하자면 3등급은 삼류 무공, 2등급은 이류 무공, 1등급은 일류 무공을 뜻하며 외 3등급은 초일류 무공을, 외 2등급은 절정 무공을, 외 1등급은 초절정 무공을 뜻한다.

필요 능력치대로라면 난 아직 초일류 무공을 익히지 못했기에 이 절정 무공을 익히지 못하지만 역시나 내가 걸린 버그는 최강이었다. 나는 버그의 능력으로 절정의 심법을 익힐 수 있었던 것이다.

얼마 전에 내가 가진 일원합심공은 단지 무공을 융합시켜 줄 뿐 내공 같은 것은 일체 모으지 않는다고 강민 형이 내게 알려주었고, 난 한동안 절망에 빠질 수밖에 없었다. 아무리 체력이 좋아도 내공이 미약하면 무공을 제대로 펼칠 수 없는 것은 당연지사.

그래서 내가 빠져든 것이 축뢰공이다. 이 축뢰공은 정공(正功)보다는 마공(魔功)에 가까웠고, 그 때문인지 정순함은 최악이지만 매우 빠른 축기를 할 수 있었다.

그러나 연연유도무의 모든 성질을 가지고 있는 도제도결의 능력으로 탁했던 진기는 모두 정순하게 바꿀 수 있었고, 오픈을 이틀 앞둔 지금의 나는 무려 본디의 35년에 10년의 내공을 더해 45년이라는 내공을 얻을 수 있었다.

현재 축뢰공은 아직 1성에서 벗어나지 못했고 도제도결은 드디어 8성의 벽을 깨고 9성에 올라섰다. 앞으로 이틀 동안 난 축뢰공을 죽어라 익히면 2성까지는 올라가지 않을까? 꼭 이틀이 아니어도 상관없다. 이왕이면 도제도결을 극성까지 익히고 나가고 싶은 게 내 심정이나, 강민 형이 그러면 그럴수록 버그는 심화되어 간다면서 내가 나가기를 요구했다.

쩝, 그래도 형이니까 들어줄 수밖에 없겠지. 그래서 내게 남은 시간은 이틀. 열심히 해보자.

그리고 폭기공과 지자록에 대해서도 강민 형을 통해 알 수 있었다. 폭기공은 진기를 짧은 시간이지만 한순간 폭발시켜 두 배에 가까운 파괴력을 낼 수 있도록 하는 무공인데, 이 무공 역시 보속성의 무공이었다.

능력만으로 따져 보면 3등급일 수 없으나 문제점은 폭기공을 많이 쓰면 진기를 탁하게 하고 성질을 변화시켜 버린다는 것이다. 물론 나만의 진기를 가지고 있고 스스로 정순함을 추구하는 도제도결이 있는 이상 내게는 큰 패널티로 다가오지 않는다. 크하하하하!

지자록은 무공이 아니었다. 지자(知者)라는 사람이 남긴 수많은 정보를 담은 책이었다. 예전 흑의의 그가 내게 준 문서들의 묶음이랄까? 정보 주머니에 집어넣어야 할 것을 익히려 들었으니 당연히 아무런 반응도 없는 게 당연한 것이다.

지자록을 정보 주머니에 넣고 정보 창을 펼치고 나서 난 놀랄 수밖에 없었다. 지자록이란 책이 대단하다는 것은 강민 형에게 들었지만 이만큼일 줄은 생각도 못했다.

지자록이 담고 있는 정보의 양은 정말로 광활하다고 말할 수밖에 없을 정도로 엄청난 양을 자랑했던 것이다. 예전 처음 시작할 때 얻은 정보만 해도 많은 양이었는데, 이 지자록의 정보는 그것과도 비교할 수 없을 정도로 많았다. 한마디로 난 수지 맞은 것이다. 흐흐흐.

지금은 8월 10일 오전 5시. 바로 내 생일이다. 친구들이 생일 파티를 열어준다고 오후 1시까지 나오라고 했으니 한 3시간 정도, 이곳 시간으로 6시간 정도를 더 할 수 있다는 말이 된다.

오늘 이곳을 나가야 하지만 아직도 축뢰공은 2성에 올라서지 못하고 있다. 쩝, 아쉽다, 아쉬워. 난 조금이라도 더 올려보려고 축뢰공을 도제도결에 접합시켜 연성에 힘을 기울이고 있었다.

우르르르!

쾅!

"헉! 이게 무슨 소리야?!"

동굴이 무너지고 있다. 문제는 어째서 동굴이 무너지는가 하는 것이다. 큭, 강민 형! 나를 그렇게 못 믿어? 나간다면 나갈 텐데 이렇게까지 해서 쫓아내다니… 두고 보자!

결국 하는 수 없이 난 이곳을 탈출해야 한다. 뭐, 어차피 가는 것 미련없이 가자고! 잘 있어라!

"자아아아앗! 연! 격!"

축뢰공을 익히며 변한 것이 또 하나 있다. 축뢰공의 진기가 일원합심공에 의해 하나로 합쳐지면서 진기 속에 뇌기(雷氣)가 섞여 있게 된 것이다. 덕분에 내공을 일으키면 저절로 스파크가 일어나며 뇌의 공격력까지 갖추어지게 되었다. 지금 펼치는 연격 역시 뇌기를 가득 담은 공격이다.

빠지지직!

꽈르르릉!

쾅!

크크크킁.

쾅!

큰 충격을 받았지만 아직 견디는 돌벽.

"좋아, 연속해서 폭기! 연! 쾌! 격!"

폭기를 사용하여 파괴력을 두 배로 만들고 쾌와 연의 자결을 하나로 만든 뒤 격의 식을 펼치는 수법. 그동안 계속해서 무공을 수련하고 개발하면서 몇 가지 조합을 알아냈다. 그중 방금 내가 쓴 폭연쾌격은 그야말로 파괴력에서만큼은 내가 가진 모든 자결과 조합 중에서 최강이라 할 수 있는 조합인데, 단 한 번의 공격으로는 많은 효과를 보지 못하겠지만 연의 자결을 사용해서 한 번의 공격 준비 자세로 수십 번을 공격하는 그 파괴력은 그 누구도 무시 못할 것이다.

거기다 뇌기까지 담겨 있어 폭연쾌격에서 가장 마음에 드는 장점인 멋있다는 점까지 있으니 그야말로 최강인 것이다. 좋아, 오늘 이 공격으로 끝장을 낸다!

빠지지직!

쾅! 쾅! 쾅! 쾅!

우르르르릉!

쿠르르릉!

콰앙!

콰르르르르!

폭연쾌참의 수많은 공격들이 많은 시간차를 두지 않은 채 돌벽에 작렬하자 돌들은 산산이 부서지며 곧 밖의 풍경이 보이기 시작했다.

"좋아! 가자!"

그렇게 나는 무려 1년 만에 동굴을 나올 수 있었다.

아, 저기들 있군.

“얘들아.”

“앗! 효민이 왔다.”

“네가 맨 마지막이야.”

“넌 만날 지각이냐?”

조금 늦었다고 이렇게 집중 공격하다니… 잔인한 놈들.

“미안. 그런데 저 사람은 누구야? 너희들 아는 사람이냐?”

친구들 뒤편으로는 웬 구릿빛 피부의 사람이 서 있었는데 모자를 깊이 쓰고 있어서 생김새를 알 수가 없었다.

“풋! 푸하하하하!”

“아하하하하.”

“호호호호호.”

“호호호호호.”

얘네들이 미쳤나? 왜 이렇게 실성한 듯이 웃고 있지?

그때 그 남자가 모자를 벗었다. 저, 저 녀석은?!

“백상호!”

“그래, 나다. 잘 있었냐?”

구릿빛 피부에 훤칠한 키. 시원시원한 외모의 소유자. 백상호가 다시 한국으로 돌아온 것이다.

“상호, 이 자식! 언제 돌아온 거냐. 원래 아직 한 달 정도 남았잖아.”

난 상호와 악수를 나누며 말을 했다. 상호는 내 말에 싱긋(?) 웃으며 대답했다.

“호호호(어딜 봐서 싱긋?), 초고속으로 일을 끝내고 그저께 귀국하셨다. 아, 아프리카여, 안녕이다."

상호는 아프리카에서 쌓인 게 많았는지 아련한 눈빛으로 하늘을 쳐다보며 말했다. 허, 자식, 하는 짓을 보니 여전하네.

"자자, 이러지 말고 카페에 들어가서 얘기들 하자."

"그래, 그러는 게 좋겠다."

민우 녀석이 제안을 했고 미영이가 찬성했다. 쟤들 지금 애인이라고 티내는 거냐? 으, 재수없어.

우리는 Last Station의 3층에 자리를 잡아 앉고는 이야기 보따리를 풀어냈다.

"효민이, 너 소식 들었다. 축하한다, 자식아."

역시나 그 얘기부터 꺼내놓는군.

"하하, 뭐, 그렇게 됐어. 근데 어떻게 된 거야?"

물론 내가 묻는 의도는 왜 이렇게 빨리 왔냐는 거다. 회사 일에 대해 잘 모르는 상호가 이렇게나 빨리 일을 끝내다니… 아무리 천재라도 그게 말이 되는 소린가.

"아, 히히, 사실 처음에 거기서 엄청 힘들었거든. 그런데 부하 중 한 명의 일하는 솜씨가 예사롭지 않은 거야. 그래서 내 비서로 삼았더니 일을 엄청 잘하더라구. 그래서 이렇게 일찍 올 수 있었지."

어느 정도 이해가 간다. 상호 녀석은 집안의 교육이 엄해서 그런지 사람 보는 눈은 확실하다. 그런 녀석이 이 정도로 칭찬할 정도라면 정말 뛰어난 사업 수단을 가지고 있는 사람일 것이다.

"좋았으. 복귀 기념이자 효민이 생일 축하 기념으로 오늘 내가 쏜다!"

"오오오오!"

"꺄! 상호야, 멋져!"

"흐흐, 1년 만에 상호를 뜯어먹는단 말인가. 이 얼마나 뜻 깊은 날인가 말이다! 민우야, 오늘 죽을 때까지 마셔보자꾸나!"

"그래, 친구. 오늘은 길고도 길다네!"

"호호호, 역시 상호는 화끈하다니까."

응? 잠깐. 분명 이와 같은 일이 있었던 것 같은데… 내 착각인가?

"자, 가자!"

"오오오오오~"

친구들은 상호가 앞장서서 걷자 그 뒤를 따랐다. 단순한 녀석들. 한데 카페에 들어왔다가 바로 나가냐? 이곳 주인한테 좀 미안하구나.

"뭐 해? 효민아, 안 가?"

"으, 응. 그래, 가자."

어쨌든 오늘은 내 생일이니까!

탕!

"야, 너희들! 요즘 바쁜 일 있냐?"

상호가 맥주병을 테이블에 놓으며 말했다.

"아야, 난 할 거 없어 죽겠다. 백수가 이렇게 힘든 것이었는지 학교 다닐 때는 꿈에도 몰랐는데……."

"음, 끝내야 할 일이 하나 있긴 한데 그것 역시 이번 주 안으로 끝날 거야."

"좋아, 병건이랑 지현이는 됐고, 효민이, 저 녀석이야 원래 하릴없는 놈이고."

뭐, 뭐시라! 저놈이 지금 나보고 하릴없는 놈이라고 한 거 맞지?

"야! 내가 왜 할 일이 없냐! 나 할 일 많아!"

난 발끈하는 심정으로 외쳤다.

"뭐 있는데?"

헛! 그 한심하다는 눈빛은 뭐야! 녀석이 저렇게 강하게 나오다니……. 그렇다면 내가 할 일 많다는 것을 증명해 주마!

"밥 먹고, 집 청소하고, 자고, 할아버지 뵙고… 음, 또……."

크윽, 정말 나 하릴없는 놈이구나.

"또 뭐?"

어느새 다른 녀석들도 다들 나를 한심하다는 뜻이 가득 담긴 눈빛으로 쳐다보고 있었다. 큭, 제발 나를 그렇게 보지 말아줘.

"그게, 그러니까……."

"야야, 내가 너를 모르냐? 어릴 때부터 아르바이트한다고 제대로 놀아본 적도 없는 놈이 할 일 많다면 내가 믿겠냐? 너 아르바이트도 이제 안 한다며. 일 년이면 하고 싶은 것들 다 해봤을 테니 집에서 빈둥빈둥거리면 놀고 있지 않냐?"

허, 허억! 저, 정확하다. 저런 귀신같은 놈. 아무리 교육받았다고 하지만 남의 사생활을 다 꿰뚫고 있다니…….

"이, 이씨, 그래! 나 하릴없다, 자식아!"

"흐흐, 네가 그러면 그렇지. 미영이랑 민우는 아까 별일없다고 들었고 하얀이랑 지수는?"

언젠간 저놈 패 죽이고 만다!

"나? 음, 별일없어."

"…마찬가지야."

"좋았어. 그럼 다들 시간 괜찮은 거지?"

그런데 저놈 도대체 왜 저러는 거야?

마침 나의 궁금증을 시원하게 풀어주는 미영이.

"그런데 그건 왜 물어보는 거야?"

상호 녀석은 갑자기 재수없는 웃음을 짓더니 아까부터 가지고 다니던 커다란 가방을 탁자 위에 올려놓았다.

아까부터 가지고 다니던데 저게 도대체 뭐지?

"그건 뭐냐?"

"너희들, 비상이란 게임 알지?"

에? 비상?

"그럼. 그거 요즘에 제일 유명한 화젯거리 아니냐? 게임 장면까지 TV로 생중계되는 프로도 있던데?"

"맞아. 테스터 아니면 못하지만 얼마 후 오픈한다고 들었어."

비상이 그렇게 유명했던가? 물론 대단한 게임이긴 하다. 그런데 이렇게까지 유명하다니… 워낙 TV를 안 봐서…….

"그 오픈 날이 오늘이야."

허억! 게임 같은 것에 관심없을 것 같은 민우, 너마저도 비상을 알고 있단 말이더냐!

"뭐? 정말?"

"근데 그거 하려고 하면 게임기가 있어야 하는데 엄청 비싸다고 하더라. 게임기 살 돈이 없어서 테스트 걸린 사람 중에서도 포기한 사람이 많다고 하더라구. 그 사람들은 테스터 시디를 팔아서 한몫 거뒀겠지만……."

역시 정보통 미영이의 말에 다른 애들도 고개를 끄덕였다. 음, 비싸긴 비쌌지.

"흐흐흐. 자, 이것들 받아라."

상호는 가방에서 이상한 헤드셋을 꺼내더니 우리에게 하나씩 나눠줬다. 이젠 이런 것까지 팔고 다니냐?

"이게 뭐야?"

하얀이의 시기적절한 질문.

"흐흐흐, 그게 바로 비상을 하는 데 필요한 게임기다."

뭐라고? 얘가 무슨 말도 안 되는 소리를 하는 거야?

"에? 내가 알기로는 꽤나 크다고 들었는데? 음, 보통 침대보다 조금 큰 캡슐이라고 알고 있어."

정확하다, 병건아. 우리 집에 모셔둔 것이 바로 그것 아니더냐.

"흐흐, 사실 비상의 게임기가 좀 비싸잖냐. 그래서 대부분의 사람들이 이번에 전국 각지에 짓고 있는 CS(Capsule)방에서 할 거야."

CS방?

"CS방이 뭐냐?"

"CS는 Capsule의 약자로 포에버 주식 회사가 기획하고 있는 것 중 하나인데, 캡슐을 직접 사지 않고 그곳에서 바로 대여해 쓸 수 있도록 하는 거야. 사람들은 적은 돈을 내고 캡슐을 사용할 수 있는 거지."

호, 그렇다면 비상을 하는 사람들이 기하급수적으로 늘어나겠는데?

"어쨌든 그렇게 해도 많은 사람들이 비상을 즐기지 못한다고 생각한 포에버 주식 회사 측이 이번에 아주 싼 가격으로 만들 수 있는 비상 접속 헤드셋을 개발했지. 이게 바로 그거야. PC에 연결해서 쓰는 건데, 캡슐보다는 감도나 안정성에서 많이 떨어지겠지만 테스트까지 해본 바로는 별다른 이상은 발견되지 않았다고 하니 사용하기 괜찮을 거야."

상호의 말에 난 깜짝 놀랐다. 저런 게 있었단 말인가.

"말도 안 돼! 나도 그런 소식은 처음 듣는 거란 말이야."

미영이는 자신이 모르는 정보를 상호가 알고 있자 부인하기 시작했다.

"당연히 모를 수밖에. 이번에 우리 아버지께서 포에버 주식 회사에 투자하시면서 최초로 만들어진 스무 개를 받으셨는데 말이야, 나는 캡슐이 있으니 일곱 개를 접수했지. 자, 하나씩 받고 같이 게임이나 하자. 내가 아이템 같은 것쯤은 지원해 줄게."

역시 상호네 집은 부자였다. 그런데 일 년 동안이나 게임을 못했으면 별로 벌었을 것도 없을 텐데 어떻게 하려고 하는 거지?

"일 년 동안 게임이라곤 해보지도 못한 네가 어떻게 우리를 키워줄 수 있다는 거냐?"

나의 반박에 상호는 예상했다는 듯이 답변을 했다.

"후후후후, 으하하하하하! 내가 1년간이나 게임을 못해? 그게 무슨 섭한 소리더냐!"

에?

"전기 하나 없는 아프리카에서 지내다 왔으면서 어떻게 게임을 해!"

"내가 거기 가서 제일 먼저 한 게 뭔지 아냐? 바로 내 사무실로의 무선 발전기를 설치하는 것이었다. 거기서 닷새를 잡아먹긴 했지만 아프리카에서도 게임을 계속했다고!"

지, 지독한 놈. 난 마치 뽐내는 듯이 말하는 녀석을 보며 한순간 두렵다는 생각이 들었다.

"음, 그럼 해볼까?"

"나도 뭐, 할 게 없으니까."

"흐하하하! 상호야, 고맙다! 나도 이 게임하고 싶어서 죽는 줄 알았는데 이제 할 수 있다니!"

애들도 다들 긍정적인 표현을 하며 결국 하자는 것으로 의견이 모아졌다.

"그럼 오늘 죽도록 마시고 내일부터 한번 즐겨보자고!"

그날도 나와 지현이는 다른 애들을 실어 나르는 체험을 하게 되었다.

아, 오늘은 컨디션이 최악이다. 역시 어제 너무 많이 마셨는지 위가 쓰렸다. 정말… 오늘은 쉬고 싶은데 초매가 걱정할 테니 조금만 하자.

"초매, 나 왔어."

—사 공자, 오셨어요?

역시나 나를 반겨주는 건 초매밖에 없군. 그런데 왠지 초매의 안색이 안 좋아 보인단 말이야? 초매도 나처럼 위가 쓰린가?

"초매, 어디 아파? 왜 그렇게 안색이 안 좋아?"

흠칫!

—아니에요. 아프긴요. 저희는 아플 수가 없는 존재인걸요. 로그인 하시겠습니까?

흠칫했다. 아주 조금이지만 내 말에 흠칫했다는 것은 무언가 나를 속이고 있다는 것일 터. 도대체 무슨 일이기에 초매가 저런 말까지 하는 거지?

나와 함께 시간을 보낼수록 초매는 스스로 자신이 NPC라는 것을 입 밖으로 내지 않았다. 그런데 오늘은 이상하게도 저렇게 자신이 NPC인 것을 강조하다니…….

내가 뭔가 중요한 것을 잊고 있는 것 같은데… 뭐지?

난 무언가 아주 중요한 것을 잊고 있다는 생각이 들었다. 그러나 기억이 나지 않았다. 결국 별거 아닌 일로 치부해 버리고선 로그인하기로 했다.

"으, 응. 그래, 로그인해 줘."

—사예, 그대의 뜻대로 하늘 높이 날아오르시기를 기원합니다.

파앗!

로그인을 하자 작은 새싹들이 돋아나 있는 것이 눈에 들어왔다. 그러고 보니 비상의 시간으로는 아직 4월. 봄인 것이다. 밖의 한 달이 이곳의 두 달이니까 대충 들어맞는 셈이다.

난 어제 1년 만에 동굴에서 빠져나왔고 길을 따라 예전의 마을로 가고 있다. 그곳에서 친구들을 만나기로 했으니. 그때는 너무 무거웠던 중도를 들고 사흘에 걸쳐 힘들게 도착했었는데 지금은 달랐다.

예전에 비해 많이 증가한 힘으로 등 뒤로 중도를 메고 달려도 별달리 힘들지가 않았고 민첩의 증가로 달리기가 비교도 되지 않을 만큼 빨라졌다. 어제 한참을 달려 무려 나흘 동안의 여정을 하루 만에 독파해 버렸던 것이다.

이제 이곳에서 마을까지는 얼마 약 한 시간 거리. 난 열심히 뛰었다.

허어, 1년 만인가? 아니, 정확히 말해서 2년 만이군. 난 현재 용문객잔의 앞에 서 있다. 용문객잔이 어디인가. 실상 내가 게임을 시작한 곳이라 할 수 있는 제2의 고향 같은 곳이다. 그런데 여전히 손님들은 없구만.

"게 뉘시오?"

객잔 문 앞에 붙어 있는 발을 넘기며 백발의 할아버지가 나오셨다.

오, 어르신도 변한 게 없으신데?

"어르신, 접니다. 2년 전에 찾아온 2차 초보 테스터 말입니다."

"아, 기억나는군. 허허, 오랜만일세. 왜 그동안 찾아오질 않았는가."

어르신께서는 이제야 기억이 나시는 듯 내게 다가오며 반가움을 표시하셨다.

"하하, 그동안 일이 좀 있어서 말이죠. 그런데 어르신. 저기, 오늘 하룻밤만 신세져도 될까요?"

그렇다. 나의 목적은 이것. 생각해 보면 지금까지 제대로 자지 않았던 날들이 많다. 하지만 독특한 무공들의 속성으로 별달리 불편하지 않았다. 그러나 이제 밖으로 나왔으니 남들과 똑같이 행동해야겠지?

여전히 돈이라고는 한 푼도 없으니 혹시나 어르신이라면 재워줄까 싶어 이렇게 찾아오게 된 것이다.

"허허, 2년 동안 상당히 뻰뻰해졌구먼. 좋네, 내가 기념으로 재워주지. 자, 들어가세나."

역시나, 인심 좋으신 분이라니까.

"네! 감사합니다."

"쯧, 그런데 2년 동안 어쩌다가 그렇게 변했나? 옷이라고는 누더기를 입고 돌아다니니 완전 거지가 다 됐구먼."

"하… 하하… 그, 그렇게 직설적으로 말하시지 않아도……."

그러나 어르신께선 내 말도 듣지 않고는 객잔 안으로 들어가셨다. 쩝, 체면이 말이 아닌걸.

어르신께서는 잠시 내게 앉아서 기다리라 하시고선 잠시 후 손에 무언가를 들고 나오셨다.

"자, 받게나. 안쪽에 목욕물이랑 준비해 놨으니 씻고 이 옷으로 갈아

입게나. 예전에 어느 손님이 놔두고 옷인데 체격이 비슷하니 괜찮을 걸세."

난 어르신의 말씀을 듣고 감격스러움을 감추지 못했다. 크윽, 저에게 이렇게나 잘해주시다니… 어르신! 여기 많이 선전해 드릴게요!

난 옷을 받아 들고서는 목욕탕으로 가 씻고 옷을 갈아입은 후 밖으로 나왔다. 흐음, 백의(白衣)라니… 좀 튀는 것 같은데……. 별수없지. 옷이 이것밖에 없으니. 난 은혜도 모르는 무식한 생각을 하며 걸어나왔다.

"허허, 잘 어울리는구먼. 자, 와서 소면이나 먹고 들어가 쉬게나. 보아하니 잠도 제대로 못 잔 것 같은데 오늘 하루 푹 쉬게나."

"감사합니다, 어르신."

난 정말 이 어르신께 너무나 큰 은혜를 입었다. 언젠간 반드시 보답을 할 것이다, 반드시!

"초매!"

난 힘껏 초매를 불렀지만 초매는 대답이 없었다.

"응? 이상하다. 어디 갔지? 아니, 어디 갈 리가 없는데? 초매! 어디 있어!"

그러나 대답이 없기는 마찬가지였다. 그때 뒤에서 인기척이 들렸다.

"초매야?"

"나다, 효민아."

강민 형이었다. 도대체 초매는 어디 간 거야?

"형, 초매 못 봤어?"

난 형이라면 알고 있지 않을까 싶어 물어보았다.

"그것보다도 네게 스킬과 직업을 주기로 했지? 자, 이 다섯 가지 빛 중에 하나를 선택하면 그것이 네 직업이 될 것이고, 그 다음 이 문서 중 하나를 선택하면 그것이 네 스킬이 될 거야. 선택해."

형이 내게 내민 것은 회색 빛과 푸른 빛, 하얀 빛, 초록 빛, 그리고 검은 빛이었다. 이것이 직업이라니… 조금 황당하네. 음, 뭘 선택하지?

"그런데 이 직업들은 어느 등급이야?"

내 질문에 강민 형은 고개를 저으며 가르쳐 줄 수 없다는 말을 했다. 쩝, 어쨌든 죽지 않고 탈출했으니 최하위 직업은 아니겠지. 그럼 이걸 뽑자.

난 푸른색 빛을 손으로 받았다. 그러자 푸른색 빛이 내 몸을 덮더니 곧 한 가지 메시지가 떠올랐다.

〈축! 무장(武將)이 되셨습니다.〉

무장? 이게 좋은 거야 나쁜 거야? 뭘 알아야 구분을 하지.

"형, 무장이 좋은 건지 나쁜 건지 가르쳐 달라고 해도 안 가르쳐 주겠지?"

내 말에 형은 고개를 끄덕이는 것으로 대답을 마쳤다. 치사해.

"자, 이제 이 문서 차례야. 뽑아. 그리고 펼쳐 봐."

문서 세 가지는 별달리 다른 것이 없었기에 난 제일 오른쪽 문서를 뽑아서 펼쳤다.

〈축! 투결(透決)의 스킬을 배우셨습니다.〉

투결이라… 이름만 봐서는 무슨 스킬인지 도무지 알 수가 없군.

"효민아, 네게 한 가지 궁금한 게 있는데 말이야."

형은 의문이 가득한 눈으로 나를 쳐다보며 말했다.

"응, 뭔데?"

"음, 그게… 너 도대체 그 동굴에 왜 들어간 거냐? 직원들끼리 네가 그곳에 들어간 이유에 대해서 내기를 했거든. 설마 보물 같은 걸 찾으려고 거기 들어간 것은 아니지?"

윽! 저 대답을 바라는 남자 눈빛을 보니 속이 울렁거린다.

"응? 수련하러 들어갔지. 원래 초보 때는 약해서 반년 정도 수련하고 나와야 사냥을 할 수 있다며? 나도 그 정도는 알고 있어. 그곳에 갇혀 있다 보니 반년이 아니라 1년이나 걸렸지만 말이야."

난 내가 알고 있는 사실대로 말을 했다. 그러나 반응이 이상했다.

"…그게 사실이냐?"

"응."

형은 나를 황당하다는 듯이 바라보며 말을 했다.

"너, 지금 무슨 소리를 하는 거야. 반년쯤 수련을 해야 한다니… 누가 그런 말도 안 되는 소리를……. 바보야, 너 같은 초보에게는 초보 몬스터가 존재한다고. 하다못해 지나가는 토끼 한 마리만 잡아도 레벨 1때는 바로 업을 한단 말이야."

뭐, 뭐라고?! 형이 지금 나를 놀리는 것인가? 그렇겠지? 아마도 그럴 거야.

"거짓말하지 마. 내게 많은 정보를 알려준 분이 반년은 수련을 해야 그나마 최고 약한 몬스터와 싸울 수 있다고 했단 말이야!"

"그걸 믿냐? 이 바보야, 넌 속은 거라고. 상대도 장난으로 말했겠지만 거기에 속은 네가 바보인 거야!"

털썩.

"그, 그럴 수가! 그렇다면 내가 1년간 그곳에서 뭘 한 거지? 내가 왜 그렇게 열심히 수련을 했는데……."

난 그만 자리에 주저앉아 버렸다. 내가 한 짓이 헛일이라니… 갑자기 신경을 썼던지 위가 너무나 쓰리다. 으윽.

"으이구, 바보. 어쨌든 이번 내기에서 승자는 아무도 없구나. 그 돈 가지고 회식이나 해야지."

"크아, 검댕이 그놈! 만나면 죽는다!"

난 그렇게 소리치며 복수심을 불태웠다. 절대 잊지 않겠다. 날 속여? 으드득! 윽! 젠장, 이거 왜 이러지?

"형, 근데 도대체 초매는 어디 간 거야? 왜 아무 곳에도 안 보여?"

"…효민아, 어제가 무슨 날이었냐?"

갑자기 날짜타령은 웬 말인가?

"어제 내 생일이었잖아. 그런데도 형은 일이 바빠 축하해 주러 오지도 못했으면서……."

"어제 내가 왜 바빴을까?"

"그걸 내가 어… 음, 혹시 오픈 때문이야? 어제 비상이 오픈했다며. 그래서 그렇게 바빴던 거야?"

오픈했다면 바빴을 것이다. 엄청난 인구가 한다고 하니 문제점도 많이 생기겠지. 그만큼 운영자는 고된 직업이다.

"그래, 잘 알고 있구나. 그런데 처음 이곳에 들어올 때 그녀가 네게 뭐라고 안 하든?"

형은 계속 아리송한 질문만 던졌다.

"도대체 왜 자꾸 이상한 말만 하는 거야. 초매가 처음 들어온 내게……."

순간, 한 가지 생각이 번뜻 내 머리를 스쳤다. 서, 설마, 아니겠지?

"모, 모르겠는데? 기, 기억이 안 나."

"잘 생각해 봐."

형은 계속 내게 그 말을 요구했다. 이런 식으로는 피할 수 없다는 것이겠지.

"서, 설마… 아니겠지, 형? 그래, 아닐 거야. 설마 초매를 삭제하기야 했겠어?"

"……."

형은 침묵을 지켰다. 하지만 내겐 그 침묵이 더없이 짜증나는 것이었다.

"미안하다, 효민아. NPC NO 3. 초은설은 네가 로그인을 한 직후 바로 삭제되었다. 네게 인사를 못하고 가서 미안하다고 전해달라더구나. 그리고 즐거웠다고."

"뭐, 뭐라고? 초, 초매가 삭제돼? 오늘 컨디션 안 좋으니까 시답잖은 농담 좀 하지 마."

난 강민 형의 말을 단순한 농담으로 치부했다. 그러나 강민 형의 얼굴에서 농담이란 기색을 찾아볼 수 없었다.

"정말 미안하다. 하지만 어쩔 수 없는 일이었어."

"으드득!"

젠장, 미안하다면 다야!

"그래, 용서할 수 없겠지. 네게 항상 이런 아픔만을 주는 것 같구나. 정말 미안하다."

그리고선 그는 사라졌다. 어둠 너머로…….

멍…….

난 한동안 그렇게 있었다. 아무런 감정도 생기지 않는다. 도대체 내가 뭘 해야 할지조차 떠오르지 않았다. 난… 왜……?

그때, 갑자기 고통이 느껴졌다. 크윽! 위가 찢어질 것 같아!

—유저의 상태가 이상을 나타내 로그아웃 의도를 묻습니다. 로그아웃하시겠습니까?

그, 그래. 로그아웃해 줘, 어서!

—테스터의 의지에 따라 로그아웃을 실행합니다. 카운트다운. 5, 4, 3, 2, 1. 수고하셨습니다.

파앗!

아무런 생각도 나지 않는다. 단지 현실에 돌아와서도 이 지독한 고통은 계속되었다. 왜… 왜 이런 거지?

〈전화 왔습니다.〉

전화가 왔나?

"저, 전화 연결."

〈야, 최효민. 뭐 하냐?〉

아, 병건이로구나.

"아, 병… 건이냐?"

〈어? 너, 목소리가 왜 그래? 어디 아파?〉

역시나 눈치 하나는 죽인다니까.

"어. 아, 아니 아니야. 난 괜찮아."

〈아닌 게 아닌 것 같은데? 왜 그래? 도대체 어디가 아픈 거야?〉

"자, 자식이. 안… 아프다니까 그러…네."

자식아 빨리 얘기 좀 하고 끊어라 좀 쉬자. 크윽! 또 아파온다.

〈어쨌든 말이야.〉

"……."

〈야, 효민아. 최효민! 내 말 듣고 있어?〉

"……."

〈야! 왜 대답이 없어?!〉

젠장, 결국 무슨 말인지 못 듣겠잖아. 으윽! 의식이…….

햇살이 너무 눈부셔. 누가 저 햇살 좀 가려줘.

제발 좀 가려줘.

"젠장! 저 햇살 좀 가리라니까!"

삐걱.

처음 보는 곳이다. 내가 왜 여기 있지? 그리고 내가 입고 있는 옷은 환자 옷 아냐? 엥? 내가 왜 링거를 맞고 있는 거야?

난 병실로 보이는 곳에 누워 있었는데 주위에는 아무도 없어 조용했다.

"하아, 조용하다. 도대체 뭐가 어떻게 된 거지? 병건이랑 통화하던 것까지는 기억나는데……."

그러던 중 초매에 대한 생각이 나자 마음이 심란해졌다.

초은설. 그녀는 내게 어떤 존재였던 것일까?

나도 그녀를 단순한 NPC로밖에 여기지 않았던 것일까? 별로 슬프지 않다. 단지 아쉬울 뿐이다. 기댈 수 있는 존재가 사라졌으니까. 난 역시 이기적인 놈인가? 큭! 그래, 난 항상 그랬잖아. 뭐가 문제냐고. 난 원래 그런 놈이야.

그때 상념에 빠진 나를 구해주는 사람이 있었다.

덜컹!

"효민아!"

"아, 하얀이구나. 도대체 내가 왜 여기 있는 거냐? 설명 좀 해주겠니?"

하얀이라면 믿을 수 있다. 바보같이 순진한 애니까.

"기억 안 나? 병건이가 널 부르려고 전화를 했는데 갑자기 네가 대답없이 전화를 끊어버렸더라구. 그리고는 네가 아픈 것 같다며 집에 찾아가 보자고 했어. 그래서 네 집에 찾아가 보니까 경비원 아저씨가 나간 것은 본 적이 없는데 아무런 인기척도 없기에 혹시나 하는 마음으로 문을 부수고 안으로 들어갔어. 그런데 네가 거실에 쓰러져 있어서… 어, 얼마나… 얼마나 놀랐는데……. 너, 일주일 동안이나 정신을 차리지 못했단 말이야."

하얀이의 말이 끝나자 난 모든 사실을 알 수 있었다.

그렇게 된 것이었구나. 그랬지. 단지 쉬고 싶었을 뿐인데 친구들에게 이렇게 걱정을 끼치다니… 좀 미안한데?

어이, 어이, 하얀아, 왜 또 울고 그러니.

"하얀아, 울지 마. 왜 울어?"

"흑, 흑… 네, 네가 이대로 깨어나지 않으면 어떻게 하나 하는 생각이 들어서 그동안 얼마나 가슴 졸였는지 알아? 흑흑, 진짜 큰일나는 줄 알았단 말이야. 흑흑."

이거, 괜히 미안해지잖아.

"하얀아, 그만 울어. 내가 잘못했어. 너희를 생각지 못한 내가 바보였어. 정말… 내가……."

또다시 눈물이다. 친구들에게 너무 미안했다. 이런 멍청한 녀석을 친구라고 걱정하고 있었다니… 난 왜 이렇게 바보일까?

"흑, 흑, 효민아, 울지 마. 아무 일 없었잖아. 그리고 네가 바보긴 왜 바보야. 자, 울지 마. 나도 그칠 테니까."

"그러면 우리 같이 그치기다?"

"그, 그래."

어린애들 같은 대화를 나누며 나는 조금씩 깨달았다. 옛날에도, 그리고 앞으로도 난 혼자가 아니라고……. 기댈 곳은 필요없다. 초매, 네게는 정말 미안하지만 난 너를 동생으로 생각하지 않았던 것 같아. 단지 기댈 곳이 필요했었어. 미안해, 초매. 그리고 고마워.

덜컹!

"효민아!"

병건이의 말이다.

"이 자식!"

민우의 말이다.

"깨어났구나!"

미영이의 말이다.

"……."

지수의 말(?)이다. 근데 이것도 말인가?

"임마! 얼마나 걱정했는지 알아?"

상호의 말.

"흑, 효민아, 깨어나서 정말 다행이야."

지현이의 말.

가지각색이군. 이런, 지현아, 하얀이를 달래놨더니 이젠 네가 우냐? 울지 마.

"하… 하, 하하하하하."

유쾌했다. 왠지 모르겠지만 유쾌했다. 슬픈 생각은 저리로 날아가 버렸다. 내게 이런 친구들이 있는 사실에 난 감사하고 있었다.

"잉? 이놈이 한 번 아프더니만 미쳤나? 야, 왜 웃어?"

"하하하하하!"

"애들아, 이놈 상태가 이상해. 빨리 의사 선생님 불러와."

"알았어!"

난 결국 그들에 의해 다시 한 번 정밀 검사를 받게 되었다. 미친놈 취급받은 것은 약간 우울했지만 왠지 나쁘지만은 않은 기분이었다. 가끔씩 미친놈이 되는 것도 나쁘진 않은데?

◆ 비상(飛翔) 다섯 번째 날개

새로운 시작

비상(飛翔) 다섯 번째 날개 새로운 시작

비상. 사실 이제 내게는 그다지 들어가고 싶지 않은 곳이다. 별다른 이상이 없어 깨어난 지 이틀 만에 퇴원한 뒤, 한 일주일간 정말 푸욱! 쉬었다. 내가 의식을 잃은 이유는 스트레스를 너무 많이 받아서 그랬다고 했다.

그런데 내 캐릭터는 강제 종료를 무시하는 캐릭터다. 이게 바로 강민 형이 말했던 그 나를 향한 칼날인가? 확실히 위험했다. 만약에 내가 로그아웃을 하지 않았더라면… 그런데 나도 참 용케도 무의식 상태에서 로그아웃을 시켰군. 제정신이 아니었는데도…….

어쨌거나 난 상호의 강요 아닌 강요 끝에 다시 비상의 세계에 접속하고 있다. 검은 거울. 그 안의 LOGIN에 손을 가져다 댄다. 그러면 나타나는 흰매. 응? 흰매가 아니잖아? 저건 또 뭐야?

거울 속에선 흰색의 매가 아닌 여러 가지 색이 모두 겹쳐 있어 기하학적 무늬를 한 매가 튀어나와 어둠의 세계를 갈랐고, 그 갈라진 자리에서부터 빛이 새어 나오기 시작했다.

번쩍!

"으음, 역시 중간의 백의 공간이 사라졌구나."

그렇다. 더 이상 초매는 존재하지 않는 것이 되어버렸다. 아니, 다시 비상에 태어난다고 했으니 지금쯤 어딘가에서 열심히 살고 있겠지? 그러나 그녀는 이미 내가 아는 초매가 아닐 것이다.

"으억! 체력이랑 생명력이 바닥이다!"

밖에서의 이 주일. 이곳에서의 한 달 동안 캐릭터에 접속을 못하다 보니 체력과 생명력은 바닥을 기고 있었다. 난 즉시 벽곡단을 먹고 침대 옆에 놓여 있는 주전자의 물을 마신 후 일원융합심공을 운용했다.

축뢰공을 운용할 수도 있었지만 축뢰공은 마공이다 보니 대상자의 안전보다는 축기와 회복을 더욱 중요시한다. 그래서 안전하고 회복도 빠른 일원융합신공을 운용한 것이다.

"그러고 보니, 한 달 동안이나 이곳에 있었다는 거잖아. 이런, 어르신께 죄송해서 어쩌지?"

운기조식을 끝내고 나니 문득 한 달이라는 시간이 떠올랐다. 하루만 신세 지기로 했었는데 이렇게 한 달이라는 시간 동안 내가 방을 차지하고 있었다니…….

난 1층으로 내려갔다. 그곳에는 어르신께서 차를 마시면서 밖을 구경하고 계셨다.

"어르신."

내가 부르자 어르신은 깜짝 놀라며 나를 바라보았다.

"자네, 깨어났는가! 한 달 동안이나 의식이 없어서 걱정했다네. 그런데 이렇게 건강하게 깨어난 것을 보니 마음이 놓이는구먼. 도대체 어떻게 된 건가?"

"아, 예, 좀 그런 일이 있었습니다."

대충 둘러대자 어르신께서도 그 이상은 묻지 않으셨다.

"저기, 한 달이나 계속 지내다니… 정말 죄송합니다. 방 값은 사냥해서 꼭 갚겠습니다."

이것이 내 진심이었다. 난 어르신께 정말로 죄송했다.

"허허, 괜찮네. 어차피 손님도 없던 거 무사히 깨어난 것만으로도 충분하네."

정말 인심이 좋은 분이시다. 그런데 이렇게 장사를 하면 망하기 십상일 텐데…….

"아닙니다. 꼭 갚겠습니다."

"허허, 괜찮다니까. 그리고 어서 가보게. 보아하니 어딘가 가볼 데가 있는 것 같은데."

어르신께서는 이제 사람의 속마음까지도 꿰뚫으시나 보다. 초매와 비슷한 능력을 가지셨나?

"아, 네. 그럼 실례하겠습니다. 꼭 다시 올 테니 몸 건강하세요."

난 그렇게 인사하고 용문객잔을 나와 거리를 걸었다. 우선 친구들에게 가려면 이 짐들부터 어떻게 해야 할 텐데…….

저번 기절 사건으로 녀석들이 집으로 찾아왔을 때 내가 캡슐을 가지고 있는 것을 모두 보았지만, 내가 이왕 게임을 하려면 좋은 감도로 해야 한다면서 중고를 하나 샀다고 변명하자 나 같은 수전노가 거금을 주고 이런 아파트도 모자라서 다른 것을 샀다는 것에 놀랐지만 다들 믿는 눈치였다.

난 친구들에게 내가 2차 테스터라는 사실을 말하지 않았다. 어차피 아직 레벨 1이니 친구들과 같은 느낌으로 해보고 싶다는 것이 내 생각이다. 또 새로운 마음을 가지고 싶기도 하고……. 이 주일밖에 지나지 않았는데 초매가 너무 보고 싶다.

허름하긴 하지만 이 가방 인벤토리는 레벨 1짜리 초보가 들고 다닐 만한 것이 아니었고, 난 친구들을 만나러 가는 도중 창고에 들러 선불제보다는 조금 비싸지만 물건을 찾을 때 돈을 받는 후불제로 주머니 인벤토리를 뺀 다른 인벤토리 짐과 중도를 맡기고서 친구들이 있는 곳으로 갔다.

"얘들아!"

"오, 효민이 온다."

"또 늦어, 또!"

"도대체 어디 갔다 오는 거냐? 내가 로그인되는 장소에서 기다리라고 했잖아."

상호의 말에 난 미리 생각해 두었던 대답을 해주었다.

"아니, 진짜 같아 신기해서 주변 구경 좀 하고 왔다."

내 말이 끝나자 병건이가 나를 보며 상당히 싸가지가 느껴지는 말을 했다.

"그래, 봐줘라. 저놈이 언제 이런 게임 해보기나 했겠어? 제대로 놀아본 적도 없는 놈이?"

저걸 살려? 죽여?

"흠. 뭐, 그건 그렇고 네 캐릭터 이름이 뭐냐?"

"사예(四藝)."

난 상호에게 간단히 대답해 주고선 친구들에게로 걸어갔다.

"여어, 다들 멋진데?"

그랬다. 친구들은 각자 화려하게 차려입고 있었는데 내가 쉬는 이 주일 동안 제법 레벨을 올린 것 같았다.

역시 이름처럼 순백의 백의(白衣)를 곱게 차려입고 양 갈래로 머리를 땋은 하얀이는 머리 스타일과 차림새를 빼놓고서는 현실과 다름없이 하얀 피부와 착하게 생긴 외모로 주변의 시선을 받고 있었고, 미영이는 붉은색 적의(赤衣)를 차려입고 어깨까지 내려오는 단발머리를 찰랑거리며 몸매를 뽐내고 있었는데 민우는 그게 못마땅한지 인상을 찌푸리고 있었다.

병건이는 갈색의 무복을 입고 있었는데 짧은 스포츠 머리와 시원스럽게 생긴 외모가 들고 있는 장창과 묘하게 어울리고 있었다. 민우는 황색의 무복을 입고 옆구리에 검을 차고 있었는데 약간 날카로워 보이는 외모와 함께 범접하기 힘든 분위기를 만들고 있었다. 역시 민우는 분위기라면 우리들 중에서 최고라니까.

마지막으로 지현이와 지수. 둘 다 허리까지 내려오는 긴 머리에 각각 녹의(綠衣)와 청의(青衣)를 입고 있었는데, 지현이는 지적인 아름다움과 화사한 웃음으로 주변의 분위기를 포근하게 해주고 있었고, 그와 반대로 지수는 역시나 싸늘한 무표정과 함께 냉기를 풀풀 풍기고 있어 지현이가 온(溫)이라면 지수는 냉(冷)이랄 정도로 대조적인 분위기를 내고 있었다.

그러나 그 모습이 너무나 잘 어울려 지수와 견원지간인 나 역시 한동안 넋을 잃고 바라볼 정도였다. 쟤는 성격만 고치면 정말 좋을 텐데…….

"넌 꼴이 그게 뭐냐?"

"내 꼴? 내 꼴이 어떻다고 그러는 거야."

어디서나 볼 수 있는 흔한 흑의(黑衣). 다듬지 않아 제멋대로 자라 있는 긴 머리카락. 얼굴은 제법 가는 선을 지녀서 꽤나 준수하지만 그나마 어르신네 객잔에서 씻지 않았다면 그야말로 거지꼴이었다. 허, 내 모습이 이랬단 말인가.

"음……."

"이제 너도 느끼겠지?"

반박을 못하겠군. 쩝, 그래도 돈이 없는 걸 어떻게 해.

"애들아, 너희는 사냥터에 가서 사냥이나 하고 있어라. 난 이 녀석 아이템 좀 맞춰주고 갈 테니까."

뒤에서 다가온 상호는 친구들을 먼저 보냈다.

"그래, 그럼 우리 먼저 가서 사냥하고 있을 테니까 빨리 와라."

"효민아, 먼저 갈게."

"그래, 먼저 가서 기다리고 있어."

"나중에 봐."

"……."

"나, 나도 갈게. 효민아, 빨리 와."

"흐흐, 어서 사냥하러 가자!"

그렇게 친구들은 사라졌다. 야속한 녀석들… 날 이렇게 버리고 가다니. 너무하잖아!

"궁상떨지 말고 우선 포목점부터 가자. 옷이 말이 아니네."

상호는 나를 데리고 포목점으로 가서 회색 무복을 하나 사줬는데 방어력 50이라는, 초보에게는 꽤나 좋은 방어력을 가진 옷이었다.

그 다음 향한 곳은 대장간.

"효민아, 너는 무슨 무기로 할래?"

무기?

"도(刀)로 하려고."

"도? 흠, 하긴. 너의 그 이해 못할 괴력을 생각하면 가장 잘 어울리는 무기이기도 하겠다."

나에게는 이상한 괴력이 있었다.

참고로 말하자면 나는 어려서부터의 운동으로 보기 좋을 정도의 적당한 근육을 가지고 있다. 하지만 겉으로 잘 드러나지 않는 근육이라 가는 얼굴 선에서 연상되는 호리호리한 체형으로 보인다.

그런데 어째서인지 체형과는 어울리지 않게 강한 힘을 가진 것이다. 한때 선생님께서 내게 체육 쪽으로 나가보면 어떻겠냐는 말까지 하셨을 정도이니까 말이다.

우리 아버지도 힘이 무척이나 강하셨다. 덕분에 힘만으로 하는 것은 아니지만 무도 쪽에서도 꽤나 이름있는 분이 되셨으니까……. 그렇게 보면 나의 괴력은 아버지에게서부터 물려받은 것일 것이다.

대장간에 도착하여 내가 쓸 만한 도를 주문하러 간 상호를 기다리며 문득 나는 친구들의 병기들이 무엇일까 하는 생각이 들었다. 그때, 막 상호가 주문을 마치고 돌아왔다.

"효민아, 아마도 한 시간쯤 기다려야겠다. 여기 앉아서 기다리고 있자."

우리는 대장간 밖에 있는 의자에 앉아서 기다리기로 하였다. 난 상호에게 좀 전에 생각해 두었던 질문을 했다.

"상호야, 그런데 너나 다른 애들은 어떤 무기로 나가냐?"

내 물음에 상호는 자신의 주먹을 들어 올리며 말했다.

"난 바로 이 두 주먹이지. 아니, 정확히 말해서는 온몸을 다 사용하는 박투(搏鬪)가 바로 내 전공이야. 이 권갑(拳鉀) 보이지? 이거 이렇게 보여도 개수가 제한되어 있다는 보패(寶佩) 아이템 중 하나야. 내 보물 1호지."

과연 상호의 말대로 상호는 쇠로 만들어진 장갑을 끼고 있었는데 각각의 관절마다 세밀한 이음세가 되어 있어 자유자재로 움직이는 상호의 손을 볼 수 있을 정도였다.

"미영이는 편(鞭)을 사용한다고 하고, 민우는 검(劍), 병건이는 창(槍)을 사용한다고 했지."

음, 역시 제 성격에 맞는 것들이군. 그런데 미영이가 편을 사용한다니… 온몸에 소름이 돋는 이유는 뭐지?

내가 오한에 떨고 있든 말든 상호는 말을 계속 이어갔다.

"지수는 연검(軟劍)으로 하고 지현이는 은사(隱絲), 하얀이는 비무사 직업 중에 하나인 의녀(醫女)로 한다는군. 그래서 침(鍼)을 선택했지."

호오, 연검과 은사라…….

여자와 남자는 처음 시작할 때 능력치가 다르다.

남자는 힘이 조금 더 높은 대신 여자는 민첩이 조금 더 높다. 그러다 보니 연검이나 편같이 힘보다는 민첩을 필요로 하는 무기를 많이 선택한다. 미영이와 지수 역시 그런 분류였다.

뭐, 연검을 선택하는 이유 중에 단지 팔랑거리는 검신이 이쁘다는 사람도 많다고 하지만 말이다. 물론 이 이야기는 강민 형에게 들은 이야기다.

현(絃)이라고도 불리는 은사는 아주 가는 실이다. 그러나 그 날카로움이 절대 칼에 뒤지지 않고 그 은밀함과 살상력은 오히려 다른 여타 무기들을 능가하는 아주 무서운 무기이면서 동시에 그 무엇보다 아름다운 광경을 연출하기도 한다.

좀 다루기 힘든 점이 있지만 지현이같이 똑똑한 애라면 능히 다룰 수 있는 물건이리라. 그리고 의녀라… 이 직업은 상당히 애매하다고밖에 말할 수가 없다.

지자록에 따르면 의원과 의녀는 비상에서 가장 중요한 직업이라 칭한다. 아무리 천상천하유아독존의 고수라도 한 번쯤은 반드시 큰 상처를 입을 것이다. 물론 고수쯤 되면 운기조식과 자신만의 치료 방식으로 웬만한 상처들은 자아 치료를 할 수 있을 것이나, 사경을 헤매는 큰 상처를 입은 경우, 의원에게서 치료를 받지 못한다면 얼마 안 가서 죽고 말 것이다.

그런 이유에서 의원과 의녀는 이 비상의 세계에서 절대로 빠져서는 안 될 중요한 역할을 맡고 있는 것이다. 그러나 문제는 바로 전투력이다. 의원, 의녀들의 전투 능력은 거의 전무하다 해도 좋을 만큼 빈약하기 그지없다.

의원들의 주 무기는 침이나 선(扇). 그리고 가장 즐겨 쓰는 무공은 점혈(點穴)의 묘리를 담고 있는 무공이다. 침으로는 정확한 혈을 노려 던져서는 상대에게 아무런 피해도 줄 수 없고, 설사 정확히 던진다 하더라도 상대가 날아오는 침을 순순히 맞아줄까? 암기술에 정통한 이가 아니고서는 불가능할 것이다.

이처럼 절대 고수에 이르지 않는 이상 의(醫) 쪽 계열의 직업들은 제 능력을 백분 발휘하지 못한다. 아니, 오히려 같은 파티원들의 짐이 되기 십상인 것이다.

여기까지만 보면 의 계열의 직업은 아무도 하려 하지 않을 것이다. 그러나 의 계열의 직업을 가진 사람들이 어느 정도 수준에 이른다면 상황은 달라진다.

이 비상은 철저히 현실을 따르고 있다. 그래서 인체의 모든 혈 역시 그대로 존재하는데, 상대에게 죽음보다 더욱 고통스럽게 하는 혈도 있고 사람의 기운을 북돋아주고 능력치까지 상승하게 해주는 혈도 있다.

생각해 보라. 진기를 형상화시켜 상대의 사혈 같은 곳을 찌른다면 상대는 자신의 상태도 확인하지 못하고 바로 죽음을 맞을 것이다. 생명력이고 뭐고 필요없다. 원 샷 원 킬의 기술인 것이다.

거기다가 자신의 생혈(生穴)을 점해 생명력을 더욱 북돋아주고 능력치까지 상승시킨다면 일류 무사에 버금가는 그런 능력을 가지게 되는 것이다. 일류 무사와 버금가는 무공에 극에 이른 의술. 파티의 장(長)이라면 실로 탐이 나는 인력이 아닐 수 없다.

즉, 의원과 의녀는 그 과정이 어려울 뿐 극에 이르면 아무도 무시할 수 없는, 아니, 오히려 의원에게 무례한 행동을 한 사람을 파티에서 쫓아낼 만큼 가장 중요하고 뜻 깊으며 보람있는 직업이라 할 수 있다.

그런 의미로 보면 하얀에게는 의녀란 직업이 가장 어울리는 직업이라 할 수 있었다. 개미 한 마리 못 죽이는 성격이기에 남을 공격할 수 있을 리가 만무하고, 그러다 보니 우리에게 도움이 될 수 있는 의녀를 선택한 것이리라.

거기다가 하얀이는 현재 한의사 보조를 하며 한의학을 배우고 있으니 더없이 어울리는 직업이리라.

"그렇단 말이지? 레벨들은 어떻게 되냐?"

비상에서는 레벨에 그다지 영향을 받지 않는다.

레벨은 낮지만 무공 수위가 높은 사람이 레벨은 높지만 무공 수위가 낮은 사람을 쉽사리 상대할 수 있는 것이다. 거기다 각자의 개성이 담긴 공격과 판단력, 임기응변만 있으면 충분히 자신보다 한 수 정도 높은 고수를 상대할 수 있으니 각자의 기량에 따라 승부는 얼마든지 변할 수 있는 것이다.

레벨을 올리는 이유는 단 한 가지다. 바로 능력치.

무공 시스템과 아이템 시스템에는 필요 능력치라는 것이 있기에 능력치가 어느 정도 되지 않고서는 결코 절대 고수는 될 수 없다.

하지만 나 같은 특별 케이스를 빼놓고서는 레벨마다 능력 최대치가 정해져 있으니 더 좋은 무공 배우거나 더 좋은 아이템을 착용하기 위해서는 레벨 업은 필수라 할 수 있다.

내 질문에 상호는 잠시 생각하더니 곧 대답을 해주었다.

"음, 지금쯤 다들 30 정도 되었을걸? 네가 제일 늦어."

30이라……. 아직 레벨 업은커녕 마물 한 마리조차 잡아보지 못한 나로서는 이 주일 동안을 플레이해서 이룬 30대의 성장이 빠른 건지 느린 건지 분간을 할 수 없는 것이 당연하다.

이 주일 동안 30이라……. 꽤나 올리기 힘든가 보지?

"그럼 넌 몇이냐?"

"나? 나야 지금 157이야. 현재 무림 최고수 중 한 명인 성자(聖者) 단엽(單葉)이 레벨 200을 갓 넘었다고 들었으니 일류의 박투법인 진천신격(振天身擊)을 8성까지 연성한 후 마(魔)의 벽에 막혀 있는 나 정도면 절대 고수는 아니지만 절정의 고수는 된다고."

지자록은 내게 많은 정보를 안겨주었다. 외전에서 한동안 축뢰공,

폭기공의 수련과 함께 지자록의 정보를 정리하기에 바빴을 정도이니까. 그러나 아직도 정리해야 하는 정보량이 전혀 변화가 없는 듯하니 얼마나 많은 양의 정보인지 짐작할 수 있으리라.

지자록에 따르면 레벨의 제한은 없다. 즉, 올리고 싶은 대로 올릴 수 있는 것이다.

현재 비상이 세상에 모습을 드러낸 지 1년 반 정도가 흘렀다. 1차 클로즈를 2122년 3월부터 시작해서 2122년 8월에 2차 클로즈가 들어갔고, 그 후 오픈에 이르는 데까지는 1년. 오픈 후 약 한 달이 다 되어가는 실정이니 정확하다고도 할 수 있을 정도다. 1년 반 동안에 걸쳐 최고수가 200 정도라니…….

난 상호의 말에서 이상한 것을 느낄 수 있었다.

"자, 잠깐만! 일류의 무공을 8성까지 연성했다고?"

"응, 왜 그래?"

난 일류 도법이 9성인데?

"너, 절정 고수라며? 그런데 왜 일류 무공이야?"

그렇다! 나의 궁금증은 바로 이것! 왜 아직 절정을 못 익힌 거지?

"하하, 넌 아직 잘 모르겠구나. 비상에서 일류 무공부터는 상당히 구하기가 어려워. 그래서 내가 좀 전에 말했던 성자 같은 절대 고수들은 절정 무공을 3, 4성 연성했다고 봐야 하지. 그리고 초절정의 무공은 아직 세상에 나왔다는 말도 들어본 적이 없고 말이야. 거기다가 일류 무공의 8성부터 마의 벽이라고 해서 1성을 올리는 데 삼류 무공 7성까지 올리는 것의 수련과 맞먹는 수련을 해야 해."

상호가 말한 마의 벽이란 나 역시 겪었던 8성에서 죽어라 수련해도 성취도가 오르지 않던 그 시기를 뜻하는 것일 것이다.

난 삼류 무공을 복합적으로 익혀 상당히 오랜 시간 동안 수련을 해야만 했었으니 삼류 무공을 7성까지 연성하는 데 얼마나 오랜 시간이 걸리는지 알 턱이 없었다.

그나저나 그럼 상호보다 내가 무공에서는 더 고수잖아? 아니, 저 녀석은 삼류부터 이류를 거쳐 일류로 올라왔을 테니 나보다 수련의 깊이는 더 깊다고 말할 수 있겠군.

"이번 오픈을 하면서 클로즈 테스터들과 오픈 테스터들의 수준 차이를 줄이기 위해 포에버 주식 회사 측에서 어느 정도 수준까지 성장 속도를 빠르게 높이는 패치를 해서 나도 열심히 하지 않으면 다른 사람에게 따라 잡힌다구."

호오, 과연 그렇다면 나도 어느 정도 수준까지는 빠르게 오른단 말이군. 흐흐, 이런 행운이…….

곧 내가 쓸 도의 모든 검사가 끝났는데, 그 도는 그냥 보통의 박도(朴刀)였다.

"자, 받아라. 감정까지 다 해놨으니까 바로 쓸 수 있을 거다."

상호는 내게 박도를 건네주며 말했는데 난 그 말에 한 가지 의문이 생겼다.

"감정? 감정은 감정사에게서만 되는 거 아냐?"

내가 의문을 표하자 상호가 약간 놀랍다는 표정을 지었다.

"어? 어디서 들었나 보네? 감정사라는 것도 알고 말이야. 네 말은 반만 맞아. 아이템의 감정을 위해서는 감정사에게 가야겠지만 전문적으로 어떤 아이템을 파는 NPC들은 대부분이 감정을 할 수 있어. 단지 자신에게서 산 것은 바로 감정이 되지만 다른 아이템들은 하루씩 기다려야 감정이 된다는 약간의 단점이 있지만 말이야. 그래도 대부분 아이템을 산 그 자리에서 직접 서비스로 감정을 해주는 게 대부분이라 감정사는 많이 쓰이지 않다는 게 현실이야."

흠, 그렇군. 그걸 알았다면 나도 중도를 미리 감정해 놓을 수도 있었는데…….

그런데 그렇게 되면 감정사는 쫄딱 망해서 굶어 죽지 않을까?

상호는 계속 말을 이었다.

"그런데 그 아이템이 어느 정도 이상일 때는 말이 달라져. 감정사는 한 가지가 아니야. 무기 감정사, 잡화 감정사, 장식 감정사, 갑옷 감정사 등등 많은 종류의 감정사가 있고 그렇게 흔한 것이 아니라 감정을 하려면 그 감정사가 있는 마을까지 직접 찾아가야 해."

"뭐 하러 그렇게 귀찮은 짓을 하는 거지? 그냥 그 아이템과 비슷한 것을 파는 NPC에게 감정을 해달라고 하면 되잖아."

나의 의문은 당연한 것이었다.

다른 마을까지 가는 수고를 하면서까지 꼭 감정사에게 찾아갈 필요가 있겠는가? 그냥 그 아이템 종류의 아이템을 파는 NPC에게 감정을 해달라고 해놓고서는 자신은 사냥을 하거나 하루를 자신의 마음대로 보내고 오면 될 것을…….

"그러니까 중요한 것은 바로 어느 정도일 때까지만이라는 거야. 분명 솜씨있는 대장장이라던가 오랫동안 그 아이템을 팔아온 사람이라면 대단한 눈썰미를 가지고 있지. 그러나 문제는 바로 보패 같은 것은 감정할 눈썰미를 갖춘 사람이 적다는 거야. 결국 보패 이상의 아이템은 대부분 감정사를 찾아가야 하지. 거기다가 보패 아이템의 감정하는 가격은 엄청 비싸. 내가 이 권갑을 감정하는 데 무려 은자 삼백 냥이 들었을 정도니까."

사, 삼백 냥?! 비, 비싸군. 과연 감정사가 빌어먹지 않고 사는 이유가 있었잖아.

"자, 이제 잡담은 그만 하고 어서 다른 곳으로 가자."

그 후에도 상호와 나는 여러 곳을 다니며 나에게 맞는 아이템을 사곤 곧바로 친구들이 기다리는 사냥터로 향했다.

사냥터는 의외로 별로 멀지 않았는데 마을에서 나가 오른쪽 길을 따라 주욱 가면 동굴 하나가 나왔고, 상호는 나를 그곳으로 데려갔다. 난 1년 만에 나온 동굴로 다시 내려간다는 느낌이 들어 별로 들어가고 싶지는 않았으나 친구들의 사냥터가 이곳인데 어떡하리오.

화섭자(火攝子)를 켜고 통로를 통해 조금 들어가자 여섯 개의 다른 길이 나타났는데 상호는 그 자리에 멈추어 서서 갑자기 혼자 중얼거리기 시작했다.

얘가 왜 이러는 거지?

잠시 혼자 중얼거리던 상호는 갑자기 큰 소리를 지르며 나를 재촉했다.

"뭐야?! 젠장! 효민아, 빨리 가자! 지금 녀석들이 철갑충(鐵匣蟲)의 통로로 들어가 버렸어! 젠장, 거기는 나도 집중 공격 당하면 위험한 곳인데 거긴 뭐 하러 들어가! 아무리 속동의 벌레들이 같이 잡기 약하다곤 하지만 아직 사동도 벅차면서 말이야!"

상호는 그렇게 말하고선 나를 데리고 오른쪽에서 세 번째 동굴로 발걸음을 재촉했다. 그렇게 얼마간 계속 들어가자 병장기가 부딪치는 소리가 들렸다.

캉! 카앙!

나 역시 병장기 소리를 들었으나 먼저 반응한 것은 역시 상호였다.

"잠깐만. 병장기 부딪치는 소리가 들리는 걸로 봐선 이 근처에 있는 것 같아. 여기부터 위험하니까 내 뒤에 바짝 붙어."

"으… 응."

"어서 가자."

상호는 내 앞에서 신경을 곤두세우며 마치 날 호위하듯 앞으로 나아갔다. 병장기 부딪치는 소리가 점점 크게 들려오더니 이제는 말소리까지 들려오기 시작했다.

"병건아! 뒤로 빠져! 내가 앞으로 나갈게!"

차앙!

"크윽! 알았어. 하얀아, 부탁해."

"응."

캉! 캉!

"어떡해! 우리의 공격이 먹히지 않잖아."

"조금만 견디자. 지금 상호가 오고 있는 중이야."

상황을 들어보니 매우 위급한 것 같아 우리는 발걸음을 더욱 빨리하였다. 잠시 후 거대한 딱정벌레 십여 마리가 친구들을 공격하고 있는 것이 보였다. 딱정벌레는 온통 검은색이었는데 온몸이 껍질로 뒤덮여 있는 게 무척이나 단단해 보였다.

"크, 철갑충 열네 마리라니… 효민아, 넌 여기서 기다리고 있어. 난 도와주고 올게."

상호는 그렇게 말하고선 앞으로 튀어 나갔는데 워낙 그 속도가 빨라서 어느새 딱정벌레의 후방에까지 진입한 상태였다.

달려가던 상호가 딱정벌레와 어느 정도 거리가 잡히자 진각(陣角)을 밟으며 오른손을 비틀어 제일 가까이 있던 딱정벌레의 등껍질에 질러

넣었다.

“진천권(振天拳)!”

빠깡!

분명 주먹과 등껍질이 부딪쳤는데 그 소리는 강철과 강철이 부딪친 듯했다. 등에 공격을 당한 딱정벌레의 등껍질은 가격당한 지점으로부터 쟁반만한 크기로 움푹 파졌고 딱정벌레는 고통스러운 비명을 내질렀다.

끄르르르륵!

“상호가 왔다!”

“이제 살았다!”

선두에서 상호의 모습을 제일 먼저 발견한 민우와 병건이가 소리를 지르자 후방에서 병건이와 민우를 도와주던 여자애들도 환호성을 질렀다.

“꺄! 상호야, 나이스 타이밍이야!”

“잘됐다!”

“이 녀석들 공격이 안 통해!”

“…….”

지수만 빼고.

그사이 상호는 비명을 지르는 딱정벌레의 얼굴로 보이는 곳까지 뛰어올라 면상에 무릎을 꽂아준 뒤 옆차기로 옆에 있던 딱정벌레를 날려버리는 환상적인 움직임을 해내고 있었다.

“철갑충들아, 이 여원(勵元:백상호의 케릭터 이름)이 오셨다!”

일갈을 터뜨리며 계속해서 딱정벌레, 아니, 철갑충을 공격하는 상호의 모습은 한 편의 영화를 보는 것 같았다. 자식, 제법 폼이 나는데?

그렇게 한동안 상호와 친구들의 합격으로 쓰러져 가는 철갑충을 넋을 잃고 보고 있던 나는 나를 향해 쾅쾅거리며 돌진하는 거대한 딱정벌레와 그놈이 고래고래 지르는 괴성에 정신을 차릴 수밖에 없었다.

쾅! 쾅! 쾅!

크라라라라락!

"이런! 효민아! 피해!"

상호는 내게 피하라고 소리를 지르며 나에게 달려드는 철갑충을 막으려 뛰어오고 있었지만 이미 늦은 감이 없지 않았다. 난 한순간 긴장감이 온몸을 감싸 안았지만 박도를 뽑아 들고는 마음을 가다듬고 있었다.

단 한 번이다. 두 번의 기회는 없다. 단 한 번에 잘라야 한다. 그렇지 않으면 난 죽는다!

"쾌. 예."

난 도제도결의 쾌 자결과 예 자결의 진기를 융합결로 융합시킨 진기를 모두 박도에 담고 있었다.

일참이다!

쾅! 쾅! 쾅!

크라라라라라락!

녀석은 어느새 지척에 도달해 있었고, 녀석이 가까이 올수록 내 심장 박동수는 빨라져만 갔다. 그리고 녀석이 온몸으로 나를 들이받으려 하였다.

"안 돼!"

"꺄악!"

"피하라고!"

친구들은 온갖 비명을 지르며 무슨 말인가 했지만 나에게는 들리지 않았다. 나의 모든 신경은 오직 철갑충에게로만 향하고 있었다. 마침내 녀석이 코앞에 닥쳤다.

지금이다!

"차앗!"

츠츳!

난 녀석과 내가 하나가 되기 직전 간신히 녀석의 왼쪽으로 스쳐 지나가게 뛰었는데 약간 반응이 늦어서인지 어느새 내 오른쪽 팔과 오른쪽 얼굴에는 핏자국이 생겨 있었다. 그러나 아직 내게 그것을 신경 쓸 틈이 없었다.

녀석과 내가 스쳐 지나가는 찰나, 난 박도에 담은 쾌와 예의 진기를 참의 식에 접합시켜 그대로 녀석의 몸을 베어버렸다.

"즈아아앗!"

카가가가!

크라라라락!

베었다. 손의 느낌이 왔다. 상호를 뺀 나머지 친구들의 병기에도 아무런 상처를 입지 않았던 철갑충의 철갑에 내 도제도결이 통한 것이다. 다행히도 내가 지나가고 난 뒤에 피가 뿜어져 나왔기에 계속 앞으로 달려나간 나는 피를 뒤집어쓰지 않을 수 있었다.

설명은 길었지만 찰나의 시간. 그 시간을 이어 상호의 오른발이 이미 몸이 두 동강 나 서서히 신체가 벌어지고 있는 철갑충에 작렬했다.

퍼억!

사르르르륵!

일정 이상의 공격을 받은 마물은 사라지게 된다. 바로 죽음을 맞은 것이다.

턱!

"허억! 허억!"

휴우, 정말 위험했다. 약간만 늦었으면 녀석의 몸에 깔려 쥐포가 될 뻔했으니까. 그리고 운도 따랐다.

만약 녀석이 조금이라도 방향을 바꾸었더라면, 조금 더 속력을 냈더라면, 내게 도제도결이라는 일류의 도법이 없었더라면… 난 분명 쥐포가 되고 말았을 것이다.

피곤함이 몰려온다. 절대 체력과 생명력 때문이 아니다. 단지 정신력을 너무 소모했다. 그래서 힘이 든다. 박도를 지팡이 삼아 받치고 힘겹게 서 있는 나에게로 친구들이 뛰어왔다.

"효민아, 괜찮아?"

"괜찮냐?"

"너, 너무 멋지더라. 도대체 어떻게 한 거니?"

"……."

"내, 내가 치료해 줄게."

"우와! 너, 그거 어떻게 한 거냐? 막 날던데?"

정말 개성이 느껴지는 지현, 민우, 미영, 지수, 하얀, 병건의 연속적인 말이다. 시끄러워, 이것들아.

"하… 하하. 별거 아냐. 그냥 눈 감고 뛰었지."

다행히 녀석들은 내가 철갑충을 벤 것을 알아차리지 못했다. 그도 그럴 것이 쾌 자결의 진기를 박도에 모두 담았었으니까. 그 정도면 나도 내 도의 흔적을 한순간 놓쳐 버린다고.

그렇게 나와 친구들이 쉬고 있는 사이 상호가 아직 몇 마리 남아 있던 철갑충을 처리하자 철갑충을 죽이면 나오는 등껍질과 공격력 120의 장검, 그리고 지식을 10 올려주는 여자 옷이 나와 각각 민우와 하얀이에게로 돌아갔다. 등껍질을 챙기고 철갑충이 리젠되기 전에 그곳을 벗어나 체력과 진기, 생명력을 다시 보충하고, 하얀이가 쓸 약초와 금창약 역시 보충한 뒤 다른, 제대로 된 사냥터를 찾기로 하고 동굴 밖으로 나왔다.

이미 밖은 밤이었다. 상호와 나는 별로 상관이 없었지만 친구들은 아직 초보. 그러니 수면을 취해야 한다. 나와 친구들은 묵고 있던 십문객잔으로 갔다.

이상했다. 분명 발끝에 감각이 오지 않았다.

둔탁한 느낌.

언제나 마물를 찰 때 느껴지는 그 느낌이 오지 않았다. 그리고 자신이 본 것이 무엇인가.

한순간이지만 효민이의 박도가 빛을 뿜어냈고 철갑충이 잘라지는 모습. 아깐 남은 철갑충들을 처리하느라고 거기에 신경을 쓰지 못했지만 다시 생각해 보니 그렇다. 거기다가 철갑충은 피를 뿜어냈다.

자신의 진천신격이 어떤 무술인가. 하늘을 진동시킬 만한 파괴력을 자랑하는 권법이다. 그런 자신도 모든 진기를 한꺼번에 담으면 모를까 그렇지 않다면 철갑충의 껍질을 뚫을 순 없다. 단지 외격내통(外擊內通)의 수법으로 철갑충의 내부 속에 직접 충격을 줘 철갑충을 죽였을 뿐이다.

그런데 그런 철갑충을 자르다니… 거기다가 효민이의 행동으로 봐선 뭔가 이상했다. 무려 10년이나 된 우정 아닌가. 그동안의 녀석을 모를 자신이 아니었다.

'뭔가 이상해. 효민이 녀석이 무언가 우리에게 숨기는 게 있어.'

상호는 이미 친구들은 취침에 빠져 있을 시간에 객잔의 1층에서 혼자 낮에 있었던 일에 대해 생각하고 있었다.

삐걱. 삐걱. 삐걱.

흠칫!

누가 계단을 내려오고 있었다. 목조 건물이라 아무리 조심해도 그 소리는 자연스럽게 날 수 밖에 없었다. 절정의 신법을 수련하고 있다면 몰라도…….

상호는 일단 장식품이 진열되어 있는 장(欌)의 옆으로 숨었다.

자신이 왜 숨는지는 몰랐다. 우선 숨고 보는 것이다. 자신이 잘못한 건 하나 없는데도 그 사실 자체를 의심하는 우리 나라 전형의 행동.

곧 계단을 내려오는 인물의 얼굴을 볼 수 있었다. 칠흑 같은 어둠 속이지만 내공을 사용한다면 그 정도는 아무 일도 아니었다.

계단을 내려오는 인물은 효민이었다. 어떻게 이 시간에 깨어 있을 수 있는 거지? 효민이는 분명 철갑충에게 입은 상처로 인해 생명력과 체력에 많은 피해를 입었다. 자신에게 그 따위 상처는 아무것도 아니지만 효민이는 아직 레벨 1이지 않은가. 그런데도 이 시간에 저렇게 돌아다닐 수 있다? 말이 안 된다.

효민은 객잔의 문을 열고 밖으로 나갔고, 약간 망설이던 상호 역시 효민을 따라나섰다. 별다른 의도가 있는 것이 아니다. 효민이가 체력이 부족하여 쓰러지면 자신이 들고 있는 체력 회복제로 회복시킬 생각이었다. 그전에 녀석이 어디를 그렇게 가는지 알고 싶을 뿐이다.

상호는 효민을 조심스레 따라갔다. 자신이 따라간다는 것을 눈치 채지 못하도록.

'어? 왜 마을 밖으로 나가는 거지?'

효민은 마을 밖으로 나가고 있었다. 그리고선 아까 전 마을에서 가장 가까운 던전 중 하나인 충동(蟲洞)으로 향하고 있는 것이 아닌가.

상호는 내심 의아하면서도 계속해서 효민을 따라갔다. 그러다가 여섯 개의 통로가 나오는 곳에서 발자국 소리를 크게 내고 말았다.

휙!

'흐엇!'

다행히 구불거리는 통로였기에 망정이지 그렇지 않았다면 들키고 말았을 것이다.

휙! 휙!

"음, 내가 잘못 들었나? 하긴, 이 시간에 여길 누가 오겠어."

그래도 의심쩍은지 다시 한 번 주변을 둘러보고선 제일 오른쪽의 통로로 발걸음을 놀렸다.

한참을 벽에 기대어 숨어 있던 상호는 살짝 통로를 바라보고 효민이 사라진 것을 확인한 후 통로 앞으로 걸어갔다.

충동과 같은 던전의 모든 것은 일정 시간마다 원상태로 회복된다. 이곳에 있던 수많은 발자국들도 일정 시간이 지나면 사라지는 것이다. 지금 찍혀 있는 발자국은 하나이다. 그런데 문제는 그 발자국이 제일 오른쪽 통로로 들어갔다는 것이다.

충동(蟲洞). 하나의 통로가 여섯 개의 통로로 이어지는 던전. 여섯 통로마다 나오는 마물이 각각 다르며 그 난이도 역시 다르다.

첫 번째 동굴 충동(蟲洞). 그냥 충동이다. 손바닥만한 벌레부터 팔뚝에 이르는 벌레가 나오는 곳인데 레벨 20의 한 명의 무사가 독성이 세진 않지만 그나마 독을 가진 벌레 몇 마리만 조심하면 사냥하기 딱 좋은 곳이다.

두 번째 동굴 속동(速洞). 크기는 충동과 비슷한 벌레들이 나온다. 그러나 그 벌레들의 빠르기가 충동에 나오는 벌레들과 같이 생각해서는 얼마 가지 않아 게임 오버를 당하게 된다.

이곳을 찾는 플레이어 한 명의 평균 레벨은 40으로 친구들이 진을 짜서 사냥을 하던 곳이 이곳이다.

세 번째 동굴 사동(沙洞). 바닥이 모두 모래로 깔려 있으며 그 모래를 뚫고 벌레가 튀어 올라 공격한다. 계속해서 몸이 빠지는 데다가 모래라 움직이기까지 힘든 상황에서 속동보다는 느리지만 그래도 빠른 벌레가 튀어 나오는 무시할 수 없는 곳이다.

평균 레벨 50 정도면 그나마 죽지 않고 벌레들을 죽일 수 있다.

네 번째 동굴 갑동(甲洞). 친구들이 속동의 벌레들을 쉽게 잡을 수 있자 사동을 얕잡아보고 사동을 뛰어넘은 채 바로 도전했다가 죽을 뻔한 곳. 거대한 딱정벌레가 온몸에 강철 같은 껍질을 쓰고 나타난다. 특기는 온몸으로 부딪치기. 보통 레벨 60에서 간신히 한두 마리를 잡을 수 있을 정도로 힘든 곳이다.

다섯 번째 동굴 구구동(九毬洞). 이 충동의 중간 보스의 동굴이다. 아홉 마리의 둥근 구처럼 온몸을 말고 있는 벌레가 나오는데 적을 죽이기 전까지는 멈추지 않고 끊임없이 구르며 공격한다. 갑동의 철갑충보다 더 단단한 껍질을 가지고 있어 검기(劍氣) 같은 의형진기(意形眞氣)를 뿜어내지 못한다면 구충(九蟲)에게 상처 하나 낼 수 없다.

보통 간신히 의형진기를 뿜어내는 레벨 80 정도의 사람 두세 명이 모여서 사냥한다.

마지막 여섯 번째 동굴 여왕충동(女王蟲洞). 이 던전의 보스인 여왕벌레가 등장한다. 빠르기는 속동의 벌레들을 간단히 제칠 정도이고 그 껍질은 검기로도 간신히 상처를 입힐 수 있을 정도이다. 또한 그 덩치는 얼마나 큰지 철갑충의 세 배에 달했다. 이곳 시부촌(始富村:처음 시작하는 마을의 이름) 인근의 지존 마물이라 할 수 있는 것이다.

평균 레벨 120 정도면 간신히 맞수를 이루고 랭커에 든 자신 정도의 레벨이라면 이길 확률이 70퍼센트밖에 되지 않는 그런 마물이다. 그리고 효민이 들어간 곳이 바로 이곳이다.

상호는 저절로 욕설이 튀어나오는 것을 느끼며 재빨리 여왕충동으로 들어갔다.

음. 이상해, 이상해. 분명히 레벨 1 때는 토끼를 잡아도 레벨이 오른다고 했는데 어째서 철갑충을 잡은 나는 레벨이 안 오르는 거야? 분명히 경험치는 올랐다고!

십문객잔으로 돌아온 나는 우선 운기조식을 취해 내공을 회복시켰고 그 다음 상태 창을 열어 레벨을 확인했다. 그런데 이게 웬 말인가. 레벨이 아직 1이었다. 분명히 토끼 한 마리만 잡아도 레벨 1 때는 레벨업을 한다고 들었다. 그런데 레벨 30대의 친구들도 상처조차 입히지 못한 놈인 철갑충을 내가 잡았다. 거기다가 상태 창을 확인해 본 결과 분명히 경험치도 올라가 있었다.

항상 0이었던 경험치가 지금은 15000이 되어 있는데 어떻게 레벨업이 안 된단 말인가! 허어, 통탄할 일이로다. 난 결국 다시 한 번 마물들을 잡아보기 위해 낮에 갔었던 동굴로 향했다.

객잔이 목조 건물인 탓에 다른 사람이 내 발자국 소리를 들을까 봐 조심스레 빠져나왔다. 그리고선 열심히 동굴로 달려갔다. 이미 낮에 상호에게 화섭자도 받아둔 상태.

난 화섭자에 불을 붙이고 여섯 개의 통로가 나오는 곳으로 갔다.

친구들은 레벨 30. 한 동굴당 레벨 10 정도의 차이가 난다고 하면 음, 오른쪽부터 10, 20, 30, 40, 50, 60이겠군.

난 레벨이 올라가는지 올라가지 않는지 확인하러 왔으니까 제일 약한 것을 잡아도 되겠지?

저벅!

흠칫!

응? 이게 무슨 소리야?

난 누군가의 발자국 소리를 들었다. 여섯 개의 동굴 앞에 가만히 서 있는 나에게서는 발자국 소리가 날 리 없었고 주변은 고요했기에 똑바로 들을 수 있었다.

홱!

음, 아무도 없는데?

홱! 홱!

"음, 내가 잘못 들었나? 하긴, 이 시간에 여길 누가 오겠어."

그래, 이 시간에 여기에 누가 오겠는가. 상식적으로 따지자면 밤에 사냥을 한다는 것은 비생산적인 일이 아닐 수 없다. 뻔히 체력이 조금씩 떨어지는 줄 알면서 누가 사냥을 한단 말인가? 그러다가 잘못해서 죽으면 누구에게 하소연을 하고?

그래도 약간 이상한 느낌에 한 번 더 주변을 훑어보고는 제일 오른쪽에 있는 통로로 발걸음을 내디뎠다.

이번 길은 철갑충이 나왔던 곳으로 가는 통로보다 조금 더 길었다. 그렇게 한참을 가자 내가 가진 화섭자 말고도 빛이 보이기 시작했다. 초록색 빛이라 약간 이상했지만 게임이니 그럴 수도 있다는 게 내 생각이었다.

"오, 역시 초보가 사냥하는 곳이라 밝게 해주는 건가?"

난 화섭자의 불을 끄고 빛을 향해 달렸다.

흐흐흐, 어서 한두 마리 잡아보고 다시 돌아가서 자자.

파앗!

역시 갑자기 빛이 만발해 있는 곳에 들어오니 눈이 부셨다.

샤크르르르르.

"야, 조금만 있어봐. 나 눈부시단 말이야. 어차피 너 같은 약한 놈은 단번에 끝내줄 테니 거기서 기다리고 있으렴. 이 형이 가실 때까지."

그렇게 말하며 난 계속 눈을 비볐고 곧 어느 정도 주변의 모습이 들어오기 시작했다. 그리고 보았다. 초록색 빛을 내뿜는 둥근 쟁반 같은 것이 커다란 석상에 눈처럼 달려 있는 것을.

"휘유, 석상 한번 크네. 저놈이 이곳의 최고 보스 마물인가? 다행히 내가 만날 일은 없겠지. 야, 너 임마. 얼마 후엔 너도 잡으러 갈 테니 목 씻고 준비해!"

깜빡.

호… 호오, 저, 저 석상이 눈을 깜빡거렸다. 제, 제법 무서운데? 역시 나 분위기 살리는 데는 최고겠군. 그나저나 내가 죽일 마물은 어디 있지? 아무것도 안 보이는데?

난 주변을 계속 훑어봤지만 마물은커녕 개미새끼 한 마리조차 보이지 않았다.

깜빡.

“하… 하하. 서, 설마겠지?”

샤크르르르르르르.

잘못 들었다. 석상에서 소리가 들리다니… 무슨 장치를 해뒀지?

샤크르르르르, 캬아아아!

젠장!

“하, 하하, 이거 일이 잘못돼도 한참 잘못된 것 같은데?”

석상이 아니었다.

마물이었다.

거대한. 매우 거대한!

그리고 내가 본 빛을 뿜어내는 쟁반은 마물의 눈이었다.

“으아아아악!”

샤크라라라라라캬야야야야야!

젠장할! 왜 초보 마물 잡는 곳에 저런 놈이 있는 거야!!

난 속으로 절규했지만 나의 절규를 들어주는 사람은 아무도 없었고 또한 나를 도와줄 수 있는 사람 역시 없었다.

그런 내가 지금부터 첫 번째로 해야 할 것은? 우선 도망치기!

“으아아아아!”

쿵!

그러나 나의 원대한 계획도 녀석이 한 발을 들어 입구를 막아버림으로써 무산되었다.

제, 젠장! 얼마나 크면 발 하나로 입구를 막아버릴 수 있는 거야? 그렇다면 내가 할 수 있는 것 중 남은 것은? 우선 뛰고 보자!

“으아아아아악!”

샤크라라라카카카카캬캬캬야야!

얼마나 달렸는지 모르겠다. 하여튼 한참을 달렸다. 하지만 체력은 아직 총 3200 중에 3000이나 남아 있었다. 생명력은 10500 중에 10100이나 남아 있고 말이다.

쿵!

"흐억!"

헉! 헉!

밟혀 죽을 뻔했다.

잠시도 긴장을 늦추게 해주지 않는 놈이다.

녀석은 거대한 덩치를 가졌는데도 굉장한 속도를 가지고 있다. 총 열 개의 다리 중 앞에 달린 두 개의 다리와 뒤에 달린 두 개의 다리로 중심을 맞추고 중간에 달린 다시 여섯 개 중 하나로 입구를 막아섰다. 그리고 나머지 다리들을 놀려 나를 위협하고 있었는데 모두 간신히 피해낼 수 있었으나 약간의 상처를 입는 것은 감수해야만 했다.

만약 이런 놈이 밖으로 나간다면? 마을은 쑥대밭이 되고 말 것이다. 그나마 몸의 크기가 엄청나게 커서 밖으로 못 나간다는 것이 위안이라면 위안이랄까?

쿵!

"으악!"

진짜 이 자식이?

순간 짜증이 났다. 내가 왜 이딴 마물에게서 피해만 다녀야 하는가. 피할 수 있다면 공격 역시 가능하지 않을까?

젠장, 모르겠다. 어차피 이래 죽으나 저래 죽으나 죽는 것은 매한가지. 이왕이면 멋지게 싸우다 죽고 싶다.

사크라라라.

"닥쳐! 개똥벌레 돌연변이 품종아!"

난 악을 쓰며 녀석에게로 달려들었다. 한번 해보자고!

"연! 쾌! 섬!"

초식의 외침은 시동어이다. 초식의 이름을 외치게 되면 그 초식에 알맞은 진기가 일어나 시작하게 된다. 난 그 일어난 진기를 잘 조절해 융합결로 융합을 시키고 거기에 섬의 식을 씌운다. 매우 복잡하긴 하지만 이미 익숙해질 대로 익숙해져서 오히려 이렇게 하지 않으면 무공을 쓰기가 더욱 불편해져 버렸다.

난 연과 쾌에 섬의 식을 씌워 만든 조합 공격을 녀석의 한쪽 발을 향해 전력으로 펼쳐 내었다.

빠지지직!

극성으로 일으킨 내공에 따라 축뢰공의 진기가 스파크를 일으키면서 내 공격에 뇌의 속성 공격력까지 추가시켜 줬다.

카캉!

사크라라라라!

뭐, 뭐야, 이 녀석! 공격이 안 통하잖아! 껍질이 철갑층과 맞먹는다는 건가? 나의 공격은 녀석에게 먹히지 않았고 오히려 화만 더 돋운 것 같았다.

쿵! 쿵!

"으핫! 흐잇!"

데굴데굴데굴.

녀석은 열받았는지 조금 전까지와는 비교도 되지 않게 빠른 속도로 발을 구르며 나를 밟아 죽이려 하였고, 난 간발의 차이로 데굴데굴 굴러 발을 피할 수 있었다.

큭, 아무리 급하다고 하지만 땅바닥을 데굴데굴 구르다니… 이거 체면이 말이 아닌데?

“젠장! 나 진짜 열받았다! 열 번 찍어 안 넘어가는 나무 없다고!”

그때부터 나의 처절한 사투가 시작되었다. 난 녀석의 발 공격을 정말 간발의 차이로 피해냈고 덕분에 녀석이 발을 내리찍으며 발생하는 풍압으로 온몸은 상처투성이가 되었지만 그래도 개의치 않았다.

난 전력을 다해서 녀석의 한쪽 발을 계속해서 공격했다. 진기를 일으키는 시동어는 한 번만 외치면 다음부터 외치지 않아도 내 뜻대로 움직이기에 가쁜 숨을 몰아쉬며 한쪽으로는 녀석의 발을, 한쪽으로는 진기의 흐름으로 신경을 분산시켰다.

네 녀석의 발이 먼저 거덜나는지 내 체력과 생명력이 먼저 바닥을 드러내는지 어디 한번 해보자고!

얼마간의 시간이 지났을까. 내 체력이 1000, 생명력은 3000으로 줄어들었을 때 드디어 반응이 왔다.

사크라라라!

쿵!

“차아압!”

빠지지직!

카캉!

아직도 박도를 가볍게 튕겨내는 녀석의 다리. 하지만 방금 전엔 손맛이 달랐다고! 좋아, 간다!

"우라차차!"

파캉!

꽝!

"해냈다!"

드디어 내가 전력을 다한 공격에 녀석의 한쪽 다리가 뭉그러진 채 떨어져 나가 버렸다.

쿠웅!

"흐익!"

다리 한쪽이 떨어져 나가자 중심을 잃어버린 놈은 나를 향해 쓰러지고 있었다.

"얌마, 일로 오지 말고 저리로 가!"

그때 살길이 보였다.

놈이 쓰러지면서 입구를 막고 있던 발 역시 제구실을 못하게 되어 입구가 훤히 열려 있는 상태가 되고 말았다. 좋았어. 이때다! 도망가자!

"잘 있어라. 난 간다! 흐하하하하!"

그렇게 한참이나 벌레 녀석을 비웃어주며 입구를 통과하려는 순간, 눈앞이 번쩍했다.

퍽!

"으억!"

"어억!"

으, 도대체 뭐야? 아우~ 별이 보인다.

입구를 향해 뛰던 나는 막 입구에서 커브를 돌려던 차에 무언가와 머리를 부딪치게 되었던 것이다. 설마 녀석의 부하인가?

"으으……."

"너, 넌? 상호잖아?"

그렇다. 나와 부딪친 것은 다름 아닌 상호였던 것이다.

"상호, 네가 왜 여기 있는 거야?"

내 질문에 상호가 나와 부딪친 머리를 쓰다듬으며 말했다.

"너야말로 왜 여기에 있는 거야? 레벨 1이 이 시간에 깨어 있을 수 있다고 생각하냐?"

허어, 답변할 말이 없구나.

하지만 그때 나를 도와준 게 있었으니, 바로 벌레였다. 참으로 거대한 발이 나와 상호를 향해 날아오는 게 참 예사롭지가 않구나. 아니, 이럴 때가 아니잖아!

쿵!

"허억!"

"으악!"

다시 제정신을 차린 마물은 우리를 향해 발을 굴렀고, 우린 살기 위해 몸을 날릴 수밖에 없었다. 그렇게 녀석의 공격을 피해내고 보니 녀석은 다시 제자리에 서서 우리를 바라보고 있었다. 중요한 건 다음에 일어난 일이었다.

녀석의 잘린 다리 부분이 부글부글 끓어오르더니 무언가 팍 하고 튀어나오는 게 아닌가! 허억!

츄리리릭!

"저, 저 녀석… 재, 재생도 하냐?"

난 내가 날려 버린 발이 갑자기 다시 생겨 버리자 상호라면 잘 알 것 같아 물었다.

"웬만한 상처 정도는 재생을 하지."

상호의 말에 난 절망적일 수밖에 없었다. 왜 그걸 이제 말하냐고!

"왜 그걸 이제 말해!"

"지금 그게 문제야? 온다! 피해!"

쿵!

"으앗!"

입구는 다시 부활한 녀석의 발에 의해 막혀 버린 상태. 거기다가 재생까지 하는 마물을 앞에 두고 도대체 뭘 어떻게 해야 한다는 말인가?

난감하다, 난감해.

쿵!

"헛!"

상호는 이 상황을 어떻게 타개해야 할지 도통 감을 잡을 수 없었다.

생각보다 상대가 너무 거물이다. 소문으로만 듣던 보통의 여왕충이 아닌 현 비상 내에서 아직 열다섯 명의 절정 고수밖에 그 실체를 보지 못했고 또한 상위의 랭커 열 명밖에 잡을 수 없었다는 마왕충(魔王蟲)이 통로 너머에 있었다. 그리고 그곳에 효민이가 있다.

약 1여 년에 걸친 테스터 중에도 단 열다섯 마리밖에 나타나지 않았다는 그 마왕충이 왜 하필 이때 나타난다는 말인가.

마왕충은 특이한 벌레다. 보통 곤충들은 암컷이 수컷보다 더욱 큰 덩치를 갖고 있다. 그러나 마왕충과 여왕충은 다르다. 암컷에 비해 수컷이 두 배에 가까운 몸집을 가지고 있다. 거기다가 그 몸집에 맞게 한 번의 공격에 대한 파괴력도 여왕충을 능가하며 전신에 깔려 있는 껍질 역시 강철의 그것을 능가하는 괴물 중 괴물인 것이다.

다행히도 여왕충의 특기 중 하나인 졸충(卒蟲)을 불러내지 못하고 몸집이 너무 커서 여왕충보다 느리며 단순한 발 공격밖에 하지 못한다는 단점이 있었다.

“도대체 안에서 무슨 일이 일어나고 있는 거야? 설마 죽지는 않았겠지? 제발 이 발 좀 치워!”

상호는 다급해졌다. 어서 들어가서 효민이를 구해야 하는데 마왕충의 거대한 발이 입구를 막고 있었다. 덕분에 안의 상황도 알 수 없었고, 마음만 급해져 갔다.

상호는 한순간 자신의 최고 공격으로 녀석의 발을 뚫고 들어갈까 생각했지만 그것은 바보 같은 짓이었다. 자신이 최고 공격을 사용하면 그에 따라 내공과 체력이 기하급수적으로 소모된다. 거기다 마왕충은 일정 부위를 공격한다든가 죽을 때까지 연속해서 공격하지 못하면 곧바로 재생해 버리는 능력까지 가지고 있다.

최고 공격을 써서 뭐 하는가. 들어가면 자신은 기진맥진 상태일 것이고 도움이 되기는커녕 목숨 하나 부지하기도 힘들 것이다.

“에라, 모르겠다. 우선 들어가고 보자.”

위험을 무릅쓰고도 상호는 도박을 택했다. 상호는 곧 기를 온몸에 퍼뜨리며 최고 공격의 초식을 준비하기 시작했다.

그때였다.

쿠웅!

“으아아악! 도대체 어떻게 된 거야? 이 모래바람은 뭐야?”

갑자기 막혀 있던 입구로부터 모래바람이 상호를 덮쳤고, 상호는 양팔로 얼굴을 감싸며 견뎠다. 곧 모래바람이 그치고 상호는 정면을 볼 수 있었다.

"응? 이게 어떻게 된 일이지? 저놈이 왜 쓰러져 있어?"

상호는 정면에 쓰러져 있는 거대한 몸집의 벌레를 볼 수 있었고 그에 대해 많은 의문점이 피어났다.

그것도 잠시 상호는 다시 정신을 차리고 동굴 안으로 몸을 날렸다. 효민이가 걱정된 것이다.

퍽!

"으억!"

"어억!"

재빨리 동굴 안으로 뛰어들던 상호는 극심한 고통으로 인해 무언가 자신의 머리와 힘껏 부딪쳤다는 사실을 알 수 있었으나 우선은 머리에서 느껴지는 고통부터 신음으로 덜어야 했다.

"으으……."

그때 자신과 부딪친 상대의 목소리가 들렸다.

"너, 넌? 상호잖아?"

상호와 나는 다시 녀석의 발을 피해 다니며 해결책을 찾고 있었다.

운영자들도 생각이 있으면 이런 무적 괴물을 그냥 내놓지는 않았을 터. 그럼 분명히 약점 같은 게 있을 텐데?

"상호야, 이 녀석 약점 같은 거 없냐?"

나의 물음에 상호는 위에서 떨어져 내리는 벌레의 거대한 발을 피하며 말했다.

"몰라, 내가 어떻게 아냐. 이 녀석은 상위 랭커도 잡기 힘든 마물이라서……. 흐읍!"

쿵!

진하게 올라오는 모래먼지를 제치고 나온 상호는 콜록콜록거리다 크게 소리쳤다.

"아직 열 마리밖에 잡히지 못했단 말이야. 핫!"

쿵!

나도 바쁘지만 녀석도 바쁘군. 말하랴, 피하랴. 나도 들으랴, 피하랴 바쁜데 말이지.

"열 번, 으잇! 잡… 혔다면 약점 같은 것도 있을 거 아니야!"

쿵!

"모… 엇! 몰라. 지금까지 이 녀석을 잡았다는 사람은 전부 강기(罡氣)를 쓰는 고수가 강기로 잡았다고!"

제, 젠장.

쿵!

"흐익! 넌 강기 못 쓰냐?"

그래. 랭커에 들 수 있을 정도면 강기를 사용하는 게 가능하지 않을까?

"강기는 절정의 무공을 익힌 사람만 쓸 수 있으니, 흐엇! 난 아직 못 써. 거기다가 절정의 무공을 익힌 사람도 한두 번 써버리면 내공과 체력이 거덜난다고!"

하여튼 중요할 때는 도움이 안 된다니까.

이대로 버티면서 다른 사람이 올 때까지 기다릴까? 그러나 그것도 거의 바닥난 체력 때문에 힘들다.

"효민아!"

상호가 나를 부르자 난 그쪽으로 시선을 돌렸고 덕분에 발에 깔려 죽을 뻔했다. 저놈 혹시 날 죽이려고 일부러? 헉!

쿵!

"흐읏! 바쁜데 왜 불러?"

"너 오늘 낮에 철갑충을 잘랐지?"

이런 긴박한 때 낮의 일이 왜 나오는 거야?

"그, 그래. 그건 왜?"

쿵!

"흐읍! 그럼 내가 녀석을 다시 한 번 쓰러뜨릴 테니 그때 네가 녀석의 눈을 베어버려! 아무리 재생하는 마물이라도 눈만은 재생하지 못할 거야."

눈이라… 좋아, 그 방법밖에 없겠군. 그런데 어떻게 놈을 쓰러뜨릴 참이지?

"어떻게 하려고?"

"두고만 봐. 그럼 간다!"

상호는 득달같이 앞으로 튀어 나갔다. 과연 상호의 순간적인 속도는 엄청났다.

벌레의 내리찍는 발을 이리저리 피하며 벌레에게로 접근하는 모습은 가히 신기(神技)에 가까운 솜씨였다. 불필요한 움직임은 최대한 배제한 채 이동하는 저 모습. 정말 대단했다.

그러고 보니 나완 달리 상호는 상처 하나 없잖아? 난 힘들게 피하는 것을 저렇게 쉽게 피하다니……. 경험의 차이인가?

"차차차차차!"

고성을 지르며 벌레의 뒤로 다가가고 있는 상호. 과연 그는 어떻게 할 것인가? 위협을 느낀 벌레도 이미 나에 대한 공격을 모두 멈추고선 상호만을 노리고 있었다.

이런 고마운 때를 놓칠 내가 아니지.

난 쾌 자결, 예 자결, 연 자결, 유 자결의 네 가지 자결의 진기를 모두 융합결로 융합시켰고, 그 진기를 모두 박도에 담고 있었다. 상호가 기회를 줄 때까지 기다린다.

한편, 상호는 이미 벌레의 후방으로 도착해 있었다.

"흐아아아앗!"

상호는 제자리에 멈춰 서서 주먹을 허리춤에 모으고 있었는데 상호의 주먹에서 서서히 빛이 나기 시작했다. 저건? 설마 의형권기(意形拳氣)?

단순히 주먹이나 무기에서 빛이 나게 하는 것은 나도 할 수 있다. 특이한 내공을 익힌 사람처럼 나도 극도로 내공을 끌어올리면 내 몸 주위에서 스파크가 튀면서 빛이 나니까. 그러나 상호의 주먹에서 나타나고 있는 것은 그런 조잡스러운 것과는 달랐다.

기의 응집체. 기의 압축력을 최대한으로 올려 만들어내는 의형진기. 그 파괴력은 응집에 필요한 진기를 따로 사용한 것보다 훨씬 강한 파괴력을 나타낸다.

순간의 압축으로 완벽에 가까운 모습을 형상화시키는 무사의 필살기. 그것이 의형진기. 상호가 쓰는 권기이다.

"상호가 권기까지 쓸 수 있다니… 역시 랭커라 이건가?"

상호는 계속해서 기를 끌어 모으고 있었다. 그때, 벌레의 다리 세 개가 동시에 상호를 노리며 떨어져 내리고 있었다.

일촉즉발의 상황.

그러나 상호는 권기에 집중을 하느라 아직 눈치 채지 못한 것 같았다. 저, 저걸 어째!

"상호야! 피해!"

내가 소리쳤지만 상호는 듣지 않았다.

쿠쿠쿵!

벌레의 발이 상호가 있던 곳을 내리찍었고, 벌레 역시 힘껏 힘을 쏟았는지 지금까지보다 더욱 자욱한 모래먼지가 그곳을 덮었다.

틀렸다! 상호는 이미 녀석에게 깔려 버렸다.

살아 있을까? 저 발에 깔리고도 살아 있을 수 있을까?

그때 모래먼지를 뚫고 나타난 인형(人形)이 있었으니…….

상호다!

"상호야!"

상호는 온몸에서 피를 흘리며 벌레에게로 달려가고 있었다.

"내가 두고 보라고 했지? 자, 이놈아, 받아라! 진천신격 파광일권(破鑛一拳)!"

상호의 오른손 주먹에서 강한 빛이 뿜어져 나왔고 그 빛은 곧장 벌레에게로 향했다.

"저게 바로 권기?"

멋졌다. 또한 강했다.

벌레는 권기를 막아보고자 다리를 들어 권기의 진행로를 차단했으나 권기는 너무나도 쉽게 다리를 산산조각 내버리고선 계속해서 나아갔다.

그리고 작렬했다.

벌레의 뒷구멍에……. 하필 노려도 그런 곳을…….

샤크르라라라라라라라라캬야야야야야!

고통이 큰지 벌레는 괴성을 지르며 쓰러졌는데 아까처럼 다리로 지탱하면서 쓰러진 것이 아니라 그대로 무너졌다. 어, 얼마나 고통스러웠으면… 왠지 녀석이 불쌍해 보인다. 상호, 이 나쁜 놈. 아무리 적이라지만 어떻게 저리도 잔인한 짓을…….

하지만 불쌍한 것은 불쌍한 것이고, 상호가 준 이 기회를 놓칠 순 없지. 녀석은 곧 다시 회복될 것이다. 그전에 확실히 끝내자!

"흐흐흐, 아무리 단단한 껍질을 가졌다고는 해도 그곳만은 껍질이 덮을 순 없을 거라 생각한 게 맞았어. 흐흐흐, 효민아! 지금이다!"

입가에 잔인한 미소를 띤 상호 쪽에서 신호를 보내왔다. 그러나 난 이미 뛰고 있는 상태였다.

상호의 그 신기 같은 움직임을 따라가려면 멀었지만 높은 민첩성 덕분에 상당한 속도로 녀석의 머리쯤에 도착할 수 있었다.

"차아아아앗! 쾌! 연! 유! 예! 참!"

파팟!

네 가지 진기가 담긴 박도는 빠르고 살벌했다. 순식간에 녀석의 눈에 도착한 박도는 참의 식을 이용하여 녀석의 초록빛 눈을 긁어 나갔다.

카그그그!

"큭!"

역시 보스 마물이라 뭔가 달라도 다른지 만만해 보이던 눈조차 쉽게 뚫리지 않고 있었다. 하지만 여기서 포기할 수 없지.

"차앗!"

파캉!

무언가 깨지는 소리가 들리는 듯하며 계속 녀석의 눈을 긁기만 하던 박도는 그것을 뚫고 전진했다.

사크르라라랴라랴라랴라랴캬야아야아!

난 녀석의 눈을 사정없이 베어버렸다.

연과 유의 자결을 넣었기에 연속해서 베는 것이 너무나 자연스럽고 또한 빨랐다. 아래에서 위로, 오른쪽 위에서 대각선으로, 다시 위로, 그리고 왼쪽 위에서 대각선으로 두 눈에 각각 총 다섯 번을 연속해서 베자 벌레의 눈은 터져 버렸고, 동굴 안을 훤히 밝히던 빛까지 함께 사라져 오직 나에게서만 빛이 나기 시작했다.

나는 몸부림치는 벌레의 위에서 간신히 중심을 잡으며 내공을 극도로 끌어올려 뇌기를 생산해 내고서는 폭기공을 운용하여 진기를 폭파시켰다.

"크윽, 가만히 있어! 폭기(爆氣)!"

쾅 하는 소리가 몸속에서 들리는 듯하더니 폭파된 진기는 그 성질이 변하며 폭주하기 시작했고, 괴성을 지르는 녀석을 완전 무시해 버리며 극도로 끌어올린 뇌기와 폭주하는 진기를 박도에다가 담았다.

난 박도를 머리 위로 들어 올려 그대로 녀석의 두 눈 사이, 미간을 베어버렸다.

"참!"

빠찌지지직!

카카캉!!

크라라라라라!

전력을 다한 공격이었으나 미간에는 녀석의 몸집에 비해 작은 상처밖에 나지 않았다. 하지만 이것만으로도 충분하다!

"어쭈? 버틴다 이거지? 좋아! 폭기!"

난 또다시 폭기공을 운용했다.

폭기공은 진기의 성질을 광포하게 만들고 또 그 진기를 폭주시켜 공격력을 최대한으로 끌어올리지만 그만큼 사용자에게 많은 피해를 준다.

폭기공은 사용 횟수에 따라 사 단계의 단계로 나뉘어진다. 한 번을 사용하면 일 단계, 두 번을 사용하면 이 단계로 말이다. 그리고 단계마다 그 피해는 심해져 간다.

도제도결의 효능으로 폭기공을 한번 운용하는 것은 내게 그다지 피해를 가져오지 않지만 이 단계부터라면 달랐는데, 아무리 강한 정화력과 자아 치료력이 있다고 쳐도 정화력과 치료력을 뛰어넘는 충격을 입게 되면 아무리 나라도 피해를 입게 된다.

폭기공의 이 단계, 즉 폭기공을 운용한 상태에서 다시 폭기공을 운용하는 행위가 바로 이것이다.

폭기공의 일 단계 운용은 공격력의 두 배, 그리고 이 단계는 네 배라는 엄청난 공격력을 불러온다. 물론 그만큼 나에게도 많은 피해가 돌아오지만.

"커헉!"

난 시커먼 각혈이 넘어오자 그대로 뱉어버렸다.

역시 도제도결이 완성되지 않은 상태에서 이 단계는 무리였나?

"퉤! 이 자식, 내 피까지 보게 만들어? 죽었다고 복창해라!"

난 나의 모든 진기가 담긴 박도를 치켜들었다.

"마지막이다! 섬!"

난 극도로 끌어올린 모든 진기를 담은 박도를 그대로 녀석의 미간에 생긴 상처에 섬의 식으로 꽂아 넣었다. 아니, 정확히 말해서 박아버렸다. 박도는 끝이 뭉툭하여 원래 섬의 식을 사용하기에 좋은 것이 아니었지만 빠르기를 이용하여 억지로 박아 넣은 것이다.

"부디 좋은 곳에 가라! 하아아앗!"

푸욱!

빠지직! 지지직! 지직!

푸하학!

크랴라라라라라라라라라라카야야야!

박도를 박아 넣은 곳에서 초록색 피가 분수같이 솟아오르며 내 몸을 적신다.

그다지 좋은 기분만은 아니다.

살아 있는 생명체를 베는 기분. 하지만 내가 살아야 하기에 어쩔 수 없다.

파스스스.

박도가 과도한 진기에 견디지 못해 산산조각나서 흩어졌다. 역시 아직 기를 다루는 것에 미숙해서 그런지 박도가 견디지 못했구나. 쳇, 아무리 싸구려라고는 하지만 산 지 하루도 안 돼서 부서져 버리냐. 이거 너무한 거 아냐?

샤르르르르르르.

"하아, 하아. 하아."

난 내 발밑에서 사라지는 벌레의 모습을 지켜보고 있었다. 두려웠던 상대였기도 했고 지겨웠던 상대이기도 했으며 나로서는 제대로 된 실전 경험을 처음 안겨준 녀석이기도 했다. 덕분에 많은 경험을 얻었다. 잘 가라.

털썩.

녀석이 완전히 사라지자 난 곧 땅바닥으로 떨어졌다.

크윽, 아파라.

"하아, 하아."

이제야 실감이 난다, 살았다는 것이!

"조오았어!"

"효민아! 나이스 공격이다!"

내가 살았다는 기쁨에 취해 있을 때 어느새 상호가 지친 몸을 이끌고 다가왔다. 역시 아까 기를 모을 때 당한 공격을 완전히 피해내지 못했는지 온몸이 피로 흠뻑 젖어 있었다.

나 역시 온전한 것이 아니다. 과도한 내공 소모에 체력은 바닥이고 생명력 역시 바닥을 보인다.

풀썩.

상호는 내게 가까이 다가와 주저앉았다. 보스 벌레는 일주일에 한 번씩 리젠되니 이제 여긴 다음 주까지는 안전지대이다.

물론 그것을 생각하고 주저앉은 것이 아니다. 그냥 다리가 풀려 버렸다.

"상호, 너 꼴이 말이 아닌데? 그 멋져 보이던 옷이 이젠 피에 젖어 쓰지도 못하게 됐잖아."

"푸하하하하하! 넌 안 그런 줄 아냐? 그리고 내 옷은 그다지 좋은 게 아니니 신경 쓸 필요도 없지. 네 꼴이 어떤지 알아? 꼭 물에 빠진 생쥐 꼴이다. 그것도 초록색 물. 키키킥!"

"크크크, 사돈 남 말 하시네. 푸하하하하!"

우리는 통쾌하게 웃었다. 우리가 해낸 것이다. 이긴 것이다!

그렇게 주저앉아 한바탕 시원하게 웃은 후 차례대로 호법을 서주며 운기조식으로 체력과 생명력을 보충했다.

운기조식을 끝내고 나서 난 상호에게 강민 형과 초매에 대한 것을 뺀 내가 겪었던 일을 모두 말해 주었다. 이미 들통난 일이고 하니 이왕이면 속 편하게 말하는 게 더 좋을 것 같았다.

"…그래서 레벨이 올라가나 올라가지 않나 확인하려고 여기에 온 거야. 그러다가 난 초보 던전인 줄 알고 들어온 곳이 바로 보스 방이고 말이지. 그 다음에는 너와 겪었던 일 그대로야."

"……."

속 시원했다. 나답지 않은 행동이었다. 친구들을 속이다니… 그래도 친구들한테만은 항상 정직했었는데…….

"레벨은 올랐냐?"

"아니, 전혀. 경험치는 590000인데 레벨은 아직 1이야."

그렇다. 나는 운기조식을 끝낸 뒤 우선 레벨부터 확인해 보았다. 하지만 레벨은 여전히 1이었고, 내가 가진 상식으로서는 도무지 이해할 수 없는 일이었다.

"음, 내 생각에는 아무래도 그 버그 때문인 것 같다."

버그?

"버그? 버그가 왜?"

"그 버그에 대해서 들어보니 한계치를 상실해 버리는 버그라며? 그렇다면 그 말대로 레벨을 올릴 수 있는 한계 경험치까지 상실해 버렸을 확률이 높아."

"아!"

그럴 수도 있겠다.

내 버그의 능력은 한계치를 상실해 버리는 것. 덕분에 능력치들은 한계의 제한을 받지 않고 계속 상승하지만 반면에 레벨 역시 오르지 않는다.

앞뒤로 너무나 잘 들어맞는 가설이었다. 레벨이 오르지 않는다라…….

“레벨이 오르지 않으면 손해가 뭐 있을까?”

“음, 보통 레벨이 오르면 능력치의 한계치 상승, 그리고 약간의 내공과 생명력 상승. 그것뿐이긴 한데… 너에게는 통용되지 않는 것이구나. 능력치의 한계치를 잃었으니 수련하는 만큼 올라갈 테고 내공과 생명력이야 티도 나지 않는 것이니 그다지 네게 손해 가는 건 없어. 아, 다른 사람과 파티를 할 경우 경험치를 다른 사람보다 조금 받는다는 정도? 그리고 저항 한계치가 상승하지 않을 거야.”

역시 내가 생각한 것과 같다. 뭐, 레벨이 올라가지 않는다 해도 내게 손해될 것은 없다. 경험치를 적게 얻어봤자 어차피 레벨 업도 안 되는데 경험치만 쌓아서 뭐 하리? 근데 저항 한계치?

“저항 한계치? 그건 뭔데?”

아직 지자록을 완전히 정리하지 못한 나는 너무나 모르는 것이 많았다.

“음, 능력 한계치랑 비슷하다고 생각하면 될 거야. 저항력의 한계치를 올려주는 것이거든. 저항력이란 말 그대로 주변의 환경에 저항을 할 수 있는 능력이야.”

한번 터진 설명은 꼬리를 물고 이어졌다.

“예를 들어 레벨 1인 너와 레벨 100인 사람이 북해(北海)에 찾아간다고 하자. 그럼 우선 너희 두 사람 다 추울 거야. 그건 당연한 거지. 그런데 레벨 100인 사람은 저항 한계치가 높아서 주변의 환경에 저항하는 것도 빠르고 또 저항력이 많이 오르면 추위에 전혀 영향을 받지 않을 정도까지 될 수 있어. 그에 반해 저항 한계치가 낮은 너는 추위에 저항하는 속도도 늦고 또 아무리 저항력을 키운다고 해봤자 레벨 1의 저항 한계치에서 벗어나지 못한다는 거지."

난 상호의 말을 듣고서는 아직 상호가 깨닫지 못하고 있는 게 있다는 사실을 알아차렸다.

"별거 아니네."

"별거 아니라고? 네가 아직 추위와 더위에 고생을 많이 안 해봐서 그런데 말이야, 아프리카에서 더위로 고생하다가 온 내 경험에 따르면……."

상호는 내가 대수롭지 않게 말하자 아프리카에서 안 좋았던 기억이 새록새록 살아나는지 이마에 핏대까지 세우며 말하고 있었다. 아프리카가 얘를 완전히 버려놨구만.

난 상호의 말을 끝까지 들어줄 시간도 없고 그 필요성조차 느끼지 못했기에 내정하게 말을 끊어버렸다.

"바보야, 넌 내 버그의 능력에 대해 아직 감을 못 잡겠냐?"

"무슨? 아!"

상호는 이제야 깨달은 듯했다. 하여튼 돌아갈 때는 재빠르게 돌아가는 머리가 가끔씩 제구실을 못한다니까.

"그래, 내 버그는 한계치 상실의 버그. 이미 그런 한계치조차 상실해 버렸을걸? 음, 아마도 저항 속도는 늦겠지만 저항력은 내가 더 우세하겠다. 뭐, 저항력이 강해지면 저항 속도도 빨라질 테니 처음에만 조금 힘들면 다음부터는 괜찮겠지."

난 내가 생각한 것을 말했고 상호도 그것에 동조하는 것 같았다. 그때 갑자기 상호가 무엇인가 생각난 듯 외쳤다.

"아차! 까먹고 있었다. 마왕충을 잡으면 뭔가 좋은 아이템이 떨어질 텐데? 어서 가보자."

"마왕충?"

마왕충이 뭐지?

"좀 전에 우리가 잡은 그 거대한 벌레 말이야. 그게 이곳 충동의 진정한 보스 마물 마왕충이야."

"아, 그렇구나."

상호의 말에 우리는 마왕충이 죽었던 자리로 걸어가 보았고, 거기에 무언가 떨어져 있는 것을 발견했다.

"호오, 내갑(內鉀) 하나에 무공서 하나라……."

떨어져 있던 물건들은 어깨부터 허리까지를 감싸게 되어 있는 검은 갑옷 하나와 한 권의 책이었다.

"자, 이건 전적으로 네가 잡은 거니까 너 해라."

상호는 갑옷과 책을 주워 나에게 건네주었다.

"하지만 네 권기가 아니었다면 잡기는커녕 오히려 죽었을 텐데?"

"괜찮아. 난 이류 무공을 외공으로 익힌 데다가 진천신격을 극성으로 익히면 온몸을 금강불괴와도 비슷하게 만들 수 있다고 하니 내갑 같은 건 필요도 없어."

"그럼 이 책은? 아무리 봐도 무공서 같은데?"

"아, 하하. 일류 무공을 극성으로 익히지도 않은 상태에서 다른 좋은 무공을 보면 그 무공에 욕심 낼 것 같아서 말이야. 그냥 네가 알아서 해라."

상호는 그렇게 말하고선 관심없다는 듯이 뒤돌아 입구 쪽으로 걸어갔다.

뭐, 저렇게까지 나보고 가지라는데 거절하기도 그렇겠지?

내갑이라 불린 갑옷은 아직 감정을 할 수 없으니 대충 옷 위에 걸쳤고 책도 바로 3차 감정을 실행한 후에 그냥 넣어두었다. 지금은 만사가 귀찮아.

"효민아, 이만 가… 야, 너 지금 그게 뭐냐."

"응? 뭐가?"

입구로 걸어가던 상호는 나에게 돌아가자고 말하려 돌아보다가 내 모습을 보고선 없이 없다는 표정을 지었다.

내가 뭐 어때서 그러는 거지?

"야야, 그 갑옷은 내갑이란 말이야. 옷 위에 입는 게 아니라 안에 입는 거야."

에? 안에?

"그러면 불편하지 않을까? 옷 안에 입으면 괜히 뚱뚱해 보이고 말이야."

스타일 버리게 옷 안에 입으라니… 밖에 입고 있는 것도 멋지지 않기는 매한가지지만…….

"네가 약간 불편하긴 하겠지만 겉으로는 전혀 표가 안 난다고."

결국 나는 윗옷을 벗고 내갑을 입은 후 다시 옷을 입을 수밖에 없었다. 그런데 약간 어색한 느낌을 빼놓고는 몸을 움직이는 데 전혀 지장이 오지 않았고 무게도 내가 가진 힘 덕분에 거의 느껴지지 않았으며 몸에 찰싹 달라붙어 거의 겉으로도 표가 나지 않았다.

하지만 쇳덩어리와 맨살이 접촉하고 있으니 조금 차가운걸?

"오오, 이렇게 하는 것이로구나. 좋았어, 좋았어."

"후우, 어서 마을로나 가자."

동굴 밖으로 나오자 마침 동쪽 하늘에서 모습을 드러내는 태양의 모습을 볼 수 있었다. 오, 일출! 아름답구나. 상호와 나는 일출을 감상하면서 마을로 향했는데 새벽 시장을 지나면서 우리는 곧 십문객잔으로 향하려는 발걸음을 돌릴 수밖에 없었다.

"으윽! 이게 웬 냄새야?"

"어디서 쓰레기 썩는 냄새가 나잖아."

"으윽! 못 참겠어. 우욱!"

"아침부터 저런 냄새나 풍기고 다니고……."

상호와 나는 일찍부터 시장에 나와 물건을 팔고 사는 사람들의 곱지 않은 시선과 말에 얼굴을 붉히며 재빨리 그곳을 벗어났고, 우리가 도착한 곳은 바로 시부촌의 유일무이(唯一無二)한 공중 목욕탕이었다.

게임에 웬 공중 목욕탕인가 싶겠지만 비상에서 공중 목욕탕만큼 잘되는 장사도 별로 없다. 생각을 해봐라.

사냥을 한번 거하게 하고 오면 전신에 마물들의 피나 아니면 자신의 피가 묻어 있을 테고 그대로 거리를 돌아다니기에는 자신에게나 다른 사람에게나 괴로움을 줄 것이 뻔하지 않은가. 이 시부촌이라는 곳은 몇몇 곳을 빼놓고는 전부 초보들의 사냥터인지라 몸에 피가 묻을 것도 별로 없고, 설사 묻는다 하더라도 그 정도는 객잔에서 다 해결할 수 있는 문제이리라.

그래도 몇몇 고수를 위해 마련해 둔 곳이 이곳 공중 목욕탕이다. 진정한 고수는 애초에 피를 묻히지도 않겠지만 그래도 없는 것보다야 낫지 않겠는가. 거기다가 시부촌에 유일한 욕탕인 이곳은 먼 곳에서 온천의 물을 끌어와 몸에도 좋고 피부에도 좋은 온천탕이었다.

정말 별의별 게 다 있는 게임이다.

"어서 오세요."

온수탕(溫水湯)이란 간판을 붙이고 있는 공중 온천 목욕탕으로 들어서자 점원으로 보이는 소년이 우리를 맞이했다. 그런데 아무래도 마왕충의 피에서 나는 악취가 심한지 살짝 인상을 찡그려 보였지만 꿋꿋이 참아내며 우리를 남탕으로 안내해 주었다.

"어이구, 이게 웬 꼴이유? 옷은 거기서 벗고 들고 들어오슈. 괜히 바닥 더러워지면 안 되니까."

남탕 길목에는 주인으로 보이는 뚱뚱한 아저씨 한 명이 의자에 앉아 있었는데 상호와 나의 행색을 보고서는 대뜸 옷을 벗으라 하였다.

난 그의 불친절한 말투에 약간 기분이 상했으나 지금 내 모습은 내가 봐도 심각할 정도였으니 그냥 참고 넘어가는 수밖에 없었다.

"주인 아저씨, 우리들이 입을 만한 옷 좀 구해주십시오. 물론 돈은 드리겠습니다."

상호는 그렇게 말하며 은자 몇 냥을 주인에게 넘겨줬는데 언뜻 보기에도 꽤나 많은 돈 같았다. 역시, 랭커는 부자라 이건가?

목욕탕 안은 꽤나 넓었다. 사람은 한 명도 없었으나 욕탕의 물은 적당히 데워져 있었고 또한 깨끗했다.

우리는 몸을 간단히 씻고선 탕 안으로 들어갔다.

"으, 뜨뜻하다."

정말 뜨뜻하구먼. 어제의 피로가 씻겨 내려가는 듯하다. 역시 온천이 좋기는 좋아.

우리는 그 상태로 잠시 동안의 여유를 즐겼다. 흐흐, 민우랑 병건이 녀석, 우리끼리만 왔다는 거 알면 난리를 피울 텐데. 특히 병건이 녀석은 온천하면 사족을 못 쓰는데… 젊은 녀석이 속은 완전히 늙은이야.

늙은이.

"허, 효민아, 너 그럼 2차 직업은 뭐냐?"

"2차 직업?"

온천의 뜨뜻함을 즐기던 나는 상호의 갑작스러운 질문에 뭐라 대답해야 할지 몰랐다. 2차 직업이 뭐지?

"아, 2차 직업에 대해서 모르는구나?"

상호는 내게 2차 직업에 대해 설명해 주었다.

상호의 설명을 말하자면 이렇다.

비상에서는 두 개의 직업이 있는데 그것을 각각 1차 직업, 2차 직업이라 부른다.

1차 직업은 매우 간단히 설명할 수 있는데, 바로 무기와 쓰는 스킬에 따라 달라지는 직업이다.

우선 모든 플레이어들은 평민이라는 직업에서부터 시작하는데 한 번이라도 전투를 하거나 무기를 휘두르면 그 무기에 따라 1차 직업이 변한다. 변하는 것은 무사라는 단 하나의 직업뿐인데 나중에 설명할 2차 직업이나 스킬에 따라 그것이 변하게 된다. 내 경우에는 도를 선택했으니 무사란 호칭 앞에 도라는 것이 붙어 도무사가 되었고, 상호는 권무사가 됐었다고 한다.

그 다음 2차 직업에 대해 설명하자면 간단히 말해 퀘스트로 적용되는 직업이라 할 수 있다. 마을에는 아무리 작은 마을이라도 한 명 이상의 무공 교관이 존재한다. 그들은 사범이라 불리우며 어느 정도 수준이 된 사람들이 찾아가면 2차 직업의 퀘스트를 준다.

교관들도 다양하여 나 같은 도를 사용하는 사람은 도를 사용하는 교관에게 찾아가야 2차 직업의 퀘스트를 얻을 수 있고 권은 권을 사용하는 교관, 검은 검을 사용하는 교관에게 찾아가는 등으로 퀘스트를 얻을 수 있다.

그러나 교관들이 주는 퀘스트를 해결하면 협객이나 마인, 검사 정도의 기본적인 직업밖에 얻을 수 없다. 그러나 이들 교관 말고도 비상에 존재하는 수많은 NPC들과의 대화나 아이템 등을 통해 각각 하나밖에 없는 퀘스트를 얻을 수 있고, 그 퀘스트를 해결하면 새로운 자신만의 2차 직업을 가지게 된다.

거기다가 2차 직업이 선택될 시 오직 무사였던 직업이 2차 직업에 따라 호칭이 변하게 되고, 호칭만 변하는 것이 아니라 그 직업에 맞는 스킬까지 생기게 된다.

예를 들어 상호는 원래 권무사. 그러나 지금의 진천신격을 얻으며 발생한 퀘스트를 해결하여 진천신협(振天新俠)이란 2차 직업을 가지게 되었으며 그에 따라 1차 직업 역시 진천신권(振天新拳)으로 변하게 되었고 진천강기(振天剛氣)라는 스킬까지 생겼다 한다.

그런데 문제는 교관들에게서 얻는 직업 퀘스트 말고 다른 곳에서 얻을 수 있는 직업 퀘스트가 극히 적고 또한 발견하기 어렵다는 것이다. 그래서 대부분의 사람들이 교관들에게서 2차 직업을 얻고 또 그에 해당하는 스킬을 배운다.

이 이외에도 1차 직업의 호칭을 변하게 하는 방법이 있는데 그것이 바로 스킬이다. 무공 역시 이 스킬이란 것 중 하나인데, 의서를 읽어들이면 의술이란 스킬이 생기고, 부적술에 관한 것을 읽어들이면 부적술이라는 스킬이 생성된다. 1차 직업은 이 스킬에 따라 변화한다.

의술을 익히면 의원이나 의녀가 부적술을 익히면 부적술사가 된다.

이것은 나중에 2차 직업이 선택되면 2차 직업과 연관되어 새로운 호칭과 스킬이 생기게 된다.

이처럼 비상에서는 아무리 똑같은 직업이라도 그 스킬에 따라 몇몇 정공법으로 나간 사람이 아니라면 거의 똑같은 캐릭터를 찾아볼 수가 없다.

난 상호의 설명을 듣고서 상태 창을 열어 나의 1차 직업을 찾아보았다.

음, 상태 창을 여는 방법은 개아(開我)라고 외치면 되는 아주 간단한 방법이다.

"개아(開我)."

이름: 사예(四藝)

도장(刀將)—무장(武將)

경험치: 590000

능력치

힘: 420

민첩: 380

정신력: 320

생명력: 11000

체력: 4000

내공: 60년(1갑자)

소속: 무(無)

성향: 중(中)

나는 상태 창을 보고선 깜짝 놀랐다. 체력과 생명력이 놀랄 만큼 비약적으로 상승한 것이다. 아무래도 체력과 생명력이 거의 바닥까지 떨어졌다가 다시 회복되다 보니 그에 맞춰 상승한 것 같았다. 죽음의 위험을 겪을수록 더욱 강해진다라… 강해지면 좋긴 하겠지만 죽음의 위험은 다신 겪고 싶지 않은 게 솔직한 내 심정이다.

흠, 그거야 어쨌든 무장이 내 2차 직업일 테고, 그럼 도장이 내 1차 직업인가?

"음, 아마도 도장인 것 같아."

난 상호에게 나의 1차 직업을 말해 주었다.

"그래? 어쨌든 너도 꽤 어려운 퀘스트를 해결했으니까 나쁜 직업은 아닐 거야. 정확한 것은 나중에 등급이 승급하면 밝혀지겠지. 아차, 등급이 뭐냐면 말이지, 2차 직업을 가진 사람은 나중에 그 2차 직업에 따라 또 다른 퀘스트를 받게 돼. 그 퀘스트를 해결하면 위의 등급으로 올라가게 되지. 4등급부터 1등급까지 총 네 가지 등급이 있는데, 지금 너나 내가 가진 2차 직업들은 아직 4등급일 거야. 그 후에 직업 퀘스트를 받지 못했으니까. 그리고 등급이 올라가면 스킬이라든가 그런 것도 바꿔어."

음, 그렇군. 그러니까 정리하면 또 다른 직업 퀘스트를 해결하면 자신의 2차 직업이 승급을 할 수 있다는 거잖아. 간단하네.

"그건 그렇고. 너, 도 하나 또 사야겠다. 그 박도도 괜찮은 거였는데 하루 만에 박살을 내다니……."

난 상호의 말에 씁쓸한 미소를 지을 수밖에 없었다. 누가 그렇게 약한 줄 알았나 뭐.

"아니, 됐어. 사실 내가 가진 도가 하나 있기는 해."

그렇다. 아직 실험을 안 해봐서 그렇지 지금까지 나의 진기를 간단히 견뎌낸 중도라면 폭기공의 이 단계까지도 견뎌낼 수 있을 것이다.

"어? 그래?"

"응, 지금은 창고에 맡겨놨는데 나가서 찾지 뭐."

난 상호에게 그렇게 말하고 다른 창들도 열어보기 시작했다. 스킬창을 여는 방법은 뭐더라? 이거였나?

"개능(開能)."

패시브 스킬

무공: 도법(刀法), 심법(心法), 기공(氣功)

수면

휴식

회복

정(淨)

유(流)

연(連)

융(融)

액티브 스킬

폭기(爆氣)

투결(透决)

역시 맞았군. 보자, 다른 건 그대론데 저 투결은 뭐지? 그때 받은 스킬인 줄은 알겠는데 도대체 써본 적이 없어서… 에라, 다음에 써보지 뭐.

그 후로도 조금의 온천욕을 즐기다가 우리는 목욕탕 주인 아저씨가 구해준 옷을 입고 밖으로 나왔다. 이제 밖은 해가 완전히 떠 있었고, 거리는 물건을 팔려는 사람과 사려는 사람으로 시끌벅적했다.

"쌉니다, 싸요! 옷 싸게 팝니다!"

"특가! 묵검(黑劍)을 은자 육십 냥에 팝니다!"

"묵검 오십 냥에 팔아요!"

"이봐! 왜 내 옆에 와서 마음대로 가격을 낮춰서 파는 거야?"

"내가 어디서 팔던 내 마음이지 댁이 뭔 상관이유?"

"이 자식이!"

"어? 사람 치겠수?"

"그래, 친다. 죽어!"

창!

"가만히 죽어줄 줄 알고!"

웅성웅성.

싸움이 났나? 하여튼 게임이나 현실이나 이익을 위해선 주먹다짐은 예사로구나. 나와 상호는 잠시 비무을 구경하다가 창고로 발걸음을 돌렸다.

"저것도 비무라고 하다니……."

상호는 둘의 비무에 같잖은 듯이 코웃음을 쳤다. 사실 내가 보기에도 저 두 사람의 비무는 전혀 비무 같지가 않았다. 서로 검만 뽑았을 뿐이지 어설픈 공격으로 서로의 공격이 전부 초반에 다 차단되고 있었다.

거기다가 서로 허점을 드러내고도 싸우는데도 어느 누구 하나 그곳을 공격할 생각을 하지 못하고 있으니……. 저건 비무가 아니라 막싸움이야, 막싸움.

막싸움의 두 사람을 뒤로하고 창고를 찾은 나는 상호에게 받은 한 냥의 은자를 대금으로 내놓고 중도를 비롯한 나의 짐들을 찾을 수 있었다. 크윽, 겨우 하루 맡겨놨는데 은자 한 냥이라니… 이건 사기야!

어쨌든 중도를 꺼내놓고 보니 과연 박도와 들고 있는 무게감이 달랐다. 손에 익은 묵직함에 나는 살짝 미소를 지었고, 상호는 내 중도를 보자 흥미로운 표정을 지었다.

"호오, 그게 네가 말하던 그 도냐? 별로 안 무거워 보이는데?"

허어, 나도 저렇게 생각했던 적이 있었지. 사실 지금 나에게 중도는 가벼운 편이라 할 수 있지만 처음 중도를 들었을 때는 정말 무거워 죽는 줄 알았다.

난 말없이 상호에게 중도의 손잡이를 건네주었고, 상호가 손잡이를 잡자마자 중도의 나머지 부분을 잡고 있던 손을 떼었다.

"으억!"

쿵!

흐흐, 그럼 그렇지.

내가 중도에서 손을 떼자 갑자기 느껴지는 무게감에 상호는 중도를 떨어뜨릴 수밖에 없었다. 난 득의의 미소를 지으며 상호를 바라보았다.

"왜? 안 무거워 보인다며? 설마 랭커가 그 정도도 못 드는 건 아니겠지? 난 그거 아무런 수련 없이 들었다고."

"쳇."

내 말에 상호는 인상을 찌푸리며 다시 한 번 중도의 손잡이를 쥐었고 작은 기합 소리와 함께 중도를 번쩍 들어 올렸다. 내공을 사용했더라면 쉽게 들었겠지만 내가 들었던 것을 놓치기까지 했다는 것에 자존심이 상한 상호는 내공을 사용하지 않고 순수 육체의 능력으로만 중도를 들었다.

"끄응, 이거 제법 무거운데? 이걸 네가 캐릭터를 만들자마자 들었단 말이야? 내공을 사용하지도 않고?"

상호는 믿기지 않는다는 얼굴로 물었고 상호의 질문은 이미 내가 생각하고 있던 의문과 일맥상통했다.

랭커라면 능력치도 꽤 높을 텐데도 저렇게 힘들게 드는데 난 어떻게 저 중도를 들 수 있었을까? 분명 그때는 내공이란 존재도 몰랐을 때다. 아니, 알았더라도 어떻게 사용하는지 알 수 없었다.

"음, 역시 그게 사실이었군."

"응? 무슨 알 수 없는 소리를 하고 있냐?"

상호는 알겠다는 표정을 지으며 내게 설명을 해주었다.

"음, 나도 소문으로만 들은 건데 비상의 초반 캐릭터는 현실에서의 보통 사람보다 뛰어난 육체로 만들어지거든. 그런데 평소에는 아무런 이상이 없지만 가끔씩 캐릭터의 능력치를 뛰어넘는 능력을 현실에서의 육체가 지니고 있으면 게임 캐릭터의 능력치가 아닌 실제 육체의 능력이 발휘된다고 하더군. 물론 소문인만큼 확실치 않아서 믿지 않았는데 오늘 내가 이렇게 직접 목격하게 되니 할 말이 없잖아."

상호는 어이없다는 표정으로 말했다.

음, 그런 시스템도 있었단 말인가?

난 앞으로 지자록의 정리에 힘써야겠다는 생각을 굳혔다.

"네 괴력이면 이 도를 드는 것도 가능할 테니 아마도 그게 맞을 거야."

괴력 괴력 하니까 괜히 기분이 나쁘잖아. 내가 좋아서 이런 힘을 가지고 태어난 것도 아닌데…….

"그런데 지금 이런 도를 내공없이 가뿐히 들 정도라면 네 힘은 도대체 얼마나 되는 거야?"

상호는 중도를 들었다 내렸다를 반복하며 내게 물었다.

"힘은 420인데?"

370이었던 그 능력치가 레벨 100 정도의 사람들쯤 된다고 했으니 지금 정도의 능력치면 레벨 130 정도는 되려나?

난 그런 생각으로 상호에게 힘의 능력치를 말해 줬고 난 곧 내가 생각한 것이 엄청난 착각이라는 것을 알게 되었다.

"뭐? 420? 내가 이제 350인데? 그럼 다른 능력치는?"

음, 상호가 의외로 힘이 적네.

"민첩은 380이고, 정신력은 320, 생명력은 11000, 체력은 4000이다. 꽤 높지?"

난 은근히 자랑을 하며 말했는데 상호는 정말 말도 안 된다는 표정을 지었다. 쟤 왜 저러지?

"능력치 총합 1120. 현재 능력치가 최고인 사람이랑 똑같잖아! 거기다가 생명력이랑 체력은 더 높고!"

내 귀가 왜 이러지? 방금 내가 잘못 들었나?

"뭐라고? 내가 잘못 들었나 봐. 요즘 헛것이 들리네."

"네 능력치가 비상 지존의 능력치랑 똑같다고!"

맙소사!

"말도 안 돼! 힘이 370일 때 레벨 100 정도의 사람들의 능력치랑 비슷하다고 했는데 그때보다 별로 증가지도 않았단 말이야."

"바보야! 능력치 총합이 1000을 넘어서부터는 레벨 1 올라가는 동안 총능력 한계치 1이 올라간단 말이야! 그러니까 넌 최소 레벨 220보다 더 높은 능력치를 가졌다고!"

저, 저게 정말인가? 그렇다면 내가 비상에서 능력치가 제일 높다는 말이야? 안 믿겨져, 안 믿겨져.

"……."

"……."

싸늘한 침묵이 창고를 앞에 두고 서 있는 우리를 중심으로 흐르고 있었다. 다행인 것은 내가 맡겨둔 창고가 변방에 위치한 것이라 주변에 사람이 아무도 없었고 다행히 우리의 대화를 아무도 듣지 못했다.

으, 난 이 침묵이 싫어.

"그, 그럴 수도 있지 뭐. 어쨌거나 버그니까."

난 침묵을 개선해 보고자 한마디 하였는데 그게 의외로 잘 먹혀 들어갔다.

"그, 그래, 버그니까."

휴우, 다행이긴 한데 저 눈빛은 뭐지?

"왜, 왜 그런 눈빛으로 쳐다보냐?"

"으, 불공평한 세상. 이 부러운 자식!"

상호는 퍽! 이란 소리와 함께 내 복부에 주먹을 꽂으며 말했다. 물론 난 그 퍽! 이란 소리와 함께 고통을 맛봐야 했다. 크윽, 저 자식 눈매가 심상치 않았을 때부터 알아봤어야 했어.

"크윽!"

고통이란 극악한 느낌에 난 결국 상호의 뒤통수에 내 손바닥을 작렬시키는 짓을 해야 했고 우리는 각각 복부와 뒤통수를 문지르며 대장간으로 향했다.

대장간에는 꽤나 많은 사람이 줄을 서 있었고, 우리도 그곳에 줄을 섰다.

땅! 땅! 땅!

음, 망치 두드리는 소리가 정겹구나.

드디어 우리 차례가 되자 나와 상호는 대장간으로 들어갔고 거기서 텁석부리 수염의 근육질 아저씨를 볼 수 있었다.

"흠, 흠."

"어쩐 일로 오셨수?"

우리가 들어서자 망치를 치던 손을 내리고 나와 상호를 쳐다보며 말했다.

"아, 저기 이 도 한 자루랑 내갑 한 구를 감정하고 싶어서요. 그리고 수리도 하고요."

난 중도를 대장간 아저씨께 내밀었다.

"흠, 보자."

"무, 무거우실 텐데……."

번쩍!

대장간 아저씨는 내가 떨어뜨릴까 봐 조심스레 건네는 중도의 손잡이를 잡더니 번쩍 들어 올렸다. 그것도 한 손으로! 나도 한 손으로 들 수는 있지만 내 능력치는 지존급인 것을 감안한다면 이 아저씨의 힘은 장난이 아니라 말할 수 있다.

"그, 그걸 한 손으로……!"

상호도 놀랐는지 혼자서 중얼거리며 멍하니 대장간 아저씨를 쳐다보았다.

“허허, 놀라지들 말게나. 내가 이런 일을 하다 보니 힘의 능력치만 비약적으로 는 것뿐일세. 다른 능력치는 거의 올라가지 않고 말일세. 허허.”

능력치? 그럼?

“혹시 유저이십니까?”

“그렇다네. 1차 테스터였지. 사실 나도 한때 잘 나갔었는데 나의 사부 되시는 분께 대장장이 기술을 배우고 나서부터 대장장이 일에 흠뻑 빠져 버렸지. 그래서 레벨 같은 거 다 때려치우고 그동안 모은 돈으로 이렇게 작으나마 대장간을 하나 차려서 운영하고 있는 실정일세.”

유저가 NPC처럼 상점 같은 것을 하다니… NPC 주인의 밑에서 일하는 건 들어봤어도 이런 정보는 처음이야.

“그건 그렇고 이 도 꽤나 무겁구먼. 살짝 팔이 아려오기까지 하니 말일세. 잠시만 기다리게. 내 얼른 감정을 해볼 테니…….”

대장장이 아저씨는 내 중도를 가지고 연장이 있는 쪽으로 가더니 이리저리 살펴보았다. 난 그동안 입고 있던 내갑을 벗어 땅에 내려놓았고 때마침 대장장이 아저씨가 중도를 들고 오셨다.

대장장이 아저씨는 이채로운 표정을 띠고 있었다.

“자, 다 되었네. 받게나.”

난 대장장이 아저씨가 건네주는 중도를 받아 들고는 중도의 정보를 확인해 보았다.

종류: 무기—도(刀)

내구력: 100000

공격력: 250

필요 힘: 150

재질: ?

가격: ?

응? 왜 재질과 가격은 물음표로 되어 있지?

내가 의문을 갖는 사이 대장장이 아저씨가 말을 했다.

"방금 자네도 보아 알겠지만 내가 가진 감정 스킬로도 그 도를 구성하고 있는 재질을 알 수 없었다네. 이래 뵈도 1차 때부터 이 대장장이 일을 한지라 감정 스킬은 웬만한 감정사보다 감정 스킬은 뛰어나다 자부하고 있다네. 거기다가 나의 본직인 철을 다루는 것인만큼 금속에 대해선 그 누구보다 훨씬 잘 안다고 생각했네만 결국 그 도의 재질을 알 수 없었다네. 금속의 재질을 모르니 당연히 그 가격도 알 수 없지 않겠나. 그래서 그런 가격이 나온 것이라네."

응? 처음 보는 금속이라고? 합금이라서 그런가?

"저한테 이것을 판 분께서 전에 감정을 하셨을 때, 그때는 합금으로 만들어진 것이라고 하셨는데요?"

난 어르신께 들은 이야기를 상기하며 대장장이 아저씨께 사실대로 말했다.

"택도 아닌 소리 말게나. 그 도의 강도가 무척이나 강하고 또한 무거워서 합금으로 착각할 수도 있겠지만 금속의 광택으로 보나 그 질감으로 보나 절대 합금이라는 결론은 나올 수 없다네."

엥? 그럼 감정사의 감정 스킬에 따라 그 감정품의 능력이 달라진다는 말인가?

"그런데 감정사의 감정 스킬의 고하에 따라 그 감정품의 능력이 달라진다는 말인가요?"

"바로 그거네. 사실 어느 정도 감정 스킬이 있는 사람이라면 웬만한 금속에 대해서는 오판을 하지 않는다네. 그래서 그런 현상이 잘 일어나지 않긴 하지만 이런 특이한 금속이라면 다르지. 거기다가 내가 보기에 그 도를 제작한 대장장이의 능력이 떨어지다 보니 금속의 강도가 워낙 강해서 날도 제대로 세우지 못한 데다가 오히려 그 금속의 원석의 내구력보다 훨씬 떨어지도록 되어 있는 것 같다네. 그래서 공격력도 금속의 강도에 비해 너무나 낮은 수준이고 내구력도 마찬가지로 낮지. 다른 도들과 비교해서 내구력이 뛰어나긴 하나 금속 본디 강도에 비해서 너무 떨어지는 것 같으이."

그럼 도대체 좋다는 거야, 나쁘다는 거야?

"그 말은 그 금속을 다룰 줄 아는 사람에게 부탁하면 더 뛰어난 병기로 바뀔 수 있다는 겁니까?"

내가 고민하고 있는 사이 내 의문을 대신 말해 준 사람이 있었으니 바로 상호였다. 오, 상호야, 네가 내가 하고 싶은 질문을 그렇게 요점만 콕 찍어서 말해 주는구나.

"그렇지. 그런데 문제가 있는데……."

문제? 무슨 문제?

"음, 그 금속을 다룰 줄 아는 사람이 없는 것입니까?"

난 이제 대화에서 완전히 빠진 존재가 되었다. 이 도의 주인은 난데…….

"아니, 그게 문제가 아닐세. 흔하지 않겠지만 그 금속을 다룰 수 있는 사람은 있다네. 나도 그 금속을 다룰 수 있고 말일세. 문제라는 건 그 금속을 제련하기 위한 화력(火力)과 또 그 화력을 견딜 수 있는 모루가 필요하다네. 그리고 시간도 제법 걸릴 것 같고 말일세."

그럼 다룰 수 있다는 거야, 없다는 거야? 거참, 헷갈리게 하네.

"저, 대장장이 아저씨?"

"강우(强雨)라 부르게. 그게 이 캐릭터 이름이니."

"네, 강우 아저씨. 그럼 그 화력을 낼 수 있는 화력석(火力石)과 그 화력을 견딜 수 있는 모루만 있다면 제 도를 개조해 주실 수 있다는 말인가요?"

난 내가 하고 싶은 말을 요약, 정리하여 물었다.

"그렇다네. 그럴 마음이 있다면 그 도를 나에게 맡겨두고 가게나. 그 금속에 대해서 자세히 알아보고 싶어서 말일세. 그럼 그동안 쓸 무기가 없을 테니 내가 그 도보다 더 높은 공격력을 지닌 도를 하나 주도록 하겠네. 어떤가?"

음, 확실히 나쁜 제안은 아니다. 내 중도에 대해 명확한 진실을 밝혀주는 것과 함께 중도보다 높은 공격력을 가진 도를 준다고 하니까…….

"내 생각에도 그러는 게 좋을 것 같다. 사실 저렇게까지 하면서 도와주겠다는 사람이 어디 있냐? 그것도 공짜로 말이야."

상호는 특히 공짜에 힘을 주며 말했다. 자식, 상대편이 확실한 가격을 정하기 전에 내가 먼저 낮춘 가격을 말하는 건 내 기술인데 어느새 배웠지? 조금 있으면 나를 능가할지도 모르겠는데?

난 상호를 한편은 제자를 대하는 눈빛으로 한편은 라이벌을 대하는 눈빛으로 바라보았고, 상호도 내 시선을 느꼈는지 그냥 씨익 웃을 뿐이었다.

"크흠, 공짜라고 말한 적은 없네만… 뭐, 좋네. 희귀한 금속에 대해 실험하는 것도 내게 즐거운 일이니 그렇게 하세."

음, 그렇게 괜찮은 제안이라면 받아들이도록 하지.

"그렇게 하죠."

"정말인가? 정말 고맙네."

"아뇨, 고맙기는 제가 더 고마운걸요."

"허허허, 어쨌든 이 도에 대한 것은 그렇게 하기로 하고… 음, 내갑을 살펴보겠네."

강우 아저씨는 내갑을 들고 이리저리 살펴보았다. 그러더니 이채를 띠었다.

"호오, 자네 도대체 누구인가? 그런 희귀한 금속에다가 이젠 현철(玄鐵)이라니……."

현철? 현철이 뭐지?

난 현철이 뭔지 몰라 고개를 갸웃했지만 상호는 현철에 대해 아는 것 같았다.

"에엑! 현철이라고요? 묵빛을 띠는 게 이상하다 했지만 설마 현철이리라고는……."

"그렇다네. 거기다가 내갑을 만들 정도의 양이라니… 좋네. 이 내갑도 내게 맡기고 가게나. 내가 확실히 업그레이드시켜서 돌려주겠네. 이 정도의 현철이라면 내 일생 최대의 역작이 나올 듯하군."

흠, 현철이 귀한 금속인가? 뭐, 업그레이드시켜 준다는데 사양할 이유가 없지.

난 대수롭지 않게 여기며 그것 역시 승낙하였다.

"허허, 내가 일복이 터졌군. 가뜩이나 오픈을 하면서 손님들이 많은데 이런 일까지 생기다니 말일세. 허허, 어차피 현철이나 이 도는 많은 시간을 투자해서 천천히 만들어가야 하는 작업을 거쳐야 하니 그다지 상관없긴 하겠지만. 허허허."

강우 아저씨는 그렇게 말하며 우리를 한곳으로 이끌었고 곧 이어 그곳이 병기고(兵器庫)라는 것을 알 수 있었다.

"하아! 이렇게나 무기가 많고 다양하다니… 정말 대단하세요! 거기다가 하나하나가 다 보도(寶刀), 보검(寶劍)인 것 같으니……."

난 순순한 감탄을 실어서 말했고, 그에 강우 아저씨는 기분이 좋아지신 듯 얼굴에 미소를 띠셨다.

"허허허, 그렇게 봐주니 고맙구만."

강우 아저씨는 각종 병기가 있는 곳을 돌아다니며 무엇을 찾으시다가 손에 한 자루 칼을 들고 오셨다.

"자, 받게나. 이건 예도(銳刀)라는 것인데, 그 예기와 공격력이 대단해 결코 자네의 그 중도에 밀리지 않을 것일세."

난 그 칼을 받아 들었다. 칼은 폭이 좁고 약간 휘어져 있었으며 도갑(刀匣)과 손잡이는 수수한 무늬로 양각이 되어 있었는데 그 둘의 무늬가 조화를 이루어 고급스러운 분위기를 자아냈다.

난 도를 뽑아보았다.

스르릉!

"하아!"

절로 감탄이 나왔다. 도를 뽑자 싸늘한 예기가 주변을 감쌌고 또 마치 친숙한 친구를 만난 듯 손에 착 감싸져 왔으며 푸른색 빛을 띤 도신(刀身)은 섬뜩한 예기를 뿌리며 빛나고 있었다. 어느 누가 봐도 한 눈에 알 수 있는 보도다.

그것을 느낀 것은 나만이 아닌지 옆에 있던 상호도 감탄을 터뜨렸다.

난 예도의 정보를 열어보았다.

종류: 무기—도(刀)

내구력: 10000

공격력: 700

필요 힘: 70

재질: 청철(靑鐵)

가격: 금 스무 냥

능력: 예기(銳氣) 증폭

민첩 50증가

내구력 자동 회복

사용자 내공 안정화

사용자: 심신 안정화

특이성: 보패(寶佩) 아이템

끄억! 이, 이게 뭐야? 뭐, 이런 사기적인 능력치가? 거기다가 금 스무 냥이라니… 금 한 냥에 은 천 냥이니까 얼마냐… 이, 이만 냥? 도 한 자루에 은 이만 냥이라고?!

중도의 정보와는 달리 무엇인가 상당히 복잡한 정보였다. 거기다가 말로만 듣던 보패 아이템이라니… 저 아저씨가 실성했나? 이런 아이템을 공짜로?

"도대체 무슨 속셈이시죠?"

나의 갑작스러운 질문에 상호는 의아한 표정을 지었고 강우 아저씨는 입가에 작은 미소를 짓고 있었다.

"뭘 말인가. 난 자네에게 도 한 자루를 주기로 약속했고, 그 약속을 지켰을 뿐일세. 단지 그 도가 내 최대의 역작인 것이 약간의 의외성을 띨 뿐이지 않나. 거기다가 오히려 자네에게 좋았으면 좋았지 나쁘지는 않을 것 같네만?"

너무 좋아서 문제지. 난 입가에 좀 전까지와는 달리 재수없게 느껴지는 미소를 짓고 있는 강우 아저씨를 보며 말을 이었다. 날 물로 본다 이거지?

"과한 것은 없는 것만 못하다는 선인의 가르침이 제 가슴속에 빠릿하게 박혀 있어서 말이죠. 솔직히 말해 주시죠. 제게 이런 금덩어리를 주시는 이유를 알 수 없군요."

금 세 냥이면 작은 집 두 채는 지을 수 있다. 그런데 열 냥이라면 장원(莊園)이라도 세 채는 너끈히 지을 수 있는 돈이다. 그런 금덩어리를 내게 아무런 조건 없이 단순히 약속 때문에 넘겼다고는 믿을 수 없다.

공짜로 받는 주제에 왜 말이 많냐고 물을 수 있겠지만 괜히 부담스러운 물건을 받아서 목숨이라도 잃는다면 도대체 누구에게 하소연할 것인가?

한 가지 이야기가 있다.

옛날에 돈이 너무 많아서 썩어나는 부자가 있었다. 그 부자는 돈은 너무 많은데 그 돈을 쓸 곳이 없었고 심성 또한 너무 착했다. 다른 사람들에게 골고루 나누어 줘도 다음날이면 그보다 훨씬 많은 돈이 자신의 창고에 쌓였다.

그러던 어느 날, 길을 지나가는 길에 남루한 옷차림의 거지 가족을 보게 되었다. 부자는 그 거지가 너무나 불쌍해서 자신의 수중에 있던 돈을 모두 그 거지 가족에게 주었는데 그 돈이 도합 금자 백 냥은 됨직한 돈이었다.

부자는 착한 일을 했다는 마음으로 기뻐했고 그날 밤 거지 가족들이 행복해하는 꿈을 꾸며 잠이 들었다. 그리고 며칠이 지나 예전에 자신이 금 백 냥이란 거금을 베풀었던 그 거지 가족 중 한 명이었던 소년이 부자에게 찾아왔다.

그는 온몸에 상처를 입고 있었다. 부자는 그 소년을 치료해 주었고, 덕분에 소년은 살아날 수 있었다. 얼마 후 깨어난 소년에게 부자는 어떻게 된 것인지 자초지종을 물었고 소년은 부자가 준 돈을 자신들이 가지고 있다는 것이 주변에 알려지자 강도가 들었고 간신히 강도를 피해 관(官)으로 도망치자 관의 관리들마저 자신들의 돈을 노렸다고 한다.

관리들은 자신들의 돈을 빼앗는 것만으로도 부족해 아버지를 죽이고 네 명의 동생을 노예로 팔아버렸으며 자신만이 간신히 도망쳐 나올 수 있었다는 것이다.

부자는 슬퍼했다. 자신은 좋은 일을 하고자 했지만 그것이 자신의 뜻대로 이루어지지 않았다. 오히려 남에게 불행만을 안겨준 것이다.

슬퍼하는 부자에게 소년은 막대한 배상금을 청구했다. 부자가 준 돈 때문에 가족들이 죽었으니 그에 해당하는 배상을 하라는 것이었다. 부자는 자신이 가진 모든 것을 소년에게 주었다. 자신이 가진 모든 땅과 모든 재산, 그리고 앞으로 들어올 모든 돈을 다 소년에게 주고서는 부자는 거지가 되어 떠났다.

거지가 된 부자는 홀가분했다. 비록 죽은 자들에게는 어쩔 수 없지만 자신이 할 수 있는 모든 것을 한 때문이다.

그렇게 거지가 되어 방랑하던 전직 부자는 어느 날 하나의 소식을 듣게 된다.

자신이 전 재산을 넘겨주었던 소년의 집을 반역자들이 점령하고서는 나라에 반역의 깃대를 세우고 있다는 것이었다. 그 와중에 소년은 차디찬 시체가 되어 버려졌다고 한다.

노인은 절망했다. 또한 자신을 저주했다. 소년에게 자신의 재산을 넘기지 않았더라면 소년 대신 자신이 죽었을 것이다. 아니, 어쩌면 미리 방비할 수도 있었을 것이다. 그 후에 소년에게 재산을 넘겨줬더라면… 반역이 일어날 것이란 것을 미리 알았더라면… 어느새 노인은 깨진 자기 그릇을 손에 쥐고 있었다. 그리고 노인은 자기 그릇으로 자신의 목을 찔러 자살했다.

훗날 반역 군들은 모두 토벌되어 반역에 참가했던 사람들은 모두 처형되었고 아무런 상관도 없던 그 마을의 주민마저 모두 몰살당했다.

이 이야기는 지자록에 기록되어 있던 것으로 옛 중국 고대 나라에서 실제로 있었던 일이라 한다. 물론 신빙성이 있는지는 모른다. 하지만 이 이야기가 말하고 싶었던 것은 무엇일까?

그것은 삶을 살아가는 데 있어서 욕심은 화를 자초하며 또한 무욕(無慾)도 사람의 본성을 거스르는 일인지라 그 역시 화를 당하게 된다는 것이다. 쉽게 말하자면 살아가는 데 있어서 욕심은 많은 것도 적은 것도 좋지 않으며 다욕(多慾)과 무욕(無慾)이 조화를 이루어 살아갈 때 그 삶은 바람직한 것이라는 뜻이다.

궤변이다, 말도 안 된다 할지 모르지만 난 이것에 동의한다. 내가 지금 욕심을 부려 이 예도를 취한다면 난 필시 훗날에 그 대가를 치르게 될 것이고, 그 대가는 이깟 도에 비교되지 않을 만한 것일 것이다. 이것을 인과응보(因果應報), 업보(業報), 카르마(Karma)라고 하던가?

내가 8년간을 수전노로 살아오면서 꼭 지켜왔던 것 중 하나가 정도를 넘는 것은 어느 것도 하지 않는다는 것. 그것 때문에 내 성격이 우유부단하게 되었다고 말하는 사람도 많지만 난 여태껏 이렇게 살아오면서 직접적으로 남에게 피해를 준 적도 또한 입은 적도 없다.

그것이 내가 이 예도란 것을 받아들일 수 없는 이유이다. 말은 길었지만 간단히 말해 강우 아저씨의 속셈을 모르겠다는 간단한 이유이다.

난 이 긴 설명을 강우 아저씨에게도 하고 싶어졌지만 불행히(?)도 나의 말은 차단되고 말았다.

"허허, 내가 자네에게 그 도를 주는 이유가 궁금한가?"

아까부터 궁금하다고 얘기했수다.

"표정을 보니 그런 것 같군."

역시 강적이다. 이렇게 강하게 나오면 보통 당황하기 마련인데 저 여유로운 몸짓이라니…….

"야, 도대체 왜 그러는 거야? 그 도가 도대체 뭐가 문젠데?"

아직 상황 파악을 하지 못하는 상호에게 난 말없이 예도를 넘겨주었고 곧 '허억!' 이라는 소리와 함께 상호는 엄청난 크기의 눈을 자랑하며 고개를 들어 나와 강우 아저씨를 바라보았다. 그리고선 나와 비슷한 표정을 지었다.

내가 살아오면서 깨달은 것이라면 상호는 지식으로 습득한 것이니까. 오히려 살면서 어느 정도 대처 방법을 터득한 나보다 이런 일이 처음인 상호가 더욱 긴장을 하는 것 같았다.

"허허, 이젠 자네도 그런 눈인가? 이보게나, 나쁜 뜻은 없다네. 단지 자네들의 예상대로 내 부탁 하나만 들어주면 간단한 거야."

역시 그럼 그렇지.

"거절합니다."

"엥?"

"에?"

내가 강우 아저씨의 조건을 듣지도 않고 거절하자 강우 아저씨는 다급한 얼굴로, 상호는 약간 긴장을 풀었다가 황당한 얼굴로 나를 쳐다보았다.

"바보가 아니라면 생각할 수 있을 텐데요. 이런 값비싼 것을 제시할 만큼 그 부탁도 결코 쉽지 않다는 것을……."

이럴 때는 확실히 끊어주는 것이 좋다. 괜히 상대의 조건을 듣고 마음이 흔들리면 어쩌려고 잠자코 상대의 조건을 들어준다는 말인가. 애초에 귀찮은 일에 말려들고 싶지 않다면 이런 일은 처음부터 끊어버리는 것이 가장 좋은 방법이다.

"허어, 이런. 자네에게 한 방 먹었구먼. 하지만 자네는 꼭 들어줘야 하네."

슬슬 본색을 드러내시겠다 이건가?

"훗, 듣지 않을 것이라면 어떻게 할 것인가요? 힘으로라도 제압하실 생각인가요?"

난 약간 조롱이 깃든 표정으로 말했다. 해볼 테면 해보시지.

"정 필요하다면 그렇게라도 하겠네. 랭킹 421위 진천신협 여원, 그리고 불명의 랭커 랭킹 999위 사예."

흠칫!

나와 상호는 잔뜩 경계를 했다. 어떻게 우리에 대해서 알고 있는 거지? 그리고 상호는 그렇다 치더라도 내가 랭커라고? 그것도 불명의 랭커? 불명의 랭커라면 내 캐릭터의 이름은 어떻게 알고?

"당신은 누구죠?"

"나? 그냥 평범한 대장장이 강우일세."

평범해? 하! 헛소리!

"평범한 대장장이가 아니겠죠."

"허어, 정말이라네. 단지 내가 가끔씩 무림을 돌아다닐 때 거력부추(巨力斧椎)라는 허명을 얻었을 뿐이지."

거력부추? 난 그쪽에서는 전무하기에 상호를 돌아보았더니 상호는 경악스러운 표정을 짓고 있었다.

"래, 랭킹 55위 거력부추? 한 손에는 도끼를, 한 손에는 추를 들고 다니며 일격에 적을 분시(分屍)시켜 버린다는 그 신력을 가진 절대 마인?!"

래, 랭킹 55위? 내가 보기에도 강한 상호가 421위인데 55위라면… 자, 장난이 아니잖아.

"허어, 별 볼일 없는 이름을 잘도 알고 있구먼. 랭커 절대 마인인지 뭔지는 몰라도 어쨌든 거력부추인 것은 확실하네. 친구가 붙여준 별명이거든."

제, 제길, 그렇다면 그 장난 아닌 힘에 대한 것도 설명이 된다. 랭킹 55위라는데 뭘 못할까. 잘못하면 오늘 여기서 첫 번째 죽음을 겪을지도?

"제, 젠장, 이거 장난이 아닌데? 근데 네가 그 불명의 랭커였냐?"

"내가 그 딴 것을 어떻게 알겠냐."

나와 상호는 긴장을 늦추지 않았다. 상대는 우리의 예상을 초월하는 초극강의 고수다. 이길 확률, 아니, 조금이라도 버틸 수 있는 확률조차 전무하다. 요즘 일진이 사납더니 이런 일까지 생겨?

"너무 긴장하지 말게. 내 말했듯이 자네들이 내 부탁을 들어주기만 한다면 자네들에게는 손끝 하나 건드리지 않고 또한 약속했던 것들도 모두 해주겠네. 듣고 거절해도 좋네. 우선은 들어보지 않겠나?"

강우 아저씨, 아니, 거력부추의 눈은 진지했다. 휴, 하는 수 없군.

"선택의 여지가 없는 것 같군요. 좋아요. 까짓 것 들어봅시다, 그 부탁이란 것을."

내가 그렇게 말하는 동안 이미 상호는 병기고 이곳저곳에 있는 의자 세 개를 가져왔다. 과연 나보다 이런 결정은 상호가 더 빠르다니까.

상호는 참 독특한 녀석이다. 독특하기로 따지자면 나, 민우, 병건이도 결코 빠지지 않는데 상호에게만은 안 된다. 나야 이미 수전노로 소문이 났으니 그렇다 치고, 민우는 냉기를 풍기는 분위기에 카리스마로 수많은 여성들의 애간장을 녹였다. 병건이는 만능 스포츠맨에다가 활달한 성격까지 가지고 있어서 우리 패거리(?) 외에도 많은 친구를 가지고 있는, 상당히 발이 넓은 녀석이다.

그런데 상호는 우리 세 명의 장점(?)을 모두 가지고 있다. 돈에 대한 감각은 나와 맞먹고 돈을 버는 방법은 오히려 나를 능가한다. 또한 어떨 땐 싸늘한 분위기를 풍기며 민우를 능가하는 카리스마를 내뿜기도 하고 한편으로는 어리숙하고 멍청해 보이는 게 우리들 중 가장 능력없는 사람으로 보이기도 한다. 그러면서도 못하는 스포츠가 거의 없는, 그야말로 만능 엔터테이너라 할 수 있다.

상호 자신은 스스로 자신을 평범하다 생각하며 다들 그렇게 생각하는 줄 알지만 자신만을 빼놓고는 전부 상호를 변종(變種)이라 부르며 속을 알 수 없는 놈이라 생각한다.

그런데 이것을 스스로만 모르고 있으니 이럴 때는 둔하기까지 하다. 도대체 어떤 게 상호의 진짜 모습일까? 나조차 감이 잡히지 않으니 다른 애들이야 말할 것도 없다.

상호에 대한 얘기는 접어두고 의자에 앉은 나와 상호는 강우 아저씨의 얘기를 듣기 시작했다.

〈제1권 끝〉